Süddeutsche Zeitung Bibliothek – Metropolen

Lagos: **Chinua Achebe** – Heimkehr in fremdes Land • Buenos Aires: **César Aira** – Die Nächte von Flores • Berlin: **Jakob Arjouni** – Magic Hoffmann • New York: **Don DeLillo** – Cosmopolis • Los Angeles: **Bret Easton Ellis** – Die Informanten • Mexiko-Stadt: **Carlos Fuentes** – Landschaft in klarem Licht • London: **Alan Hollinghurst** – Die Schönheitslinie • Rio de Janeiro: **Paulo Lins** – Die Stadt Gottes • Peking: **Hei Ma** – Verloren in Peking • Kairo: **Nagib Machfus** – Die Midaq-Gasse • Tokio: **Saiichi Maruya** – Die Journalistin • Bombay: **Suketu Mehta** – Bombay. Maximum City • Rom: **Alberto Moravia** – Die Römerin • Amsterdam: **Cees Nooteboom** – Rituale • Paris: **Raymond Queneau** – Zazie in der Metro • Damaskus: **Rafik Schami** – Die dunkle Seite der Liebe • Istanbul: **Elif Shafak** – Der Bonbonpalast • Moskau: **Jurij Trifonow** – Das Haus an der Moskwa • Johannesburg: **Ivan Vladislavić** – Johannesburg. Insel aus Zufall • Teheran: **Tirdad Zolghadr** – Softcore

Ausgewählt von der Feuilletonredaktion der Süddeutschen Zeitung, 2010

Süddeutsche Zeitung **Bibliothek**
Metropolen

Jurij Trifonow

Das Haus an der Moskwa

Jurij Trifonow

Das Haus an der Moskwa

Roman

Aus dem Russischen von Alexander Kaempfe

Süddeutsche Zeitung Bibliothek

Bibliografische Information der Deutschen Nationalbibliothek
Die Deutsche Nationalbibliothek verzeichnet diese Publikation in der Deutschen Nationalbibliografie.
Detaillierte bibliografische Daten sind im Internet über http://dnb.d-nb.de abrufbar.

Der vorliegenden Ausgabe liegt die Textfassung der 1979 im Rowohlt Verlag erschienenen deutschsprachigen Ausgabe zugrunde.
Lizenzausgabe der Süddeutschen Zeitung GmbH, München
für die Süddeutsche Zeitung Bibliothek – Metropolen, 2010
Titel der Originalausgabe: *Dom na Naberezhnoj, 1976*

Herausgegeben mit Unterstützung von Nibbe & Wiedling Literary Agency
www.nibbe-wiedling.de
Aus dem Russischen von Alexander Kaempfe.
Gestaltung: Eberhard Wolf, Stefan Dimitrov
Titelfoto: Sergei Isakov/epa/Corbis
Autorenfoto: SZ Photo/Forum
Projektleitung: Marion Meyer, Catharina Pawella
Redaktion: Harald Eggebrecht
Satz: HJR, Manfred Zech, Landsberg
Herstellung: Hermann Weixler, Thekla Neseker
Druck und Verarbeitung: CPI - Ebner & Spiegel, Ulm
Printed in Germany
ISBN 978-3-86615-798-9

Keiner dieser kleinen Jungen ist mehr auf der Welt. Die einen sind im Krieg geblieben, andere sind an Krankheiten gestorben, wieder andere sind spurlos verschwunden. Einige leben zwar noch, sind aber völlig andere Menschen geworden. Und wenn diese anderen Menschen, durch die Fügung eines Zauberers, jenen Knaben in ihren Hemdchen und den Schuhen mit den Gummisohlen und dem aus Tuch gefertigten Oberleder begegnen würden, wüßten sie nicht einmal, worüber sie mit ihnen reden sollen. Ich fürchte, sie würden nicht einmal erraten, daß sie sich selber begegnet sind. Nun, dann eben nicht, erraten ist nicht jedermanns Sache! Sie haben es eilig, sie fliegen, sie schwimmen, sie jagen dahin, sie rudern mit den Händen, immer weiter und weiter und weiter, immer schneller und schneller, Tag um Tag und Jahr für Jahr, es wechseln die Ufer, die Berge treten zurück, die Wälder entlauben und lichten sich, der Himmel wird dunkel, die Kälte rückt näher, man muß sich beeilen, beeilen – und es ist keine Kraft mehr da, zurückzublicken: auf das was dablieb und erstarb, wie eine Wolke am Rande des Himmels.

An einem der unerträglich heißen Augusttage des Jahres 1972 – Moskau erstickte in jenem Sommer fast vor Hitze und dunstigem Rauch, Glebow aber mußte wie zur Strafe einige Tage in der Stadt verbringen, ihnen stand der Einzug in die neue Wohnung bevor – fuhr Glebow in ein Möbelgeschäft in einem Neubauviertel, irgendwo am Koptjowskijmarkt, und dort widerfuhr ihm eine sonderbare Geschichte. Er traf einen Kumpel aus uralten Zeiten. Und wußte den Namen nicht mehr. An sich war er wegen eines Tisches rausgefahren. Man hatte ihm einen Tisch versprochen.

Aufbewahrungsort vorerst unbekannt, das sei geheim, immerhin gab es ein paar Hinweise: der Tisch sei antik, mit Medaillons verziert, folglich paßte er zu den Mahagonistühlen, die Marina vor einem Jahr für die neue Wohnung gekauft hatte. Man sagte Glebow, im Möbelladen unweit des Koptjowskijmarktes arbeite ein gewisser Jefim, der wüßte, wo der Tisch ist. Glebow fuhr nach dem Mittagessen hin, die Sonne brannte, er parkte den Wagen im Schatten und ging zum Geschäft hinüber. Auf dem Gehsteig vor dem Eingang, wo eben abgeladene oder auf die Verladung wartende Schränke, Liegen und sonstiges poliertes Möbelzeug verunreinigt und wohlverpackt herumstand, wo trübsinnig blickende Kunden, Taxifahrer und schlampig gekleidete Männer, die für drei Rubel zu allem bereit waren, herumlungerten, fragte Glebow, wo er Jefim finden könne. Man erwiderte: im Hinterhof. Glebow ging durchs Geschäft, wo man vor Schwüle und Lackspiritusgeruch kaum atmen konnte, und betrat durch eine schmale Tür den völlig menschenleeren Hof. Nur irgendein Hilfsarbeiter döste in der Hocke sitzend im Schatten an der Wand.

Glebow fragte: »Sind Sie Jefim?«

Der Arbeiter hob den trüben Blick, schaute streng und ließ auf seinem Kinn ein verächtliches Grübchen entstehen, welches »nein« bedeuten sollte. Auf Grund dieses Grübchens und noch eines anderen unwägbaren Umstands erriet Glebow jäh, daß dieser vor Hitze und Wodkakater halbtote, unglückselige Möbelschlepper ein Freund aus fernen Jahren war. Er begriff es nicht mit den Augen, sondern mit etwas anderem, einem inneren Klopfen. Schrecklich war jedoch dies: wohl wissend, wer das ist, konnte er sich an den Namen nicht erinnern! Deshalb stand er stumm da, schaukelte in seinen knarzenden Sandalen und blickte den Mann, heftig denkend, starr an. Das ganze Leben war plötzlich da. Aber der Name? So ein listiger, lustiger Name. Ein kindlicher Name zugleich. Ein in seiner Art unverwechselbarer Name. Der einstweilen namenlose Freund begann unterdessen wieder zu dösen: zog sich die Schirmmütze vors Gesicht, warf den Kopf zurück, sein Mund sackte ab.

Glebow trat erregt beiseite, trottete eine Zeitlang umher, auf der Suche nach Jefim, betrat dann durch die rückwärtige Türe den Verkaufsraum, fragte dort, Jefim war wie vom Erdboden verschluckt, man riet Glebow zu warten, aber zum Warten hatte er keine Zeit, Glebow trat, stumm fluchend, die menschliche Unzuverlässigkeit verwünschend, wieder auf den Hof in die Sonnenglut, wo dieser Schulepa ihn so verblüfft und verwirrt hatte. Aber gewiß doch: Schulepa! Ljowka Schulepnikow! Irgendwann hatte er davon gehört, Schulepa sei verschollen, sei praktisch in der Gosse gelandet. Aber daß er so tief sinken würde? ... Bis in diesen Möbelladen? Er wollte freundschaftlich mit ihm reden, kameradschaftlich, wollte nach den Umständen fragen und zugleich nach Jefim.

»Lew ...«, sagte Glebow nicht sehr überzeugt, während er auf den Mann zuging, der immer noch in der gleichen Pose drüben im Schatten hockte, jetzt aber schon nicht mehr döste, sondern irgendeine Bewegung in der Tiefe des Hofes, mit den Lippen eine Zigarette benetzend, beobachtete. Lauter und kühner ergänzte Glebow: »Schulepa!«

Der Mann blickte Glebow wieder trübäugig an und wandte sich ab. Natürlich war das Ljowka Schulepnikow, allerdings stark gealtert, vom Leben zerzaust und zerknittert, mit einem durch häufigen Suff schütteren aschgrauen Schnauzbart, ein sich selbst unähnlicher Schulepa, der übrigens in irgendeinem Punkt der alte geblieben war: genauso dummdreist empfindlich wie einst. Sollte er ihm Geld geben, damit sich der Bursche seinen Kater wegspülen konnte? Glebow bewegte die Finger in der Hosentasche und tastete nach Münzen. Vier Rubel oder so könnte er gut entbehren. Falls der Mann ihn darum bitten würde. Aber der schenkte Glebow keine Beachtung, und Glebow wurde wieder unsicher und dachte, er hätte sich vielleicht doch geirrt, vielleicht sei das gar nicht Schulepa. Doch im gleichen Augenblick packte ihn die Wut, und er fragte ziemlich grob und herablassend, wie das seine Art im Umgang mit Dienstleistungspersonal war:

»Erkennst du mich denn wirklich nicht, Ljowka?!«

Schulepnikow spuckte die Kippe aus, erhob sich, ohne Glebow anzublicken, und schlurfte in die Tiefe des Hofes davon, wo das Entladen eines Möbeltransporters begonnen hatte. Glebow schlich, peinlich berührt, auf die Straße. Beeindruckt hatte ihn nicht Ljowka Schulepas Anblick und nicht die Erbärmlichkeit seines jetzigen Status, sondern der Umstand, daß Ljowka ihn *nicht hatte erkennen wollen*. Dabei hatte Ljowka nicht den geringsten Grund, Glebow irgendwas nachzutragen. Nicht Glebow war schuld, und nicht die Leute waren es – schuld waren die Zeitläufte. Dann soll er eben die Zeitläufte *nicht grüßen*. Dann wieder plötzlich dies Bild: eine ganz frühe Erinnerung, dürftig und dumm, das Haus am Kai, schneebedeckte Höfe, elektrische Lampen an Drähten, Raufereien in den Schneewehen an der Backsteinmauer. Schulepa bestand aus Schichten, er zerfiel schichtweise, und jede Schicht war anders als die andere, jedoch das eine – damals im Schnee an der Mauer, als sie sich bis zum ersten Blutstropfen prügelten, bis zum hingekeuchten »Ich ergebe mich«, und dann in dem riesengroßen warmen Haus Tee aus dünnen Tassen tranken – das war doch sicher echt und wahr gewesen. Oder vielleicht doch nicht. Zu verschiedenen Zeiten sieht das Echte verschieden aus.

Wenn er ehrlich war, haßte Glebow jene Zeit, denn sie war seine Kindheit.

Und abends, als er Marina davon erzählte, war er nicht deshalb erregt und nervös, weil er einen Jugendfreund getroffen hatte, der ihn nicht hatte erkennen wollen, sondern deshalb, weil man es mit solch verantwortungslosen Leuten wie diesem Jefim zu tun hat, die einem die Hucke voll versprechen, um das Versprochene gleich wieder zu vergessen oder darauf zu spucken, und der schön verzierte antike Tisch wandert in fremde Hände. Zum Schlafen fuhren sie auf die Datscha. Dort herrschte Alarmstimmung, die Schwiegereltern schliefen, trotz der späten Stunde, noch nicht. Margoscha war nämlich schon früh am Tag mit Tolmatschjow auf dessen Motorrad davongebraust, hatte den ganzen Tag nichts von sich hören lassen und erst nach acht telephonisch mitgeteilt, sie befände sich auf dem Wernadskij-Prospekt im Atelier irgendeines Malers. Sie bat, sich ihretwegen nicht zu sorgen, Tolmatschjow würde sie spätestens um zwölf daheim abliefern. Glebow geriet außer sich: »Auf dem Motorrad? Mitten in der Nacht? Warum haben Sie dieser Idiotin nicht gesagt, daß sie unverzüglich ...?« Die Schwiegereltern, wie zwei komische Alte aus einer Posse, nuschelten etwas Sinnloses und Deplaziertes.

»Ich habe den Rasen akkurat gesprengt, Wadim Alexandrowitsch, aber dann haben sie die Wasserleitung abgestellt ... Man müßte also höheren Orts ...«

Glebow ließ die Alten stehen und ging in sein Arbeitszimmer im Obergeschoß. Die Schwüle ließ auch am späten Abend nicht nach. Aus dem dunklen Garten roch es nach dürrem warmem Laub. Glebow schluckte eine Arznei und legte sich angezogen auf die Couch. Er dachte daran, daß er heute, wenn sie wohlbehalten heimkäme, mit der Tochter endlich einmal über Tolmatschjow reden müsse. Um ihr die Augen über diese Jammergestalt zu öffnen. Um halb eins hörte er Motorradknattern, dann ertönten unten Stimmen. Mit Erleichterung vernahm Glebow die hohe, holpernde Stimme der Tochter. Auf wunderbare Weise beruhigte er sich sogleich, der Wunsch, mit der Tochter zu reden, verschwand. Glebow begann, sich auf der Couch sein Bett zu machen, wohl wissend, daß seine Frau jetzt bis tief in die Nacht hinein mit Margoscha schwatzen würde.

Doch die beiden Frauen kamen erregt in sein Zimmer gestürmt, als Glebow das Licht noch nicht ausgeschaltet hatte, in weißen Trikotunterhosen im Zimmer stand, den einen Fuß auf dem Bettvorleger, den anderen auf der Couch, und sich an diesem letzteren mit einer kleinen Nagelschere die Nägel schnitt.

Seine Frau hatte ein fahles Gesicht, sie sagte kläglich:

»Weißt du, sie heiratet Tolmatschjow.«

»Was du nicht sagst!« Glebow schien erschrocken, obwohl er es in Wirklichkeit nicht war, aber Marina schaute gar zu unglücklich drein. »Und wann?«

»In zwölf Tagen, sobald er von der Dienstreise zurück ist«, sagte Margoscha schnell, mit dem Redetempo das Kategorische und Unabwendbare dessen betonend, was sich vollziehen sollte. Dabei lächelte sie, ihr kleines Kindergesicht mit den leicht geschwollenen Wangen, die kleine Nase, die Brille, die von der Mutter geerbten schwarzen Knopfaugen: alles strahlte und glitzerte, war blind und glücklich. Margoscha stürzte zum Vater und küßte ihn. Glebow witterte den Geruch nach Wein. Er zog sich rasch unters Bettlaken zurück. Es war ihm peinlich, daß ihn die erwachsene Tochter in Unterhosen gesehen hatte, und noch peinlicher, daß sie das nicht verlegen machte, daß sie den unpassenden Anblick des Vaters gar nicht zu bemerken schien. Freilich sah sie derzeit überhaupt nichts. Verblüffend infantil in allen Dingen. Und dieses Dummerchen will ein selbständiges Leben mit einem Mann beginnen. Genauer: mit einem besseren Strolch. Glebow fragte: »Von welcher Dienstreise? Arbeitet Tolmatschjow denn irgendwo?«

»Natürlich arbeitet er. In einer Buchhandlung als Verkäufer.«

»In einer Buchhandlung? Als Verkäufer?« Glebow warf vor Verwunderung beide Hände aufs Bettlaken. Das war ihm neu, hier war eine Fußangel. »Und warum höre ich zum erstenmal davon? Du hast behauptet, er sei Maler, hast Abbildungen gezeigt, irgendwelche Kerzenhalter und Bügeleisen ...«

»Doch, sie hat uns gesagt, wo er arbeitet. Sie hat es schon früher gesagt«, bestätigte die stets um Gerechtigkeit bemühte Marina. »Aber darum geht es gar nicht ...«

»Mami, wie lieb hab ich euch alle!« rief Margoscha, die Mutter abküssend, und brach in ein Lachen aus. »Vati, du bist heute blaß. Wie fühlst du dich denn?«

»Und wo hält sich der Bräutigam augenblicklich auf?«

»Vati, ich bitte dich, mach dir darum keine Sorgen, mach dir das Herz nicht schwer!«

»Margoscha, antworte mir: wo wollt ihr leben?«

Als Verkäufer in einem Geschäft. Etwas Ungereimteres war nicht auszudenken. Schon lange hatte er keine so glücklich entrückten Augen gesehen, kein so sinnloses Lachen mehr gehört. Margoscha sagte lachend:

»Ja, ist denn das so wichtig?«

»Aber dein Vater und ich wollen wissen ...«

»Ach so, ihr wollt wissen! Euch plagt die Neugier!« Wieder Gelächter. »Nun, sagen wir, hier in diesem Haus ... Ist das schlecht? Habt ihr etwas dagegen?«

»Du wirst mit dem Omnibus fahren? Um fünf Uhr früh aufstehen?«

»Mami, das sind doch Lappalien ...«

Plötzlich waren beide verschwunden. Glebow horchte auf die hellen weiblichen Stimmen dort unten, denen sich jetzt das dumpfe Gemurmel der Schwiegereltern zugesellte. Glebows Herz schmerzte im Vorgefühl von Veränderungen, und er beschloß ein Schlafmittel zu nehmen. Plötzlich kam ihm der Gedanke: »Vielleicht wird gar nichts Schlimmes geschehen? Alles soll seinen Lauf nehmen. Wie immer. In einem Jahr sind sie wieder geschieden, von mir aus gern.« Und er begann, über andere Dinge nachzudenken.

Gegen ein Uhr nachts klingelte das Telefon. Glebow spürte durch den Halbschlaf, wie ihn Zorn ergriff, das Herzklopfen nahm zu, behend wie ein Jüngling sprang er von der Liege und rannte zum Telefon, das auf dem Tisch stand. Er wollte den Hörer wegreißen, noch bevor Margoscha den Hörer des unteren Telefons ergreifen könnte, und dem Frechdachs eine Abreibung verpassen. Er war sicher, daß Tolmatschjow anrief.

Doch es war eine unbekannte, eine fahrige und rowdyhafte Stimme.

»Grüß dich, Schätzchen, prosit Neujahr! ... Du erkennst mich wohl nicht wieder? Was?« keuchte der Rowdy. »Mal erkennt er einen, mal erkennt er einen nicht. Du bist mir ein Arsch. Wieso Uhrzeit? Kurz nach eins, da sind selbst die Kinder noch auf. Auch die Intelligenzija legt sich so früh nicht schlafen ... Sie denkt über Probleme nach ... Ich sitze hier mit einem Kerl ... Weißt du übrigens noch, was für finnische Messerchen ich früher hatte?«

»Ich erinnere mich«, sagte Glebow, und er erinnerte sich wirklich: Es waren an die fünf Messerchen gewesen, alle verschieden groß. Das kleinste hatte die Größe einer Zigarette. Ljowka brachte sie in die Schule mit und gab damit an. Und die funkelnde Stahlpistole mit beinernem Knauf, fast wie echt.

Marina betrat das Zimmer, fragte mit erschrecktem Blick: »Wer?« Glebow blinzelte und winkte ab: nicht der Rede wert, irgendein Quatsch. Er war verblüfft, Freude darüber zu empfinden, daß Schulepnikow anrief.

»Gehab dich wohl und schlafe gut, Genosse ... Verzeih, daß ich deinen Schlummer gestört habe ... Ich hab vorhin drei Stunden lang die Auskunft bekniet, bevor die deine Nummer rausrückten. Hörst du? Als du heute auf mich zukamst, hab ich dich nicht erkennen wollen. Der hat mir gerade noch gefehlt, hab ich gedacht. Du warst mir furchtbar widerwärtig. Doch, doch, du hast richtig gehört. Ich sagte: furchtbar widerwärtig.«

»Und weshalb?« fragte Glebow gähnend.

»Weiß der Teufel. Was Schlechtes hast du mir doch gar nicht getan. Nun ja, du bist Doktor und Direktor, bist dies und jenes, Scheiße auf Hochglanz gebracht, mich läßt das alles reichlich kalt. Mich kümmert es nicht. Ich falle unter eine andere Zuständigkeit. Dann bin ich von der Arbeit nach Hause gegangen, hab mich hier um meine Siebensachen gekümmert, und plötzlich hab ich gedacht: Wozu hab ich bloß den Wadim gekränkt? Vielleicht hat er irgendwelchen Krempel gebraucht und ist deshalb ins Geschäft gekommen? Und wenn er nächstes Mal kommt, bin ich nicht mehr da ... Man hat mich nämlich für einen Auslandstrip vorgemerkt, drei Jahre ...«

»Lew, ruf mich morgen an, bitte.«

»Nichts da, morgen. Nur heute. Bist du vielleicht Minister? Morgen anrufen! Du bist mir ein Bonze. Ich soll morgen anrufen? Du hast wohl nicht alle beieinander, Glebow, daß du so mit mir redest! Wie dreht sich dir die Zunge um? Ich hab drei Stunden nach deiner Nummer gefahndet, zu zweit mit diesem Burschen hier ... Einer vom diplomatischen Korps, ein prima Bursche ... Über die Auskunft vom Ministerium ... Sag mal, Wadim, erinnerst du dich noch an mein Mütterlein?«

Glebow sagte, er erinnere sich, und wollte hinzufügen, daß er sich auch an Ljowkas Vater erinnert, genauer: an seinen Stiefvater. Noch genauer: an seine zwei Stiefväter. Aber im Hörer schepperte es kurz, und es begann zu tuten.

Marina blickte weiterhin erschreckt.

»Irgendein Quatsch. Das war der Kerl aus dem Möbelgeschäft ...« Glebow stand barfuß neben dem Schreibtisch und betrachtete den Telephonapparat. »Ein komischer Kauz ... Warum hat er angerufen?«

Vor fast einem Vierteljahrhundert, als Wadim Alexandrowitsch Glebow weder Halbglatze noch Leibesfülle besaß, noch einen Busen, wie Frauen, noch dicke Schenkel, noch einen großen Bauch, noch abfallende Schultern – neuerdings mußte er beim Schneider arbeiten lassen, statt fertige Anzüge zu kaufen, denn zu einem Sacco Größe zweiundfünfzig hätte er eine Hose mindestens Größe sechsundfünfzig kaufen müssen, wenn nicht gar achtundfünfzig, sonst wäre er einfach nicht reingekommen – als er oben und unten im Mund noch keine Brücken hatte und die Ärzte keine Veränderungen im Elektrokardiogramm feststellten, keine Anzeichen von Herzinsuffizienz und Herzverkrampfung im Frühstadium, als ihn noch kein allmorgendliches Sodbrennen plagte, kein Schwindelgefühl, kein Gefühl der Zerschlagenheit im ganzen Körper, als seine Leber normal arbeitete und er fette Speisen und nicht ganz frisches Fleisch essen, unbegrenzte Mengen Wein und Schnaps konsumieren konnte, ohne sich vor den Folgen fürchten zu müssen, als er nicht wußte, was Kreuzschmerzen sind, die vom Streß herrühren oder von Unterkühlung oder Gott weiß woher; als er keine Furcht davor empfand, die Moskwa an der breitesten Stelle zu durchschwimmen, vier Stunden lang ohne Unterbrechung Volleyball spielen konnte, als er schnellfüßig und knochig und langhaarig war, eine runde Brille trug, wie ein Student der 1870er Jahre; als er oft ohne Geld dasaß, als Ladearbeiter auf dem Güterbahnhof arbeitete oder in kleinen Höfen hinter der Moskwa Holz hackte, als er Hunger litt, als die Gefahr bestand, daß er Schwindsucht bekäme, man ihn zur Kur auf die Krim schickte und alles gut verlief, als der Vater, Tante Polja und die Großmutter noch am Leben waren und sie alle in dem kleinen Häuschen am Kai lebten, im Obergeschoß, wo außer ihnen noch sechs Familien wohnten und in der Küche acht Tische standen; als er mit den Mädchen Lieder sang und man ihn nicht Wadim Alexandrowitsch, sondern Glebytsch oder »Semmel« nannte; als er, in Schlaflosigkeit und kläglicher jungenhafter Ohnmacht, von all jenen Dingen erst noch träumte, die ihm später zufielen, ohne Freude zu bringen, weil sie ihm so viele Kräfte und jenes Unersetzliche geraubt hatten, das »Leben« genannt wird; in jenen Zeiten, vor fast einem Vierteljahrhundert, gab es einen Professor Gantschuk, gab es Sonja, gab es Anton und Ljowka Schulepnikow, mit Spitznamen Schulepa, die in Glebows Nachbarschaft wohnten, gab es noch verschiedene andere Menschen, die dann nach und nach entschwanden, gab es ihn selber, unähnlich und unansehnlich wie eine Schmetterlingsraupe. Von Marina war damals noch keine Rede.

Sie kritzelt irgendwo auf der Veranda unter Birken mit ihrer Kinderschrift sorgsam auf kleine weiße Papierstreifen, die auf Einmachgläser gespannt und mit einem Bindfaden festgemacht sind: »Stachelbeeren 72«, »Gartenerdbeeren 72«. Anton ist längst nicht mehr unter den Lebenden, Sonja auch nicht. Auch über Professor Gantschuk ist nichts bekannt, wahrscheinlich gibt es auch ihn nicht mehr, gibt es ihn aber doch, so läuft das aufs gleiche hinaus. Ljowka Schulepnikow sitzt im Hof des Möbelgeschäfts im Schatten, mit dem Rücken gegen die Mauer gelehnt, eine Zigarette zwischen den Zähnen, und döst vor sich hin, sieht wohl immer wieder die gleichen Träume: geräumige Zimmer mit hohen Decken, die riesengroßen orangegelben Lampenschirme der dreißiger Jahre ...

Es ist wie im Theater: erster Aufzug, zweiter, dritter, achtzehnter Aufzug. Jedesmal ist der Mensch ein klein wenig anders geworden. Doch zwischen den Aufzügen vergehen Jahre, Jahrzehnte. Schulepnikow tauchte im Institut bereits als Studierender im dritten Jahr auf – das war Auftritt zwei, er schlüpfte so natürlich und leicht aus der Vergessenheit, wie das nur in der ersten Lebenshälfte geschieht, wenn man glaubt, alles würde ablaufen, wie es vorgeplant war. Und die Geschichte mit Gantschuk und all den anderen fiel ins vierte und das beginnende fünfte Jahr. Unerklärlich rasch wurde Schulepnikow zum Mitspieler. Oder durchaus erklärlich: hinter den Kulissen stand der Stiefvater, der über gigantische Möglichkeiten verfügte. Die wenigsten wußten davon, aber Glebow und Sonja, für die Ljowka Schulepnikow der gute alte Schulepa geblieben war, wußten es natürlich. Man hielt ihn für überaus geschickt und erfinderisch, für einen erfolgreichen und zielstrebigen Karrieremann. Im Fakultätsbüro, im Komsomolkomitee: überall riß er sich sofort die besten Weiber unter den Nagel. Dabei war in Wirklichkeit gar nichts Besonderes mit ihm los, rechtschaffener Durchschnitt. Doch das wurde nicht sofort begriffen, zunächst ging er vielen auf den Wecker. Einmal trat im Institutskorridor ein mächtig gebauter Bursche auf Glebow zu, er hieß Smyga und kam aus Charkow und sagte: »Glebow, es wird gesagt, du hättest mit diesem Schwulepnikow die Schule besucht?« Glebow sagte: das hätte er, aber man soll keine Familiennamen verballhornen, das sei schlechter Stil. »Gut, statt des Namens werden wir ihm die Fresse verballhornen«, versprach Smyga. »Sag diesem Schuldeppnikow, er soll die Finger von den Mädels unserer Gruppe lassen. Sonst nehmen wir ihn in die Mangel.«

Einige Tage darauf erschien Smyga im Hörsaal mit geschwollenem Gesicht, als hätte er ein Zahngeschwür. Ljowka berichtete etwas verwundert: »Dieser Elefant hat sich auf dem Klo auf mich gestürzt, hat zu schreien begonnen: ›Wir haben dich gewarnt, du Vieh, du hast nicht auf uns hören wollen!‹ Das reinste Delirium, da hab ich einen Sambogriff eingesetzt. Er hat mit seiner Birne die Kloschlüssel gespalten.« Glebow glaubte es nicht, er wußte, daß Ljowka im Aufschneiden groß ist, aber dann entdeckte er, daß die Kloschlüssel wirklich gespalten war. Da glaubte er nicht nur daran, daß Smyga tief gedemütigt worden war, sondern er glaubte auch alle anderen, reichlich phantastischen Geschichten, die Schulepnikow aus dem eigenen Heldenleben erzählt hatte. Zum Beispiel, daß er während des Krieges eine besondere Geheimschule besucht hätte, wo man im Schießen, Messerwerfen, im Erwürgen mit bloßen Händen sowie in den Fremdsprachen unterrichtet wurde, und anschließend sei er weit hinter den deutschen Linien mit geheimnisvollen Dingen befaßt gewesen, aber dann hätte man ihn wegen eines Magengeschwürs demobilisiert. An der Wahrheit dieses Berichts waren Zweifel erlaubt, denn die deutsche Sprache beherrschte Schulepnikow nur mangelhaft, Messer warf er höchst mittelmäßig, und überhaupt gab er furchtbar gern an, log allerhand zusammen, was nicht ins Image jenes Menschen paßte, für den er sich ausgab. Glebow kam zu dem Schluß: wahrscheinlich hat Ljowka wirklich irgend so eine Spezialschule besucht (der Stiefvater wird ihn dorthin gelotst haben) und den Plan gehegt, ein zweiter Oberst Lawrence zu werden, aber dann ging die Sache aus irgendeinem Grunde schief. Smyga übrigens, der Ljowka zunächst gehaßt und herausgefordert hatte, wurde später sein ergebenster Handlanger und Gefolgsmann, das war bereits ein Jahr später, als Ljowka von seinem Stiefvater einen erbeuteten BMW geschenkt bekommen hatte und in diesem wanzenförmigen, kirschroten Gefährt vor dem Institut angerollt kam, was in den armen Studenten nicht einfach bloß Neid hervorrief, sondern ihnen schlichtweg die Sprache verschlug. Smyga hängte sich an Ljowkas Hacken, machte für ihn Erledigungen und stellte ihm die Mädchen vor, auf die er früher selber scharf war.

In jenen Jahren, als sein so unterhaltsames und launisches Leben im Zenit stand, gab es nur zweierlei Einstellungen zu Schulepnikow: man konnte ihm sklavisch dienen oder ihn wütend hassen. Glebow, Ljowkas ältester

Kumpel, war niemals sein Sklave gewesen, nicht einmal in den unteren Klassen, wo die einen Jungen vor den anderen, die stark und reich sind, so gern liebedienern, und er wollte sich nicht in einen General des Allerhöchsten Gefolges verwandeln, obwohl die Versuchung da war. Um Schulepnikow herum passierte allerhand, bildeten sich Gesellschaften: Landhäuser, Autos, Theater, Sportler. In jenen Jahren kam das Scheibenhockey auf oder, wie man es damals nannte, das »kanadische Hockey« oder einfach »Kanada«. Dafür zu schwärmen war Mode und galt als fein. Ins Stadion kamen Damen in Lammfell und Männer in Bibermänteln. Schulepnikow zog mit den Assen der Fliegermannschaft herum. Sosehr es Glebow auch reizte, einmal an dieses berückende Leben zu rühren, das er sich nur in groben Umrissen ausmalte, sosehr ihn Ljowka aus alter Freundschaft dazu ermunterte – er hielt sich diesen Dingen fern. Das war nicht nur Eigenliebe, nicht nur die Unlust, das fünfte Rad am Wagen zu sein, hier spielte Glebows angeborene Vorsicht mit, die sich manchmal ohne jeden Anlaß, wie aus Intuition regte. Schulepnikow schlug spendabel vor: »Glebow, auf dich liegt eine Voranmeldung vor!« Das bedeutete, daß eines von Ljowkas Mädchen Glebow gesehen oder auch nur von ihm gehört hatte und jetzt den Wunsch äußerte, seine Bekanntschaft zu machen, woran nichts weiter verwunderlich war, Glebow war bei den Mädchen damals gut angeschrieben, oder vielleicht flunkerte Ljowka auch bloß was zusammen, vielleicht gab es gar keine Voranmeldungen, vielleicht wollte er einfach den Freund an den Freuden des irdischen Lebens teilhaben lassen. Er war ja ein sehr geselliger Mensch. Glebow wich aus. Ersann Ursachen. Wies auf Sonja hin: Sonja wartet, bin mit Sonja verabredet, Sonja ist krank. In Wirklichkeit war hier ein geheimer Mechanismus der Selbsterhaltung am Werk, und das war erstaunlich, denn wer hätte in jenen Zeiten an nahende Katastrophen gedacht! Wovon sich Glebow jedoch nicht befreien konnte, was ihn die ganzen Jahre hindurch quälend begleitete, das war die Kränkung tief auf dem Grund seiner Seele ...

Dagegen war nicht anzukommen. Wie eine unausrottbare Krankheit: mal packt es dich, mal merkst du nichts, mal ist es kaum noch auszuhalten. Warum, Herrgottnochmal, fällt ihm erst dies, dann jenes zu, leicht wie im Traum, brauchst nur danach zu greifen, als hätte ein hohes Gericht es so und nicht anders verfügt? Glebow aber muß sich nach der Decke strecken, muß den Buckel herhalten, seine Sehnen, seine Haut. Wenn du es erreicht hast, sind die Sehnen geplatzt, ist die Haut knochenhart geworden.

Begonnen hat diese Qual – man könnte sie *Leiden am Nichtentsprechen* nennen – in fernen Zeiten, so etwa in der fünften oder sechsten Klasse, als Schulepa in das große Haus an der Moskwa zog. Glebow hatte von Geburt an in seinem zweistöckigen Häuschen gelebt. Neben dem grauen tausendfenstrigen Riesenkasten, der einer ganzen Stadt, sogar einem ganzen Land glich, duckte es sich, nach rückwärts hin, hinter der kleinen Kirche, hinter einigen wie Pilze aneinanderklebenden, wenn auch aus Stein gebauten Bruchbuden; ein etwas schiefes Gebäude mit eingedelltem Dach und vier Halbsäulen an der Fassade, das den Bewohnern der umliegenden Sträßchen als *Derjugin-Hof* bekannt war. Auch die Gasse, an der das schiefgeratene Phänomen stand, trug den Namen Derjugin-Gasse. Der graue Gigant hing über der Gasse, nahm ihr morgens die Sonne, während an den Abenden Radiostimmen und Grammophonklänge hinunterdrangen. Dort, in himmelsnahen Stockwerken, vollzog sich scheinbar ein ganz anderes Leben als unten im Gewimmel der kleinen Häuschen, die nach hundertjähriger Überlieferung gleichmäßig gelb angestrichen waren. Da war es, das *Nichtentsprechen*! Die einen bemerkten nichts, die anderen spuckten darauf, wieder andere hielten das für gut und richtig und legitim, in Glebows Seele jedoch schwelte es von Kindesbeinen an: ob das nun Neid war oder sonstwas. Der Vater, ein Chemiker, arbeitete als Meister in einer alten Bonbonfabrik, die Mutter plagte sich redlich, doch es kam nicht viel dabei heraus. Bildung fehlte. Mal nähte sie, mal ging sie ins Büro, mal saß sie hinter einer Kinokasse. Dieser Kinodienst nun, in einem mickrigen

Kino in einer Gasse hinter der Moskwa, war Gegenstand eines nicht geringen Stolzes in Jungglebows Brust und verschaffte ihm ein großes Privileg: er konnte sich jeden Film gratis anschauen. Während der zuschauerarmen Nachmittagsvorstellungen konnte er einen Schulkameraden mitnehmen, manchmal sogar zwei. Sofern die Mutter freundlich aufgelegt war.

Dies Privileg bildete die Grundlage seiner Machtposition in der Klasse. Glebow setzte es überlegt und klug ein, er lud Jungen ein, an deren Freundschaft ihm lag, von denen er eine Gegenleistung erwartete, hielt einige lange mit Versprechungen hin, während er anderen Halunken seine Gnade für immer versagte. Das ging so hin, Glebows Macht, oder verwenden wir lieber das bescheidenere Wort »Autorität«, blieb unangefochten, bis Ljowka Schulepa auftauchte. Ljowka war aus irgendeinem Vorort in das Große Haus gezogen, vielleicht sogar aus einer anderen Stadt. Er machte sofort Eindruck, er besaß eine Lederhose! Die ersten Tage hielt er sich hochmütig, blickte mit seinen hellblauen Augen jedermann schläfrig und verächtlich an, fing mit keinem ein Gespräch an und setzte sich in eine Bank mit einem Mädchen. Während des Unterrichts knarzte er unerträglich mit der Lederhose. Man beschloß, ihn zu belehren, besser gesagt: zu demütigen, noch besser gesagt: Schmach über ihn zu bringen. Es gab eine Form des Strafgerichts, die den Namen »Ohoho« trug. Der zu Bestrafende wurde in den Hinterhof geschleift, wo sich die Meute auf ihn stürzte und ihm mit dem Ruf »Ohoho!« die Hose auszog. Eine solche Maßnahme ward dem Neuling zugedacht. Wie süß wäre das gewesen: ihm die wirklich erstaunliche, knarzende Hose herunterzuzerren, soll er dann tanzen, soll er jammern, und die Mädchen werden durchs Fenster zuschauen, man hatte ihnen von dem Vorhaben erzählt. Glebow redete den anderen sehr zu, Schulepa diese Lektion zu erteilen, der Neuling gefiel ihm nicht, ihm mißfielen überhaupt die Leute aus dem grauen Haus. Doch im letzten Augenblick entschloß er sich, nicht an der Aktion teilzunehmen. Vielleicht hatte sich sein Gewissen schüchtern gemeldet. Er schaute durch die Tür zu, die auf den Hinteraufgang hinausführte.

Sie riefen Ljowka nach Schulschluß in den Hinterhof, es waren so an die fünf Mann: der »Bär«, Sjawa, Manjunja, noch zwei andere, sie umzingelten Ljowka, brachen einen Streit vom Zaun, plötzlich packte der »Bär«, der Stärkste der Klasse, Schulepa um den Hals, legte ihn mit einem Griff aufs Kreuz, die anderen stürzten mit Ohoho-Rufen hinzu, Ljowka wehrte sich, schlug mit den Beinen aus, aber man überwältigte ihn, einer setzte sich ihm auf den Brustkorb, da ertönte ein lauter Knall, als sei ein Autoreifen geplatzt. Alle fünf stoben auseinander, während Ljowka wieder aufstand. Er hatte die Lederhose noch immer an und hielt in der Hand eine Pistole. Er schoß noch einmal in die Luft. Es roch nach Rauch. Es folgte eine Schreckminute. Glebow fühlte, wie die Beine unter ihm einknickten. Der »Bär« rannte mit hervortretenden Augen auf Glebow zu, stieß ihn beiseite und rannte, Stufen überspringend, die Treppe hinauf.

Später stellte sich heraus, daß Schulepnikow eine Schreckschußpistole besaß, eine ausländische und sehr schöne, die mit besonderen Platzpatronen den Laut eines echten Pistolenschusses erzeugte. Schulepnikow ging aus der Geschichte als ein prima Kerl hervor, während sich die Angreifer mit Schande bedeckten. Danach waren sie eifrig bestrebt, Frieden zu schließen und sich mit dem Besitzer dieser herrlichen Schreckschußpistole anzufreunden. Mit Hilfe einer solchen Waffe konnte man sich leicht zum Herrscher über alle Hinterhöfe entlang der Flußuferstraße aufschwingen. Für Glebow war die Verständigung mit Schulepa einfacher als für die anderen. Er hatte am Überfall ja nicht teilgenommen. Schulepnikow zeigte keine Rachegelüste, er war es offenbar zufrieden, daß man jetzt um sein Wohlwollen buhlte und für die Möglichkeit, einen Schuß aus der Schreckschußpistole abzufeuern, bereit war, ganze Vermögen wegzugeben. Aber so einfach ging die Sache nicht aus. Plötzlich kam Direktor Meschkower in die Klasse, begleitet vom Vizerektor und von einem

Milizmann, und begann zu schreien, die Banditen müßten der verdienten Strafe zugeführt werden. Der Direktor war nicht wiederzuerkennen: er brüllte, was er früher nie getan hatte, und war ganz bleich im Gesicht, seine Wangen zitterten, er schien erbarmungslos zu sein. Der Vizerektor sagte, hier hätten Schädlinge zugeschlagen. Der Milizmann saß stumm da, was gleichfalls nichts Gutes verhieß. Keinem war wohl in seiner Haut.

Der Direktor bestand darauf, daß die Banditen beim Namen genannt werden. Schulepnikow wollte nicht. Er sagte, sie hätten ihm die Jacke über den Kopf gezerrt und seien auseinandergestoben. Er hätte sich die Gesichter nicht gemerkt. Der Direktor kam noch zweimal, aber ohne Milizmann. Ein längliches weißes Gesicht, weiße geschwollene Augenringe. Er war nervös, konnte nicht ruhig auf dem Stuhl sitzen, wie das Lehrer sonst tun, rannte unablässig vor der Tafel hin und her, als hätte man ein Uhrwerk in ihm aufgezogen. Die den Spitznamen »Schlot« tragende Klassenlehrerin war unbeliebt, doch der Direktor tat ihnen aufrichtig leid. Er sah sehr mitgenommen aus.

»Freunde, ich bitte euch um Mut ... Und der besteht nicht im Vertuschen, sondern im Aussagen ...« Sein weißes Gesicht und die versagende Stimme zeugten indessen nicht gerade von Mut.

Aber bei allem Mitgefühl mit dem alten kranken Mann schwieg die Klasse. Auch Schulepa schwieg. Er berichtete später, sein Vater hätte ihn bestraft, ihn den ganzen Abend lang im Badezimmer eingesperrt, wo es dunkel war und viele Kakerlaken gab. Der Vater verlangte, daß er die Namen nennt. Aber Schulepa nannte keinen.

Aus einem Knaben, über den man weltweite Schande bringen wollte, verwandelte sich Ljowka Schulepnikow in einen Helden. Von jener Zeit her, von der Lederhose, der Schreckschußpistole, der Heldenrolle her – ein Mädchen aus der Klasse verfaßte sogar ein Gedicht zu Schulepas Ehren – rührte wohl jene bleierne Schwere auf dem Grund von Glebows Seele ... Denn ein einziger Mensch soll nicht alles bekommen. Da wird am Ende sogar die Natur

Einspruch erheben oder jene Kraft, die man das Schicksal nennt.

Diesen *Einspruch des Schicksals* bekam Schulepa später zu spüren, diese Drachenzähne auf seiner Armesünderhaut, aber damals im Halbschlaf der Kindheit, damals konnte sich niemand ausdenken, wie sich eines Tages alles wenden würde. Und nur Glebow spürte etwas voraus, das man heute nicht mehr genau benennen kann, etwas Unruhe Verbreitendes: wie die dumpfen Stimmen der wachen Wirklichkeit, die in den Schlaf dringen. Nein, der Neid ist nicht jenes kleinliche, klägliche Gefühl, wie wir ihn gemeinhin kennen. Neid ist ein Teil der protestierenden Natur, ein Signal, das feinfühlige Gemüter vernehmen sollten. Doch es gibt keine unglücklicheren Menschen als jene, die der Neid gezeichnet hat. Und es gab kein vernichtenderes Unglück als jenes, das Glebow im Augenblick seines, so schien es, höchsten Triumphes zustieß.

Im kleinen Kino hinter der Brücke lief der alte Film *Der blaue Expreß*. Blutige Abenteuer, Schießereien, Morde. Alle redeten von diesem Film, träumten davon, doch der Film war für Jugendliche nicht freigegeben. Glebow kam durch seine Mutter in das Kino. Der Streifen war natürlich unsagbar gut. Anderthalb Stunden lang saß Glebow auf seinem Klappstuhl und zitterte vor Aufregung. Es war klar, daß er sich den Film noch einmal und immer wieder ansehen mußte. Es brachen die Tage der unbestreitbaren Glebow-Herrschaft an. Niemand konnte hoffen, auf anderem Weg als über Glebow diesen mit nichts zu vergleichenden, welterschütternden Film zu sehen, dessen Handlung darauf hinauslief, daß die Weißgardisten einen Zug mit Roten überfielen, mit Frauen, Greisen und Kindern kurzen Prozeß machten, bevor sie dann doch von den Roten besiegt wurden. Die Schußwechsel und Gefechte spielten sich in den Waggons, auf den Dächern und unter den Rädern des in voller Fahrt weiterbrausenden Zuges ab. Das dumme Publikum blieb fern, während der Tagesvorstellungen war der Saal fast leer.

Glebow wählte ein oder zwei besonders Würdige aus, machte sich die Wahl nicht leicht, verkündete nach Schulschluß seine Entscheidung, und dann rannten sie über die Brücke und ins Kino. Die Mutter hätte auch vier oder fünf Leute hineingelassen. Aber Glebow ging bedächtig vor. Er hatte es überhaupt nicht eilig. Er wollte, daß auch Schulepa ihn bittet, ihn wie die anderen anbettelt, aber der zeigte kein Interesse. Einmal sagte er nachlässig:

»Den hab ich hundertmal gesehen!«

Das war natürlich glatt gelogen. Glebow berauschte sich während des Unterrichts an der Abwägung der Bittsteller. Einer hatte ihm einen Satz französischer Kolonialbriefmarken nebst Markenalbum angeboten. Manjunja versprach, ihn über seinen Vater auf ein Pferderennen mitzunehmen, es gab noch andere Angebote, es gab auch Drohungen. Ein Mädchen schrieb einen Zettel mit dem Versprechen, ihn zu küssen, falls er sie in den Film führen würde. Der Zettel erregte Glebow. Er hatte noch niemals Zettel von Mädchen bekommen und noch nie eines geküßt. Das Mädchen hieß Dina. Dina Kalmykowa, genannt: der »Lampenschirm«. Sie war dicklich, hatte rote Wangen, schwarze Augen und Augenbrauen, war nicht besonders hübsch. Glebow hatte sie bis dahin nicht beachtet. Aber von jetzt an behielt er sie fürs Leben in Erinnerung.

Als er den Zettel erhielt, verspürte Glebow eine jähe heiße Furcht. Er hatte Angst, sich zu bewegen, hatte noch größere Angst, sich umzublicken: Dina saß zwei Bänke hinter ihm. Zunächst einmal zerriß er den Zettel in kleine Fetzen. Überlegte fieberhaft, was zu tun sei. Er hätte ihr natürlich sagen können: »Bitte sehr, ich nehme dich gern ins Kino mit, aber geküßt muß nicht werden.« Aber das wäre für sie möglicherweise kränkend gewesen. Vor allem war sie wirklich ziemlich dick, das reinste Fettkombinat, obwohl sie schnell rennen konnte und beim Sport besser war als die anderen Mädchen. Äußerst geschickt konnte sie auf einem Balken balancieren. Auch das Klettern am Seil beherrschte sie gut. Beim Turnen hatte sie eine riesengroße himbeerrote Turnhose mit Rüschen an. Irgendwer taufte die Turnhose »Lampenschirm«, und der Name ging auf die Trägerin über. Hätte Sweta Kirillowa oder beispielsweise Sonja Gantschuk den Zettel geschickt, dann wäre Glebow noch viel aufgeregter gewesen. Sweta erschien Glebow als eine Schönheit, sie war stolz, schlank und geschmeidig, hatte dunkelrotbraune Zöpfe und blickte immer so, als wüßte sie von einem sonst keinem bekanntem Geheimnis. Sonja Gantschuk hingegen zog Glebow nicht durch Schönheit, sondern durch etwas anderes an. Vielleicht dadurch, daß ihr Vater, Professor Gantschuk, ein Bürgerkriegsheld war und in seinem Arbeitszimmer, wohin Sonja Glebow einmal vertraulich geführt hatte, an der Wand Dolche, Gewehre und ein türkischer Krummsäbel hingen. Wenn ihm doch Sweta oder Sonja einen Kuß in Aussicht gestellt hätten! Das Angebot von Dina Lampenschirm machte Glebow eher verlegen.

Trotzdem trat er während der Pause, in einer günstigen Minute, als Dina allein, mit dem Rücken zum Fenster und lächelnd die Zimmerdecke anblickend, dastand, auf sie zu und ließ die Bemerkung fallen:

»Wenn du willst, gehen wir heute hin. Walrößlein und Chimius gehen mit ...« Nach kurzem Schweigen fügte er hinzu: »Natürlich nur, wenn du willst ...«

»Ich will«, sagte Dina, weiterhin lächelnd und die Zimmerdecke betrachtend.

»Aber mach schnell, sonst kommen wir zu spät. Die Vorstellung beginnt um zwei Uhr dreißig. Zieh gleich den Mantel an, und wir rennen los. Verstanden?« Er redete trocken, ohne Andeutung eines Gefühls.

Während der Vorstellung flüsterte Dina Glebow ins Ohr:

»Ich gehe heim!«

Er war verwundert. Die wichtigsten Schußwechsel des Films standen erst noch bevor. Glebow war darauf eingestimmt, sie zum zehntenmal zu sehen. Dina erläuterte flüsternd: sie hätte Bauchschmerzen bekommen. Sie stand auf und ging hinaus. Glebow dachte kurz nach und folgte ihr dann. Es war nicht ganz klar, weshalb er das tat, deswegen fühlten sich beide gehemmt und redeten nicht. Dina ging rasch, rannte fast, Glebow ging genauso schnell neben ihr her. Schweigend gingen sie durch die Gasse und traten auf den Kai des »Grabens« hinaus. Das Wasser unter der Brücke war schwarz, Dampf stieg von ihm auf. Den Fluß hinab schwammen Eisschollen, es war April, warm und kalt zugleich, eine komische Mischung, doch Glebow klapperten die Zähne und er selber zitterte. Jetzt hatte er große Lust, von Dina geküßt zu werden. Aber er wußte nicht, wie er sie daran erinnern sollte. Schließlich wollte er nicht vergeblich auf die Straße gerannt sein, ohne Rücksicht auf den Filmverlauf! Es hatte sich ganz gut so ergeben, Walrößlein und Chimius waren im Saal geblieben, sonst wären sie zu viert unterwegs gewesen, und das wäre ungünstig.

Er schaute Dina von der Seite an, sah ihre hochrote Wange, die Stupsnase, die schwarzen Locken, die unter ihrer schwarzen Skimütze hervorquollen, bemerkte, daß sie allmählich ins Schnaufen kam, ihre dicken Lippen waren geöffnet. Dieses Anschauen tat Glebow gut, denn er fühlte, daß Dina Lampenschirm, und mochte sie noch so dick und nicht gerade umwerfend hübsch sein, sich jetzt in seiner Gewalt befand. Und sich von selber darauf eingelassen hatte! Sein Herz pochte. Er preßte die Fäuste zusammen. Plötzlich verlangsamte Dina den Schritt, auch Glebow ging langsamer. Sie kamen an einem alten vierstöckigen Haus vorbei, doch es war nicht Dinas Haus, sie lebte auf der Poljanka. Dina öffnete die schwere Haustür, ging hinein, ohne sich umzublicken, Glebow folgte ihr. Sie rannte die Treppe hinauf, in den ersten, zweiten, dritten Stock, ohne stehenzubleiben, er lief hinterher. Vom Treppenabsatz des dritten Stockes führte ein schmales Treppchen noch weiter hinauf, und Dina kletterte weiter. Glebow kletterte hinter ihr her. Dort war ein niedriger, dunkler, übelriechender Raum, vor der Tür, die zum Dachstuhl führte.

Dina drehte sich, schwer atmend, zu ihm herum und sagte:

»Na, los!«

»Was?« fragte er atemlos.

»Du kannst mich jetzt küssen.«

»Wieso ich? Du hast doch versprochen ...«

»Dummkopf!« sagte Dina.

Sie standen eine Zeitlang stumm da, beruhigten sich langsam. Sie wollte nicht fortgehen und sagte noch einmal leise:

»So ein Dummkopf ...«

Er hatte sich fest vorgenommen, das Versprochene abzuwarten. Es vergingen vielleicht drei Minuten in völliger Stummheit und Reglosigkeit, dann ertönte hinter der zum Speicher führenden Tür ein markerschütterndes Katzengeschrei und irgend etwas tapste panikartig an ihnen vorbei. Sie lachten. Dina näherte sich ihm plötzlich mit ihrem dicken heißen Gesicht, und er spürte die sekundenlange Berührung von etwas luftig Feuchtem neben seinen Lippen, und das war der erste Kuß in seinem Leben. Nichts besonders Angenehmes, eine Erleichterung. Sie rannten die Treppe hinab und trennten sich noch vor der Haustür. Sie mußte rechts um die Ecke, auf die Poljanka, er lief über die Brücke.

Ein oder zwei Tage später, auf dem Höhepunkt der Glebowschen Macht, kam es dann zur Katastrophe. Schulepnikow lud die Mitschüler nach der Schule zu sich ein. Im Großen Haus war Glebow schon öfter gewesen: mal bei Walroß im zehnten Stock, wo man durchs Fenster die Krimbrücke und die Bäume des Parkes sah und im Sommer das sich drehende Riesenrad im Park, mal bei Chimius, der im gleichen Hauseingang ein Stockwerk tiefer wohnte, Walroß und Chimius hielten, über die Balkone, einen »Flaggensignalkontakt« aufrecht, oder er besuchte Sonja Gantschuk oder auch Anton in dessen kleiner ebenerdig gelegener Wohnung, in der Anton mit seiner Mutter Anna Georgijewna lebte. Von allen Bewohnern des Großen Hauses war es Anton Owtschinnikow, der Glebow richtig gefiel. Glebow hielt Anton geradezu für einen genialen Mann, auch viele andere waren dieser Meinung. Anton war Musiker, Verehrer von Verdi, die Oper *Aida* konnte er von Anfang bis Ende auswendig singen, außerdem war er Maler, der beste in der Schule, besonders gut konnte er historische Bauwerke mit Aquarellfarben malen und die Profile berühmter Komponisten mit Tusche zeichnen, außerdem verfaßte er Science-fiction-Romane über Höhlenforschung und archäologische Altertümer, war überdies an Paläontologie, Ozeanographie, Geographie und teilweise an Mineralogie ernsthaft interessiert. Anton zog Glebow nicht nur durch seine genialen Fähigkeiten an, sondern auch deshalb, weil er bescheiden war, kein Aufschneider, nicht allzu eingebildet, im Gegensatz zu den anderen Bewohnern des Großen Hauses, in denen immer eine kleine Dosis Anmaßung und Dünkel steckte, was Glebow sehr zuwider war. Anton wohnte auch bescheiden, in einer Einzimmerwohnung, die mit staatseigenen Möbeln einfach eingerichtet war, und er besaß keine deutschen Schuhe, keine finnischen Wollsweater, keine staunenerregenden kleinen Messer in ledernen Futteralen, und er brachte in die Schule keine in Zigarettenpapier gewickelten Stullen mit Schinken oder Käse mit, deren Duft sich über die Klasse verbreitete.

Glebow besuchte die Mitschüler aus dem Großen Haus nicht allzu gern, oder besser gesagt: er ging gern, aber nicht ohne Furcht dorthin, denn die Liftführer in den Hauseingängen blickten immer mißtrauisch und fragten: »Zu wem willst du?« Man mußte Familiennamen und Wohnungsnummer nennen, manchmal rief der Liftführer in der Wohnung an und stellte fest, ob man dort wirklich den und den zu Besuch erwartet. Dazustehen und zu warten, bis die Frage geklärt war, war peinlich. Telefonierend musterte der Liftführer wachen und unbestechlichen Auges den Wartenden, als befürchte er, daß Glebow in den Fahrstuhl schlüpfe und ohne Erlaubnis losführe. Glebow fühlte sich dann fast wie ein auf frischer Tat ertappter Missetäter. Und man konnte nie wissen, welche Antwort aus der Wohnung kommen würde: Walrößlein hatte eine taube Hausbesorgerin, die weder was verstehen noch was erklären konnte, bei Chimius nahm oft die Großmutter den Hörer ab, eine schädliche Greisin, die nie müde wurde, den Enkel zu beaufsichtigen. Einmal sagte sie zum Liftführer: er soll

Glebow nicht reinlassen, Chimius hätte seine Aufgaben noch nicht gemacht. Und nur wenn Glebow zu Anton kam, blieb ihm die Qual der Verhöre und Rückfragen erspart, Antons kleine Wohnung lag im Erdgeschoß, und der Liftmensch mußte sich damit begnügen, mit aufmerksamer Strenge zu beobachten, wie Glebow klingelte, wie ihm aufgemacht wurde. Glebow hatte festgestellt, daß auch die im Haus lebenden Jungen ganz schön Schiß vor den Liftführern hatten und bestrebt waren, möglichst rasch an ihnen vorbeizuflitzen.

Aber Ljowka Schulepnikow, obwohl gerade erst eingezogen, verhielt sich anders. Der Liftführer in seinem Hauseingang, ein mürrisch blickender, hängewangiger Brillenmensch, begrüßte Schulepa als erster mit einem Kopfnicken, machte sogar einen kleinen Ruck hinter seinem großen Tisch, auf dem das Telefon stand, während Schulepa an ihm vorbeiging, ohne ihn weiter zu beachten. Die fünf Mann paßten knapp in den Fahrstuhl hinein, die Tür ging mit Mühe zu. Der Liftmensch wollte eingreifen, tat das aber irgendwie schüchtern, mit einem Lachen: »Bleibt ihr auch nicht stecken, junge Leute?« Ljowka erwiderte schneidig: »Es wird schon gehen! Wagen wir es?«

Alle brüllten natürlich: »Wir wagen es! Wir machen einen Test! Wir prüfen die Hubkraft des Fahrstuhls!« Das Gesicht des Brillenmenschen drückte, während der Fahrstuhl hochgondelte, starres Erschrecken aus.

In der Wohnung, die Glebow durch ihre gigantischen Ausmaße verblüffte – der Korridor und die Wohnsäle wären eines Museums würdig gewesen –, hielten die Blödeleien an. Erpicht auf Heldentaten, zog man die Schuhe aus und begann, in Socken über das glänzende, frisch gebohnerte Parkett zu rutschen. Man stürzte, stieß zusammen, man lachte Tränen, alle fanden es sehr lustig. Plötzlich trat hinter einer weißen mattverglasten Tür eine alte Frau mit einer Zigarette im Mund hervor und sagte: »Was sollen die Banditenstreiche! Sofort aufhören. Zieht eure Schuhe an und marsch ins Kinderzimmer!« Ljowka unterwarf sich brummend. Man fragte: ist das deine Mutter? Er sagte, das sei

Agnes. Sie bringt seiner Tante Französisch bei und verpetzt ihn bei der Mutter. »Ich werde sie irgendwann mit Arsen vergiften. Oder vergewaltigen.« Alle lachten los, waren aber verwundert. Wenn der Ljowka was sagt, dann kracht es! Jedem hätte sich die Zunge gegen dieses Wort gesträubt, dessen Bedeutung alle begriffen – obwohl sie die unanständigsten Wörter ohne Gewissensbisse in den Mund nahmen –, Ljowka aber hatte das Wort in Anwendung auf sich und die Alte mit der Zigarette im Maul so frei, so leichthin ausgesprochen. Und je deutlicher Glebow die besonderen Eigenschaften Ljowka Schulepnikows spürte, desto mehr verdichtete sich jenes Schmerzende, schwer Lastende, das sich später in Blei verwandeln sollte.

Schulepnikow aber hatte es sich seit jenen Blödeljahren so angewöhnt, dieses Wort ohne jeden Sinn auszusprechen, einfach als leere Drohung oder albernen Scherz, daß er es auch später oft und gern benutzte, bereits als ausgewachsener Lümmel, im Institut. Kriegt eine Wut auf eine Dozentin und sagt: »Wenn Sie mir einen Dreier gibt, *vergewaltige ich sie*.«

In diesem Kinderzimmer nun, das mit sonderbaren Bambusmöbeln vollgestellt war, mit den Teppichen auf dem Fußboden, den an der Wand hängenden Fahrrädern und Boxerhandschuhen, dem riesengroßen gläsernen Globus, der sich drehte, während innen drin ein Lämpchen aufleuchtete, mit dem altertümlichen Fernrohr auf dem Fensterbrett, das aus Gründen der Bequemlichkeit auf einem Dreifuß befestigt war – Ljowka sagte, man könne abends vorzüglich seine Zeit damit verbringen, die Fenster auf der anderen Seite des Hofes zu beobachten –, in diesem Kinderzimmer zerbrach und zerrann Glebows fragile Macht. Übrigens bemerkte es keiner, außer ihm selber. Ljowka brachte einen Vorführapparat, hing ein Laken an die Wand und zeigte den Film *Der blaue Expreß*. Der Apparat knatterte, die alte Filmrolle riß, die Zwischentitel huschten unleserlich vorbei, und dennoch war die Begeisterung groß und allgemein, und Glebow fühlte eine jähe und tiefe Kränkung. Er dachte: weshalb nur, weshalb, zum

Teufel noch mal, muß ein einziger Mensch alles, aber auch wirklich alles besitzen? Und selbst noch jenes eine, das ein anderer hat, worauf er etwas stolz sein, das er ein wenig einsetzen kann, wird ihm weggenommen und dem gegeben, der sowieso schon alles hat. Später gewöhnte er sich daran. Man gewöhnt sich an alles, sogar an überschwere Bürden: Lastträger schaffen dreißig Kilo Zusatzlast und gewöhnen sich daran.

Glebow gewöhnte sich an das Große Haus, das die Gasse verdunkelte, gewöhnte sich an die Hauseingänge, die Liftführer, daran, daß man ihn zum Tee dabehielt und daß Alina Fjodorowna, Ljowka Schulepas Mutter, mit der Kuchengabel in einem Stück Torte stochern, den Teller mit der Torte wegrücken und sagen konnte: »Ich finde, die Torte ist nicht frisch« – woraufhin die Torte hinausgetragen wurde. Als das zum erstenmal geschah, war Glebow erstaunt. Wie kann eine Torte nicht frisch sein? Ihm erschien das unsinnig. Bei ihm zu Hause kam eine Torte nur selten auf den Tisch, zu irgendwessen Geburtstag, sie wurde rasch aufgegessen, und keinem fiel auch nur im Traum ein, die Frage zu klären, ob die Torte frisch oder nicht frisch sei. Sie war immer frisch, sie war die Frischheit schlechthin, besonders jene üppige Torte mit den rosa Blumen aus Creme.

Glebow gewöhnte sich auch an die elterliche Wohnung, als er nach seinen Besuchen im Großen Haus dorthin heimkehrte. Eine Zeitlang war ihm irgendwie trist zumute gewesen, wenn er, wie von der Seite, sein schiefes Häuslein mit dem rotbraunen Putz plötzlich wieder vor sich sah; wenn er die dunkle Treppe hinaufstieg, die man vorsichtig begehen mußte, denn an einigen Stellen fehlten Stufen; wenn er auf die Wohnungstür zutrat, die, wie eine alte geflickte Bettdecke, mit einer Vielzahl von Namenschildern, Zetteln und Klingeln bestückt war; wenn er in den vielschichtigen Petroleumgeruch der Wohnung eintauchte, wo stets irgendwas im Kessel kochte und immer irgend jemand Kohl zubereitete; wenn er seine Hände im ehemaligen Badezimmer wusch, wo es eng war, wegen der Bretter, die die Badewanne abdeckten, in der niemand mehr badete oder seine Wäsche wusch, während auf den Brettern die den verschiedenen Wohnungsparteien gehörenden Zuber und Waschbecken standen; wenn er manches andere sah, spürte, bemerkte, von Ljowka Schulepnikow oder sonstwem im Großen Haus heimkehrend; aber nach und nach glättete sich alles, war weicher anzufühlen, kränkte nicht mehr.

Als er einmal, von drüben nach Hause gekommen, erregt beschrieb, welcher Lüster im Eßzimmer bei Schulepnikows hängt und wie lang und breit der Korridor dort ist, wo man sogar radfahren kann, und was für Konfekt es zum Tee gab – nicht das Konfekt als solches hatte Glebow so beeindruckt, sondern die Größe der Konfektschachtel –, während ihn Mutter und Großmutter voller Neugier nach diesem und jenem ausfragten, sagte der Vater plötzlich, Glebow zublinzelnd:

»Hört mal, mir ist, ihr würdet ganz gerne dort wohnen?«

»Warum eigentlich nicht?« sagte die Mutter. »Ich will meinen eigenen Korridor haben.«

»Und ich will, daß nicht mit Schüsseln gescheppert wird«, sagte Oma Nila, die darunter litt, daß die Nachbarin, die das Zimmer gegenüber bewohnte und spät von der Arbeit heimkam, in der zwölften Abendstunde begann, aus dem Zimmer in die Küche und zurück zu schleichen, und jedesmal mit Schüsseln, die jedesmal schepperten. Oma Nila schlief auf einer Truhe in der Nähe der Zimmertür, und das Gerenne der Nachbarin samt dem Schüsselgeschepper weckten sie regelmäßig. Der Vater blickte die Mutter und die Großmutter voller Bedauern an.

»Was soll ich euch sagen? Ihr scheckigen Hühner, ihr dümmlichen Weiber ...«

Das war so seine Art zu scherzen, eine durchaus arglose Art. Er nannte die Mutter manchmal zärtlich »mein scheckiges Hühnchen«. Die Frauen mimten Entrüstung, stürzten sich auf ihn, natürlich nur verbal, in Wirklichkeit war ihm die Mutter niemals richtig böse, er aber stieß Glebow an und blinzelte:

»Dima, schau dir diese Klucken an ... Wo findest du größere Hühner? ... Begreift ihr denn nicht, daß ein Leben ohne eigenen Korridor viel luftiger ist? Und was das Geschepper betrifft: das ist Musik! Ich würde nicht um tausendzweihundert Rubel in jenes Haus ziehen ...«

Obwohl der Vater stets zu leichtsinnigen Scherzen aufgelegt war, obwohl er sich gern über die Mutter, die Großmutter und Mutters Schwester Tante Polja ein wenig lustig machte, sie auf den Arm nahm, ihnen gelinde Angst machte, und es bisweilen unklar blieb, ob er es ernst meint oder Blödsinn treibt, war er in Wirklichkeit – Glebow begriff das erst viel später, bereits als Erwachsener – kein leichtfertiger Mann und auch nicht gerade ein Witzbold. Das alles war Absicht, war Haustheater. Im Innern der väterlichen Natur, als deren verborgenes Kernstück, steckte eine mächtige Eigenschaft: die Vorsicht. Was er verschmitzt lächelnd, in Gestalt eines Scherzes, vortrug – »Kinder, folgt der Trambahnregel: lehnt euch nicht hinaus!« –, war nicht einfach Possenreißerei. Es enthielt eine geheime Weisheit, die er verlegen und gleichsam nebenher dem anderen beibringen wollte. Aber weshalb sollte man sich *nicht hinauslehnen*? Das erschien ihm offenbar als an und für sich wichtig. Vielleicht würgte ihn eine alte nie verwundene Angst. Er war viel älter als die Mutter, sah wie ein Greis aus, ein Greis mit schlohweißem Kräuselhaar, obwohl er erst um die Fünfzig war, aber diese Fünfzig: das war Kampf gewesen, Gefahr und Kräfteverschleiß. Er entstammte der sehr armen Familie eines Kontoristen, der in den Dux-Werken angestellt gewesen war. Der Bruder des Vaters, Onkel Nikolaj, war Flieger gewesen, einer der ersten russischen Flieger, er war im deutschen Krieg gefallen. In der Familie war man stolz auf ihn. Sonst war nichts da, worauf man stolz sein konnte. Onkel Nikolajs Bild mit Gymnasiastenmütze hing an gut sichtbarem Ort. Und in der Freundschaft des Sohnes mit Ljowka Schulepnikow, die immer stärker wurde – aus unerfindlichem Grund zog es Ljowka just zu Glebow hin, er lud ihn zu sich ein, schenkte ihm Bücher, die ihm selber unwichtig waren, Bücher waren nicht sein Fall, und es gab den Verdacht, daß er sie aus der väterlichen Bibliothek holte, denn in einigen waren ein Mann mit Hammer und Sonnenstrahlenkranz sowie die Worte *Ex libris A. W. Sch.* blau eingestempelt –, sogar in dieser Kinderfreundschaft erblickte der Vater Gefahren und sagte: *nicht hinauslehnen.* Er gab Glebow den Rat, nicht zu oft in jenes Haus zu gehen, sich nicht in eine Freundschaft mit Ljowka hineinzusteigern, denn »Schulepnikows haben ihre Lebenslinie, du hast eine andere, das muß man auseinanderhalten«.

Der Vater glaubte zu wissen, daß Ljowka Schulepnikow eines baldigen Tages das Interesse an Glebow verlieren würde oder schlimmer: daß die Eltern ihn satt bekommen und daß daraus Unannehmlichkeiten entstehen könnten. Glebow spürte das auch selbst, war auch gar nicht so darauf aus, ins Große Haus zu gehen, und trotzdem ging er immer wieder hin: mit und auch ohne Einladung. Dort war es verlockend und ungewöhnlich – worüber konnte man nicht mit Anton plaudern, was für Bücher aus den väterlichen Bücherschränken zeigte ihm nicht Sonja Gantschuk, mit welchen Wunderdingen brüstete sich nicht Schulepa! –, daheim aber war alles wohlbekannt, bis zum letzten Bindfaden, war alles öde und langweilig.

Geradeheraus sagte der Vater nie etwas, spielte immer nur auf etwas an, riß seine Possen. Glebow hätte indessen gern ein paar deutliche Worte über Ljowka gehört.

»Warum redest du so? Was ist dir an Schulepa nicht gut genug?« Denn das, was Glebow an Ljowka *nicht gut genug* war, genauer: was jenes Widerwärtige und Bleierne hervorrief: davon wußte der Vater ja nichts. Er hatte seine eigene Rechnung mit Ljowka zu begleichen. Der Vater wich aus oder sagte etwas Belangloses, etwa dies: »Siehst du, im Prinzip bin ich gar nicht gegen deinen Ljowka oder Schulepa, wie du ihn nennst. Übrigens rate ich dir, diesen Beinamen aufzugeben ... Nenne ihn einfach Lew ... Die Sache ist die, daß er schlecht erzogen ist. Er bedankt sich zum Beispiel nicht, wenn er nach dem Tee vom Tisch aufsteht.«

Das war Quatsch, eine väterliche List. Ljowka mißfiel dem Vater aus anderen und gewichtigeren Gründen.

Aber wenn Ljowka zu Besuch kam, war der Vater recht freundlich zu ihm, geradezu liebenswürdig, wie mit einem Erwachsenen, redete ihn gewichtig mit »Lew« an, was Glebow zum Lachen reizte. Außerdem wurde der Vater in Ljowkas Gegenwart über die Maßen wortreich, redete über alles mögliche, erfand, was Glebow peinlich berührte, einiges dazu, kam ins Prahlen.

Einmal, als er gerade wieder von Onkel Nikolaj erzählte, teilte er mit, derselbe sei der erste russische Flieger gewesen, der in einem einzigen Luftkampf drei Flugzeuge abgeschossen hätte, darunter das Flugzeug des berühmten deutschen Fliegerasses Graf von Schwerin. Das Flugzeug des Grafen zerschellte, doch der Graf selbst blieb wie durch ein Wunder am Leben und nahm die Fliegerei wieder auf, mit den Worten, es sei sein Wunschtraum, jenem Russen im Luftkampf wiederzubegegnen, um Vergeltung zu üben. Das sei in allen Zeitungen gestanden.

Glebow lauschte, vor Peinlichkeit vergehend. Der Vater sagte:

»Sogar du weißt das nicht. Ich habe es dir nie erzählt.«
Ljowka Schulepnikow aber sagte:

»Damals haben Sie gesagt, daß er zwei Flugzeuge abgeschossen hat.«

»Ich?! Unmöglich! Das kann ich niemals gesagt haben. Das wäre nämlich kein Rekord gewesen. Zwei Flugzeuge galten damals nicht als Rekord. Die Sache ist ja gerade die, daß er *drei* in einem einzigen Luftkampf abgeschossen hat ...«

Ein anderes Mal erzählte der Vater, wie er während des Bürgerkrieges im Kaukasus unter dem Kommando des Genossen Kirow gedient habe – irgendein Bürgerkriegsdienst im Kaukasus hatte tatsächlich stattgefunden – und wie er mit einer Kavallerieeinheit in Persien gewesen sei, wo er Feueranbeter gesehen habe. Ljowka Schulepnikow flunkerte sogleich zurück: sein Vater hätte in Tiflis eigenhändig einen Fakir erschossen. Glebows Vater sagte, er hätte in Nordindien gesehen, wie ein Fakir vor aller Augen einen Zauberbaum in die Luft wachsen ließ. (In Nordindien war der Vater nun wirklich nie gewesen.) Ljowka sagte, sein Vater hätte einmal eine Bande von Fakiren festgenommen, man hätte sie in einen Kellerraum gesperrt, um sie als englische Spione zu erschießen, doch als man am nächsten Morgen ins Verließ kam, war dort niemand außer fünf Fröschen. Fakire waren es auch fünf gewesen.

»Man hätte die Frösche erschießen sollen«, sagte der Vater.

»Genau das hat man ja auch getan«, sagte Ljowka. »Aber wissen Sie, wie schwer es ist, einen Frosch zu erschießen? Besonders in einem Kellerraum?«

Der Vater lachte, verschmitzt und beifällig mit dem Finger drohend.

»Ich sehe, Lew, du liebst das Phantasieren! Das ist gut, das ist nach meinem Sinn. Aber Scherz beiseite, ich habe wirklich lebende Fakire gesehen ... Erstens, wie gesagt, in Nordindien, zweitens bei uns in Moskau, auf dem Boulevard ...«

Sie ähnelten einander irgendwie, der Vater und Ljowka Schulepnikow. Deswegen verliefen ihre Gespräche so harmonisch. Glebow gefiel das nicht. Die Unwahrheit ging ihm gegen den Strich. Nicht daß der Vater Dinge hinzuerfand, sondern daß er hinter dem Rücken etwas anderes sagte als ins Gesicht. Er stellte den Vater zur Rede:

»Ljowka mißfällt dir doch. Warum sprichst du dann so mit ihm? Lächelst, erzählst Geschichten ... Als wäre er dein Chef ...«

Da wurde der Vater zornig. Er geriet fast nie in Wut, brüllte nie, aber diesmal schrie er los:

»Du Säugling! Er kritisiert mich noch, der kleine Frechling!« – das war ein Lieblingswort von ihm: »kleiner Frechling« – »Ich lächle und erzähle euch Geschichten nur aus dem einen Grunde, weil ich ein wohlerzogener Mann bin. Nicht so wie ihr heute: Ljowka! Dimka! He, du! Du kannst mich mal ... Das ist nicht mein Ton. Eine unverschämte Frechheit: dem Vater Rügen zu erteilen.«

Er kam so in Fahrt, daß er sich sogar bei Mutter und Oma Nila beschwerte, die ihrerseits über Glebow herfielen.

Aber abends hörte Glebow, wie die Eltern hinter der Trennwand flüsterten:

»Weshalb stellst du dich so an, vor diesem kleinen Stutzer?«

»Dima ist ein Frechling! Er belehrt den Vater!«

»Und du laß das Liebedienern vor diesem Kerl ...«

»Dumm seid ihr alle! Begreift nichts!«

Nach ein, zwei Tagen, als sein Zorn verraucht war, erklärte der Vater, schon wieder beherrscht:

»Übrigens, was das betrifft, was du neulich gesagt hast ... Ich würde mit deinem Ljowka wie mit einer wichtigen Person umgehen ... Weißt du, das war gar nicht dumm bemerkt! Er ist ja wirklich – er selber weniger, aber sein Vater bestimmt – gewissermaßen eine *Person*, obwohl ich darüber nichts weiß und nichts ahne. Denn alles ringsherum ist verwirrt ...«

Das bestätigte sich bald: alles war miteinander verstrickt und in sich verheddert. Plötzlich begann die Geschichte mit Onkel Wolodja, Tante Poljas Mann. Da dachten sie: ob man ihm vielleicht über Ljowkas Vater Schulepnikow helfen könnte? Onkel Wolodja und Tante Polja lebten auf der Jakimanka, kamen aber fast jeden Tag, besonders Tante Polja. Mutter und Großmutter liebten sie. Sie galt in der Familie als die Schönste und vom Glück Begünstigste, arbeitete an einem guten Ort: als Modellmacherin in einer Spielzeugfabrik. Onkel Wolodja war Setzer in einer Druckerei. Er geriet in eine Unannehmlichkeit, wurde geradezu als Schädling hingestellt. Tante Polja weinte: »Der Wolodja soll ein Schädling sein, daß ich nicht lache! Er schädigt doch immer nur sich selbst ...« Sich selber schädigte er in der Tat, insofern als er Säufer war. Der Vater redete ihm ständig ins Gewissen. Mutter und Großmutter wechselten zwischen Mitleid und Tadel: »Du dumme Gans bist selber schuld, weshalb läßt du ihm alles durchgehen. Kaufst ihm noch selber den Wein ...!« – »Soll er lieber daheim saufen«, rechtfertigte sich Tante Polja, »statt auf der Straße mit dem ersten besten.«

Oma Nila und die Mutter argumentierten, wegen des Weins sei auch die Unannehmlichkeit passiert, doch Tante

Polja war nicht einverstanden: »Die Leute haben ihn zugrunde gerichtet, weil er ein so großartiger Mensch ist!« Er war wirklich ein sehr guter Mensch, ohne Arg. Aber Glebow kam schon damals dahinter, daß gerade die Weichherzigen und Arglosen Leid über alle in der Runde bringen: Tante Polja weint, Oma Nila leidet, Mutter denkt an nichts anderes mehr, und der Vater schimpft. Im Frühjahr sollte Glebow ein Fahrrad bekommen, aber die Mutter sagte: jetzt ist kein Geld da, wir müssen Polja helfen.

Und plötzlich kam der rettende Einfall: zu Ljowkas Vater gehen ...

Erst winkten sie ab und drohten mit dem Finger, erst hieß es: halte Abstand, halte dich heraus. Und jetzt sollte er bei Ljowka Hilfe holen. Weil die Geschichte mit Bytschkows alle beeindruckt hatte.

Bytschkows waren eine fröhliche Sippschaft, sie lebten in Glebows Wohnung wie die Fürsten. Alle fürchteten sich vor ihnen, alle wurden von ihnen angepöbelt; die Bytschkows taten, was sie wollten. Riegeln die Küche abends ab und lassen keinen rein. Magst du zur Miliz laufen oder sonstwohin. Der alte Semjon Gerwassijewitsch Bytschkow weichte Häute in stinkendem Wasser auf. Er nähte in Heimarbeit Stiefel, von der teuersten und neumodischsten Art, meistens nähte er sie nicht selber, sondern gab die Arbeit weg, selber trieb er nur die Kunden und die Häute auf.

Wegen der nächtlichen Verriegelung der Küchentür gab es häufiges Gezeter. Jene Nachbarin, die gegenüber wohnte und immer spät heimkam, ereiferte sich am heftigsten. Auch Glebows Mutter war empört. Erstens – der Gestank. Und zweitens – die Selbstherrlichkeit.

Manchmal sprang die Mutter auf den Gang hinaus und legte los:

»Euch will ich mal ...! Was soll das Ganze überhaupt!« Der alte Semjon konterte mit tiefer Stimme: bubububu. Der Vater betrat lustlos den Gang. Sämtliche Bytschkows strömten unverzüglich hinzu: aus dem »Saal«, einem großen Zimmer, wo sie zu sechst wohnten; das Zimmer hieß aus irgendeinem Grunde der »Saal«. Das »Bubububu« wuchs, nahm bedrohliche Ausmaße an. Es klang wie das Donnern eines Gewitters und das Hämmern eines Regens. Jedoch die eigentlichen Widerlinge waren Minjka und Taranjka. Taranjka war zehn, ging in die dritte Klasse. Minjka war fünfzehn, der lernte nirgends, aus der fünften Klasse hatte man ihn nach zweimaligem Sitzenbleiben davongejagt, dann war er Lehrling geworden, hatte aber auch das wieder aufgegeben. Um sich irgendwelchen undurchsichtigen Dingen zuzuwenden. Meistens hielt er sich im Park auf, in der Billardbude, vielleicht hatte er auch Kontakt zu Dieben.

Minjka Bytschkow, auch Schlürferich genannt, war der ungekrönte König über die Jungen der Derjugingasse und Umgebung. Ein böser König. Man fürchtete, ihm zu begegnen, alle wußten, daß er nicht mit leeren Händen auf die Straße geht.

Manchmal kam er nach Schulschluß in die Schule gelaufen und begann ein Verhör:

»Wer hat Taranjka gestern angepöbelt? Wer hat ihn auf der Treppe angefaßt? Warst du das, du Wicht?«

Dabei wußte er bereits, wer es gewesen war, Taranjka hatte es gemeldet oder erlogen. Diesen an Skrofulose leidenden Taranjka rührte man besser nicht an, doch es gab Uneingeweihte, denen Minjkas Existenz unbekannt war, die hauten Taranjka, weil dieser sich stets unverschämt benahm, vielleicht mal eine runter oder verabreichten ihm eine Kopfnuß, ohne die furchtbaren Folgen vorauszuahnen. Minjka hielt im Hof an der Ziegelmauer, wohin er seine Opfer schleifte, ein kurzes und grausames Strafgericht ab: »Wie hast du Hundesohn dich unterstehen können, mein Brudermensch zu beleidigen? Dir ist wohl dein Leben leid?«

Jurka den »Bären«, der nicht einmal Zehntkläßler fürchtete, erniedrigte und zertrat er vor aller Augen. Drehte ihm die Hand hinter dem Rücken um, der schrie vor Schmerz auf, Minjka drehte noch heftiger, so daß der »Bär« in die Knie ging. Minjka befahl:

»Sag jetzt: verzeiht mir, Taras Alexejewitsch, daß ich Sie beleidigt habe ... Ich werde das nie wieder tun!«

Taranjka, der mickrige fiese Giftzwerg mit den feuerroten Wimpern, stand da und grinste. Der Bär spannte seine ganzen Widerstandskräfte an, er stöhnte, knirschte mit den Zähnen, fuchtelte mit dem Kopf – er wollte nicht reden. Aber Minjka bezwang ihn. Taranjka trat dicht auf den »Bären« zu, schob seine Füße direkt vor dessen Gesicht. Minjka preßte und preßte:

»Wird es bald, du Wicht? Sonst bist du deine Hand los!«

Da flüsterte der »Bär«, kaum hörbar:

»Verzeih mir, Taras Alexejewitsch ...« – und alles übrige. Keiner ergriff seine Partei, große Jungen waren nicht im Hof, und die kleinen: was hätten die ausrichten können? Auch Glebow hatte Angst vor Minjka, aber weniger als die anderen. Immerhin war Minjka sein Nachbar. Mal bat er um was, mal spendierte er selber. Bisweilen war Glebow heimlich stolz: alle haben eine Heidenangst, in die Derjugingasse zu gehen, weil dort der Minjka mit seiner Bande haust, er aber, Glebow, hat keine Angst. Kann es sich erlauben, die Gasse entlangzugehen, sogar abends, sogar nachts, und keiner wird ihn anrühren. Diesen Vorzug empfand Glebow sehr lebhaft, er fühlte sogar – mit einer gewissen geheimen Scham, die er sich nicht eingestand –, daß er in einer schwierigen Minute *ein wenig Taranjka* werden könnte. Und Minjka würde für ihn eintreten! Und den vertrimmen, der zu vertrimmen war.

Aber Glebow beschwerte sich bei Minjka niemals über irgend jemanden. Machte auch sonst keinen besonderen Gebrauch von den Vorteilen dieser Nachbarschaft. Denn unter der geheimen Selbstzufriedenheit verbarg sich in der Tiefe etwas ganz anderes: eine Angst, die die Seele zu Eis erstarren ließ. Eine Angst, wie noch keiner sie je gekannt hat. Denn niemand kannte und spürte so sehr wie Glebow diese Bytschkows, die nur ihre Stimme zu erheben brauchten, damit die Mutter leichenblaß wurde und die Großmutter sich bekreuzigte.

Die Mutter beschwor Glebow:

»Um Gottes willen, laß dich niemals mit Taranjka oder Minjka ein ...«

Doch was sollte man denn tun, wenn sie sich einem aufdrängten? Leicht gesagt: laß dich nicht ein ... Die Brüder hatten eine Schwester namens Vera, sechzehn Jahre alt. Sie arbeitete in der Fabrik. Sah ganz wie eine erwachsene Frau aus – oder was Glebow damals darunter verstand, – war dick, hatte einen straffen Busen, quietschende Schuhe und duftete immer stark nach Kölnisch Wasser.

Taranjka lockte Glebow in den Korridor und rückte ihm auf die Pelle:

»Willst du, daß ich dir die Vera nackt zeige? Dann gib mir zwanzig Kopeken!«

Glebow wollte nicht. Der Anblick der nackten Vera interessierte ihn kein bißchen. Bereits der Gedanke daran rief eine unangenehme Unruhe in ihm hervor. Und wo die zwanzig Kopeken hernehmen? Bei der Mutter klauen oder bei Oma Nila erbetteln? Doch Taranjka ließ nicht locker, er quengelte und drohte mit dem Hund: die Bytschkows besaßen einen großen schwarzen Hund namens Abdullah, der als das Eigentum von Minjka galt. Der Hund kannte Glebow gut, aber hätte man Abdullah auf ihn gehetzt, hätte die Sache doch böse ausgehen können.

Sie gingen also ins Badezimmer, entfernten einen Waschzuber von den die Badewanne abdeckenden Brettern, stellten statt des Zubers einen Schemel drauf, Glebow kletterte auf den Schemel. Oben war ein kleines Fenster, das in den »Saal« hinausging, von der anderen Seite war es verhängt. Taranjka schob von innen die Gardine weg, und Glebow sah, wie sich Vera mitten im Zimmer in einem Waschbecken wusch. Vor Taranjka genierte sie sich nicht. Glebow sah alles ...

Dann bohrte sich Taranjka in ihn wie eine Zecke: schaff sofort die zwanzig Kopeken herbei! Das war bei denen immer so: es konnte ihnen nicht schnell genug gehen. Manchmal kam die Mutter ratlos ins Zimmer, einer Panik nahe:

»Wieder will die Alewtina die Nähmaschine haben ... Was soll ich ihr sagen?«

Alewtina war die Mutter von Minjka, Taranjka und Vera, die Frau von Bytschkow-Vater. Glebows Mutter wollte die

Nähmaschine überhaupt nicht leihen. Sie druckste herum, aber Alewtina ließ sich nicht abweisen. Es war schlichtweg unmöglich, sich die Bytschkows vom Leibe zu halten.

Das Ende ihrer Macht vollzog sich folgendermaßen: Eines Tages rannten Anton und Ljowka aus unbekanntem Grund, denn zu Glebow wollten sie nicht, durch die Derjugingasse. Vielleicht wollten sie durch die Gasse die Uferstraße des »Grabens« erreichen, es gab da einen Durchgangshof. Die Bytschkows fingen sie ab, schickten zunächst Taranjka mit blöden Bemerkungen vor: »He, Kerl, willst du eins in die Eff haben?« Eff war das Codewort für Fresse. Strenggenommen war es das Vorspiel zu einer Rauferei. Mit Taranjka ließ man sich selbstredend auf kein Gespräch ein, fegte ihn beiseite, doch da stürzte sich die ganze Bytschkowmeute aus dem Torweg auf Anton und Ljowka, das Ganze lief wie nach Drehbuch, es begann eine wüste Schlägerei, irgendwer ließ Abdullah von der Leine, Abdullah biß zwar niemanden, verbreitete aber Entsetzen und zerriß Kleidungsstücke. Bei Ljowka machte das nichts aus, aber Anton besaß nur eine bescheidene Garderobe. Tags darauf kam ein Mann in langem Ledermantel in Glebows Wohnung und klopfte sofort an der »Saal«tür. Im »Saal« jaulte Abdullah hellseherisch auf.

Der alte Bytschkow sowie Alewtina und Taranjka waren daheim. Es gab Lärm, Wortwechsel, Alewtina kreischte, der Hund bellte und heulte, Glebow durfte nicht aus dem Zimmer, auch die anderen Glebows gingen lieber nicht in den Korridor, saßen da, horchten, dann ertönten drei Schüsse ... Später hieß es, Abdullah hätte sich unter dem Sofa verkrochen und keine Anstalten gemacht, wieder hervorzukommen.

Glebow war enttäuscht; er hatte den Hund für mutig und gefährlich gehalten, und der hatte sich wie ein Feigling benommen. Abdullah und die Bytschkows, besonders Alewtina und Taranjka, die laut schluchzten, taten Glebow etwas leid, obwohl in der Wohnung eitel Freude herrschte. Nach Abdullahs Tod kam bei Bytschkows alles ins Wanken, Minjka wurde wegen einer Diebsaffäre verhaftet, der alte Bytschkow stürzte auf dem Hof und wurde ins Krankenhaus eingeliefert, bald darauf verzog sich auch der Rest der Familie in unbekannte Richtung, als hätte der Wind sie fortgeweht. In den nunmehr zweigeteilten neutapezierten »Saal« zogen neue und friedliche Mieter ein, Pogorelskijs: Vater, Mutter und Tochter Ljuba, letztere ein kleines Mädchen. Sie huschten wie die Mäuschen durch den Korridor, man bemerkte sie fast nicht, ihre Gespräche führten sie flüsternd.

Ich denke an den ganzen Kindheitsblödsinn, die Kränkungen, die Freuden, ich denke daran, wie ich seinetwegen litt, wenn er nicht auf mich warten wollte und mit einem anderen in die Schule ging; daran, wie das Haus mit der Apotheke von der Stelle gerückt wurde, und noch daran, daß in den Höfen immer feuchte Luft war, es roch nach Fluß, und der Geruch nach Fluß war auch in den Zimmern, besonders im großen Zimmer meines Vaters, und wenn die Trambahn über die Brücke fuhr, war das metallische Klirren und Quietschen der Räder weit zu hören. Ich weiß noch wie es war, in einem Anlauf die riesengroße Seitentreppe der Brücke hinaufzulaufen; abends unter dem Brückenbogen auf die Derjuginbande zu stoßen, die wie ein Rudel von Coyoten aus dem Kino heimwärts rennt; ihr entgegenzugehen, die Fäuste geballt, sich vor Angst in Holz verwandelnd.

Die ganze Kindheit ist in die Purpurwolke der Eitelkeit gehüllt.

O dieses wahnsinnige Streben, der Durst nach sofortigem Ruhm! Die Welt war klein, die Welt war vier, fünf Mann groß: Anton, Chimius, Walroß, allenfalls noch Sonja und Ljowa und natürlich der lachhafte Jarik. In diesem Kosmos brodelte unser Begehren: zu beweisen. Das zarte, rote, saftige Fruchtfleisch der Kindheit! Alles war unvergleichlich. Zum erstenmal im Leben lief ich während der Pause auf die Uferstraße hinaus, auf den von Sonne übergossenen

Asphalt. Zum erstenmal im Leben erriet ich, daß der Frühling – einfach Wind ist, der einen fröstelnd mit den Zähnen klappern läßt. Ein hagerer gebeugter Mann in einer kurzen Joppe, auf dem Kopf eine große ziegelrote Damenbaskenmütze, ging schnell den Bürgersteig entlang und redete mit sich selbst. Eine irre Besorgtheit verzehrte die eingefallenen Wangen, die tiefsitzenden Augen. Nachdem er den Namen unserer Schule flüchtig gelesen hatte, blieb er plötzlich stehen und schrie:

»Das darf doch nicht wahr sein! Das kann es in der Natur nicht geben! Hört ihr das?« Er rief es nicht uns zu, die wir als erschrockenes Häuflein an der Kaibrüstung standen, sondern irgendwem, der unsichtbar blieb, den sein hassender Blick versengte: »SHOS: Sozialistische Hundertvierte Ober-Schule! Da wird doch die Natur rebellisch! Welch ein Wahnsinn! Begreifen die denn wirklich, was sie tun?«

Und noch etwas Zorniges, Brillengläserfunkelndes. Plötzlich sprang er auf die schmale Granitbrüstung der Kaimauer und machte einige Schritte mit einer Leichtigkeit, als ginge er übers Trottoir. Wir erstarrten, die Mädchen schrien vor Schreck auf. Der Mann in der Baskenmütze bemerkte uns, blieb stehen und sagte von der Brüstung herab:

»Die unglücklichen Kinder!«

Woraufhin er im Mondwandlerschritt noch ein paar Meter weit die Brüstung entlanglief, dann auf die Erde sprang und sich rasch Richtung Moskworezkijbrücke entfernte. Zum erstenmal im Leben hatte ich einen Wahnsinnigen gesehen. Dieser Mann hatte uns alle frappiert. Als er sich von uns entfernt hatte, begannen wir wild zu lachen. Chimius trat auf die Granitbrüstung zu, kletterte hinauf, wobei er mit den Händen nachhalf. Wir sahen, daß ihm der Mut fehlt, daß ihm die Kraft fehlt, sich hochzustrekken, trotzdem stellte er sich als erster mit den Füßen auf die Brüstung, zog eine Leidensmiene auf, hob den Arm und rief: »Die unglücklichen Kinder!« Dann ließ er sich wie ein Sack auf den Gehsteig fallen. Wir lachten wieder los. Doch da trat Anton Owtschinnikow, totenbleich, mit zusammengebissenen Lippen festen Schrittes auf die Brüstung zu und erkletterte sie ebenfalls, stellte sich aufrecht hin, richtete sich gerade auf, streckte die Arme wie ein Seiltänzer nach beiden Seiten aus ...

Wir wußten, daß Anton Plattfüße hat, daß er kurzsichtig ist, daß er manchmal Anfälle von Fallsucht bekommt, aber niemand griff ein. Uns alle hatte der Wahnsinn ergriffen. Das Gehen, sogar das Laufen auf der Brüstung erschien uns als eine unwahrscheinlich leichte Sache. Nach Anton stieg der dicke schwergewichtige Shorik alias »Walroß« hinauf, auch er schlurfte über den Granit, ohne die Schuhsohlen von ihm zu lösen, gebückt wie ein Affe, doch als er auf den Asphalt heruntersprang, knickten seine Beine ein und er fiel auf die Knie. Dann war ich an der Reihe, dann Jarik.

Es war gar nicht einmal so schwer. Man durfte nur an nichts denken und mußte direkt vor die eigenen Füße blicken, auf die steinerne Brüstung. Ein Schreckensruf des Direktors riß uns aus unserem sonderbaren Traum. Durch diesen Ruf wurde vermutlich Jarik gerettet, der ungeschickteste und hilfloseste von uns, der weder rennen noch ringen, noch im Schulhinterhof »konfrontieren« konnte, wo die Faustduelle »bis zum ersten Blut« stattfanden. Jarik war rotbraun, weißgesichtig und weich wie ein Gummispielzeug. Er glich einem Vogel, der nicht fliegen kann. Ihn verprügelten die Jungen aus den anderen Klassen, die es nicht erwarten konnten, irgendwen zu prügeln. Eine verlockende Beute: so groß und so knochenlos. Einmal verhaute ihn ein Drittkläßler. Die Sache war einfach die, daß Jarik niemandem einen Schlag versetzen konnte, seine Finger ballten sich nicht zur Faust, deshalb setzte er sich selbst dann nicht zur Wehr, wenn ihn kleine Jungen anfielen. Wir aber traten stets für Jarik ein, seinetwegen gab es heiße Gefechte, denn er war ein Zubehör unserer Klasse, und wer die Hand gegen ihn erhob, der beleidigte uns alle mit. Plötzlich brüllte jemand: »Sie verprügeln den Jarik« und wir rannten Hals über Kopf in den ersten Stock oder in den zweiten Stock, unters Dach, in den Turnsaal oder in den Hof, wo irgendwelche Halunken mit unserem Jarik umsprangen, als sei er ihr Eigentum, indem sie ihn in einer Ecke in den Schwitzkasten nahmen oder ihn zwangen, das Reitpferd irgendeines auf seinen Schultern draufsitzenden Bengels zu spielen. Aber damals an der Uferstraße, als er auf die Brüstung zutrat und mit verzweifeltem Blick seine langen Beine hinaufschwang, die im Knie gebogen waren, verfolgten wir Jariks Tun mit freudigem Interesse, in Erwartung eines lustigen Schauspiels. Dabei wäre er wahrscheinlich ins Wasser gepurzelt und ertrunken.

Damals ging das los: die Erprobung der Willenskraft. Als endlich alle *aus unserer Gesellschaft* gelernt hatten, die Uferbrüstung entlang nicht nur zu gehen, sondern auch zu laufen, abgesehen von einem Burschen, der das eine Bein nachzog und deshalb vom Turnunterricht befreit war, dachte sich Anton eine andere »Probe« aus: am Abend durch die Derjugingasse zu gehen. Das war die abscheulichste Örtlichkeit auf der Insel und wahrscheinlich im ganzen flußjenseitigen Teil der Stadt. Dort nistete eine verdächtige Sippschaft, für die es nichts Heiliges gab, Schwurbrecher und Vertilger friedlicher Handelskarawanen, Seeräuber und Abenteurer, eine Bande von Piraten, ähnlich jener, die der beinamputierte Silver anführte. Jeder Junge, der die Gasse betrat, wurde erbarmungslos ausgeplündert: dem einen nahmen sie eine Zehnkopekenmünze weg, dem anderen eine Fünfzehnkopekenmünze, dem dritten ein Messerchen oder einen bunten Stein. Die Eltern verboten den Kindern das Betreten der Gasse.

Aber wehe, wenn es einen von denen in unsere Höfe verschlug!

Anton trieb Jiu-Jitsu. Das lief darauf hinaus, daß er von morgens bis abends – in den Pausen, während des Unterrichts, beim Lesen eines Buches, beim Hören von Radiomusik – mit der Schmalseite der rechten Hand gegen etwas Festes schlug. Die Hand sollte hart wie Eisen werden. Er nannte das: Panzerung der Handfläche. Und wie alles, was Anton anfing, machte auch der Panzerungsprozeß, dank der ungeheueren Ausdauer und Selbstdisziplin des Jungen, gute Fortschritte. Nach vielleicht zwei Monaten hatte die Schmalseite der Hand eine beachtliche Hornhaut angesetzt. Keiner von uns anderen hätte so viel Geduld aufgebracht. Und als sie aus dem Torweg stürzten und uns den Weg versperrten, und ein gewisser Minjka oder auch »Stier« – er hatte irgendwann unsere Schule besucht, so ein mächtiger Lulatsch mit bereits leicht angedeutetem Schnurrbart – die Frage stellte: »Was habt ihr hier verloren? Ihr wollt wohl zu Wadim?«, da erwiderte Anton: »Nein!« Anton und Ljowka gingen manchmal zu Glebow, den sie als einen nicht gar zu großen Schmarotzer ansahen. Die Mehrzahl der Jungen in unserer Klasse fiel unter die Kategorie der Schmarotzer. Aber jetzt antwortete Anton entschieden mit »Nein!«, obwohl eine Bejahung der Frage ihm und Ljowka freies Geleit gesichert hätte. Glebow und Minjka lebten in der gleichen Wohnung. Wenn wir »Semmel!« gerufen hätten – das war Glebows Spitzname – und »Semmel« hätte zum Fenster hinausgeschaut, dann hätte die Schlägerei vermieden werden können.

Doch das war es ja gerade: Anton hatte sich das alles ausgedacht, um unsere Willenskraft auf die Probe zu stellen, und wir sollten die Prüfung ohne Erleichterungen bestehen. Ljowka Schulepnikow hatte absichtlich seine Schreckschußpistole daheimgelassen. Der arme Anton Owtschinnikow hatte übrigens gar nichts von einem Rekken und Athleten an sich – später, nach dieser Rauferei, kursierten Antonlegenden durch die Höfe –, er war untersetzt, kleinwüchsig, einer der kleinsten in der Klasse, lief überdies bis in den Winter hinein in kurzen Hosen herum, wegen der Stählung seines Organismus, was ihn etwas kleinjungenhaft aussehen ließ. Leute, die ihn nicht kannten, nahmen ihn nicht ernst. Außerdem trug er eine Brille, wenn er ins Kino ging oder mal zur Stadt rausfuhr. Damals in jener Gasse trug er die Brille, wenn ich mich nicht nachträglich täusche. Als uns deshalb jene Burschen anpöbelten – dem einen stellten sie ein Bein, den anderen stießen sie an, dem Anton wollten sie die Brille vom

Gesicht reißen –, geschah plötzlich so was wie die Detonation einer Bombe: Anton schlug dem Beleidiger mit der Schmalseite der Hand gegen den Bauch, und der Bursche fiel hin. Er schlug den zweiten, der fiel ebenfalls. Er erhob seine Hand gegen den dritten ... Sie purzelten in Sekundenschnelle, ohne Geschrei, ohne überflüssige Bewegungen, wie auf eigenen Wunsch, wie gut trainierte Clowns auf der Matte im Zirkus ... Das waren märchenhafte Sekunden ... Dann wurden wir furchtbar verdroschen ... Und dann noch dieser Hund ... Anton lag einen Monat lang mit verbundenem Kopf ... Und dabei verspürten wir eine unbändige Freude! Worüber die Freude? Das war so seltsam, so unerklärlich. Wir besuchten Anton in seiner dunkeln Wohnung im Erdgeschoß, wo die Sonne nie hinkam, wo an den Wänden, neben den Porträts der großen Komponisten, Antons gelblichrote Aquarelle hingen, wo ein junger Mensch mit kahlrasiertem Schädel und Rauten auf den Kragenspiegeln uns von einem Foto in einem dicken Holzrahmen, das auf dem Klavier stand, anblickte: Antons Vater, der im Kampf gegen die Insurgenten in Mittelasien gefallen war; wo immer das Radio eingeschaltet war; wo im Geheimfach des Schreibtischs ganze Stöße dicker Fünfundfünfzigkopekenhefte lagen, die mit feiner Perlschrift vollgeschrieben waren, wo im Badezimmer Küchenschaben übers ausgelegte Zeitungspapier raschelten – in Antons Aufgang gab es in jeder Wohnung Schaben –: wo wir in der Küche kalte Pellkartoffeln aßen, die wir mit Salz bestreuten, dazu köstliches Schwarzbrot, in großen Stücken aufgeschnitten; wo wir zum Umfallen lachten, phantasierten, Erinnerungen nachhingen, träumten, uns wie die Idioten über irgendwas irrsinnig freuend ...

Und wieder lebte das Gespräch über Onkel Wolodja auf: ob man ihm wohl über Schulepnikows Vater helfen kann? Jetzt schien es, daß jener ein mächtiger Mann sei. Die Mutter brachte die Rede darauf. Der Vater zögerte. »Man soll die Menschen nicht überbeladen«, sagte er ziemlich nervös. »Für Schulepnikow ist das ein kleiner Fisch, deswegen kann man ihn nicht belästigen.« Die Mutter sagte: »Du hast Wolodja nie gemocht. Aber mir steht er nahe. Und Polja mit den Kindern tut mir leid. Nein, ich werde den Ljowa unbedingt bitten, daß er mit dem Vater spricht.« – »Ich verbiete dir das!« rief Glebows Vater.

Die Mutter begann selten Streit mit dem Vater, doch sie handelte gewöhnlich nach eigenem Ermessen. Eines Tages kam Schulepa abends – Glebow half ihm in Algebra, außerdem wollten sie einfach so plaudern – sie setzten sich an den Teetisch, zum Tee gab es Laugenbrezeln, Ljowka trank bei Glebows gern den Tee mit, beschwerte sich darüber, daß zu Hause keine Laugenbrezeln gekauft werden. Da begann die Mutter plötzlich von Onkel Wolodja zu reden. Sagte, man müsse aufklären und helfen, das Ganze sei ein Mißverständnis. Ljowka war sofort einverstanden. »Abgemacht, ich sage es dem Vater.« Die Mutter reichte ihm einen Zettel mit dem Vornamen und Familiennamen. Sie hatte den Zettel schon vorher geschrieben. Glebow spürte fast körperlich, wie sich der Vater anspannte und verkrampfte. Er rührte mit dem Löffel den Zucker im Teeglas um, und plötzlich hörten die Bewegung der Hand und das Scheppern des Löffelchens auf, der Vater erstarrte, ohne den Kopf zu heben. Die Mutter aber lächelte, ihre Augen glänzten, und als ihr Gesicht einmal in seine Nähe kam, spürte Glebow, daß sie nach Wein roch. Auch ihm hatte der Auftritt der Mutter nicht sonderlich gefallen, immerhin war Schulepa sein Schulkamerad, und es wäre an ihm, an Glebow, gewesen, ihn um irgendwas zu bitten.

Als Ljowka fort war, fiel der Vater mit Vorwürfen über die Mutter her: »Ja, schämst du dich denn nicht? Du bist betrunken! Im betrunkenen Zustand losquatschen: das hab ich gern!« Die Mutter erwiderte, das es nicht wahr sei, sie sei nicht betrunken, der Vater solle gefälligst keinen Unsinn reden. Sie war auch nicht betrunken, sie hatte sich nur etwas Mut antrinken wollen. Der Vater aber redete sich in Rage, er schrie, er würde die Verantwortung nicht länger übernehmen, würde die Verantwortung ablegen, es war nicht ganz verständlich, worauf er mit seinen Drohungen hinauswollte. Er stieß überhaupt gern nebulöse Drohungen aus. Selten hatte Glebow den Vater so erregt gesehen. Er hämmerte mit den Fäusten auf den Tisch und brüllte vage Worte: »Ich tu alles für euch! Jeden Schritt, den ich tue, den tu ich für euch! Und ihr – der Teufel soll euch holen! Ihr Hühnerhirne, ihr!« Erst hinterher begriff Glebow, daß der Vater zu Tode erschrocken war. Er besaß noch diese Eigenart: sein Ärger galt in Wirklichkeit gar nicht dem, worüber er laut sprach. Die wahre Ursache mußte man erraten. Das war schwierig, bisweilen unmöglich. Doch als er der Mutter damals das Glas Wein vorwarf, das sie zwischen Tür und Angel in einem Weinkeller in der Poljanka heruntergekippt hatte, da war die Ursache klar, es war das Gespräch über Onkel Wolodja. Er hatte ihr strikt verboten, darüber zu reden. Sie hatte es trotzdem getan.

Und erst gegen Ende, nachdem er sich satt gebrüllt und sich sein Herz etwas beruhigt hatte, sagte er wie beiläufig: »Das mit Wolodja ist eine dumme Sache ... Wie hat sich bei dir blöder Kuh nur die Zunge im Mund umgedreht?« Die Mutter brach in Tränen aus. Der Vater entfernte sich düster blickend und schlug die Tür hinter sich zu.

Oma Nila aber sagte gelassen zu Glebow: »Erinnere bitte deinen Ljowka daran. Du kannst lärmen, kannst sich ängstigen, aber helfen mußt du trotzdem ...«

Stets verstand es Oma Nila, etwas Schlichtes und Leises zu sagen, mochte dicht neben ihr auch der Wahnsinn toben, der reinste Blödsinn herausgebrüllt werden. Glebow liebte diese kleine, vornübergebeugte alte Frau mit dem sorgfältig gebundenen gelblichgrauen Haarknoten im Nacken, mit dem gelblichen wie facettierten Gesicht; immer machte sie sich im Haushalt zu schaffen, schlurfte und werkelte, blieb immer auf Trab. Sie trug das Haus auf ihrem Buckel, von morgens früh bis abends spät. Und nur sie allein, glaubte Glebow, *verstand* ihn ab und zu.

An einem frostklaren Tag saß Glebow einmal in Ljowka Schulepnikows Zimmer. Sie spielten Schach. Es war noch ein dritter Junge da, sie spielten reihum. Plötzlich kam Ljowkas Vater herein. Schulepnikow-Vater sah Glebow nur selten. Ljowka sagte, der Vater arbeite rund um die Uhr, er sei kaum zu Hause, würde sogar am Arbeitsplatz schlafen. Ljowka nannte ihn »Vater«, obwohl er Ljowkas Stiefvater war, während der richtige Vater, der einen seltsamen Doppelnamen trug, gestorben oder auf eine geheimnisvolle Weise aus Ljowkas Leben verschwunden war. Prochorow-Plunge! So hatte Ljowkas richtiger Vater geheißen. Zwanzig Jahre später begann Ljowka nämlich, seinen richtigen Namen zu führen. Prochorow. Ohne Plunge. Aber das war bereits in einem völlig anderen Leben. Zwischen Schulepnikow und dem aus dem Nichtsein wiederaufgestiegenen Prochorow-Plunge – nicht ihm selbst, sondern seinem Namen – gab es noch einen dritten Vater, der den Familiennamen Fiwejskij oder Flawizkij trug. Ljowkas Väter waren ein verwirrendes Kapitel. Doch seine Mutter blieb immer die gleiche. Und sie war eine seltene Frau! Ljowka sagte, sie sei adlig und übrigens aus dem Geschlecht der Fürsten Barjatinskij.

Alina Fjodorowna war hochgewachsen und dunkelhäutig, sie redete streng und blickte stolz. Glebow hatte den Eindruck, daß sie das Haupt der Familie war und daß Ljowka sie mehr fürchtete als den Vater. Ein Mittelding zwischen der Bojarin Morosowa und der Pique Dame. Schulepnikow selber, Ljowkas Stiefvater, war eher unansehnlich, quelläugig, kleinwüchsig, sprach mit leiser Stimme, sein Gesicht wirkte – das hatte Glebow verblüfft – völlig blutleer. Solche fahlen unbeweglichen Gesichter hatte Glebow bei Menschen noch nie gesehen. Ljowkas Stiefvater trug eine graue Armeebluse, dazu einen dünnen kaukasischen Gürtel mit Silberverzierung, eine graue Kavalleriehose und Schaftstiefel. So kam er ins Zimmer herein, betrachtete flüchtig das Schachbrett und fragte:

»Glebow, Wadim, das bist doch wohl du?«

Glebow nickte.

»Komm für eine Minute zu mir rüber.«

Glebow zögerte. Er war gerade dabei zu gewinnen, hatte noch beide Springer und wenig Lust, die Partie aufzugeben.

»Fertig! Unentschieden!« rief Ljowka und warf die Figuren mit der Hand um.

Betrübt darüber und daran denkend, was für ein schlauer und ungerechter Mensch Schulepa doch sei, ging Glebow hinter dessen Stiefvater her ins Arbeitszimmer. Er hätte sich niemals träumen lassen, was er dort zu hören bekam.

»Setz dich!«

Glebow setzte sich in einen dunkelkirschroten Ledersessel, der so weich war, daß Glebow sofort zu versinken drohte. Er erschrak leicht, kam aber rasch wieder zu sich und fand eine bequeme, ruhige Sitzstellung. Ljowkas Stiefvater sagte:

»Lew gab mir den Zettel deiner Mutter bezüglich des ...« Er setzte die Brille auf und las: »Burmistrow, Wladimir Grigorjewitsch. Ist das ein Verwandter von euch? Gut, ich werde versuchen, Erkundigungen über ihn einzuholen, wenn das möglich ist. Und wenn nicht, dann tragt mir das bitte nicht nach. Aber auch ich habe eine Bitte an dich, Wadim!«

Der alte Schulepnikow saß hinter seinem riesengroßen Arbeitstisch, klein, mit hängendem Kopf, die Schultern müde und schlaff, und zeichnete etwas auf ein Blatt Papier.

»Sag einmal, Wadim, wer waren die Anstifter des Banditenüberfalls auf meinen Sohn im Schulhof?«

Glebow fiel aus allen Wolken. Das hatte er nun wirklich nicht erwartet. Er hatte gemeint, diese Geschichte sei längst vergessen, es waren doch schon Monate seitdem vergangen! Auch er war unter den Anstiftern gewesen, obwohl er sich in letzter Minute entschlossen hatte, nicht am Überfall teilzunehmen. Doch jemand konnte es erzählt haben. Das alles begriff Glebow im Nu und bekam es ein wenig mit der Angst zu tun. Als Schulepnikow Glebows Verlegenheit sah, sagte er mit Strenge: »Das ist nicht einfach so eine Lappalie: meinen Sohn zu überfallen. Den Überfall hat eine Gruppe unternommen, doch es muß Anstifter, Organisatoren gegeben haben. Wer sind sie?«

Glebow murmelte, er wüßte das nicht. Ihm war ziemlich unwohl, in einem Maß unwohl, daß er gleich Bauchgrimmen bekam. Schulepas Stiefvater sah nicht wie ein böser Mensch aus, er brüllte nicht, schimpfte nicht, doch in seiner weichen Stimme und im Blick der hervorstehenden hellen Augen war etwas, das den Aufenthalt gegenüber von ihm, im weichen Sessel, ungemütlich machte. Glebow dachte: Es gibt keinen anderen Ausweg, ich muß es sagen. Davon hängt vielleicht das Schicksal Onkel Wolodjas ab. Zunächst versuchte er es mit einer List, begann von Minjka und Taranjka zu reden, aber Ljowkas Stiefvater unterbrach ihn: diese Angelegenheit sei bereinigt und würde niemanden mehr interessieren. Wer aber waren die Anstifter damals auf dem Schulhof? Diese Personen seien noch immer nicht ermittelt und ihrer Bestrafung zugeführt worden. Glebow quälte sich, zögerte, die Zunge schien ihm nicht zu gehorchen, es fehlte ihm an Mut. So saßen sie eine ganze Weile stumm da, als sich plötzlich etwas Unvorhergesehenes ereignete: in Glebows Bauch begann es laut vernehmlich zu rumoren. Das kam so unerwartet und war so beschämend, daß sich Glebow duckte, den Kopf zwischen die Schultern zog und in dieser Stellung erstarrte. Das Rumoren ließ nicht nach. Aber Ljowkas Stiefvater beachtete es nicht. Er sagte:

»Siehst du, Ljowka hat einen großen Fehler: er hat einen Dickschädel. Er versteift sich, er will aus falsch verstandener Kameradschaft keine Angaben machen. Du weißt vermutlich, daß er nicht mein richtiger Sohn ist, er ist Alina Fjodorownas Sohn, das kompliziert die Sache, ich kann bei ihm bestimmte Erziehungsmittel nicht anwenden. Was bleibt zu tun? Du mußt helfen, Wadim. Du bist zwölf Jahre alt, ein erwachsener Mann, du verstehst, wie ernst das alles ist. Das ist *sehr, sehr* ernst!« Und er hob den Zeigefinger.

Das Rumoren im Bauch hatte aufgehört, aber Glebow fürchtete, es könne jeden Augenblick wiederkommen. Diese Furcht löste ihm die Zunge: wie aus der Pistole geschossen kam der Name des »Bären«, der wirklich damals der Hauptanstifter gewesen war und den Glebow nicht besonders mochte, weil er ihm, unter Ausnutzung seiner Körperkraft, manchmal ohne jeden Anlaß Nackenschläge verabreichte. Dann nannte er noch Manjunja, der für seinen Geiz bekannt war. Eigentlich hatte er also gerecht gehandelt, es würden schlechte Menschen bestraft werden. Doch das unangenehme Gefühl blieb, es war ihm, als hätte er jemanden, na sagen wir: verraten, obwohl er doch die reine Wahrheit über zwei schlechte Menschen gesagt hatte. Dies Gefühl blieb lange in Glebow, wenigstens einige Tage lang.

Und dann kam Ljowka einmal zu Glebow und sagte, der Vater lasse ausrichten: es sei nicht gelungen, irgendetwas über Onkel Wolodja in Erfahrung zu bringen. Niemand war besonders betrübt, man hatte schon vermutet, daß die Recherchen fehlgeschlagen waren. Onkel Wolodja befand sich bereits im Norden und hatte von dort einen Brief geschickt. Und was den »Bären« und Manjunja angeht: denen stieß nichts weiter Schlimmes zu. Die Eltern des »Bären« wurden versetzt, sie zogen aus Moskau fort, der »Bär« fuhr mit, und Manjunja: der lernte sehr schlecht, man wies ihn von der Schule, er kam in eine internatsähnliche Waldschule, lief dort davon, geriet in Ganovenkreise und saß während des Krieges wegen krimineller Delikte im Lager. Vorher aber passierte noch folgendes: in jenem Frühling, als Manjunja aus der Schule flog, kam er in den Hof des Großen Hauses, paßte Ljowka ab und gab ihm eine Abreibung. Es hieß, es sei wegen eines Mädchens gewesen, aber Glebow kannte den wahren Grund.

Alles ist in eine solche Ferne gerückt, hat sich so verändert und vernebelt, ist wie mürbes Tuch in kleine Fetzen zerfallen, daß man jetzt schon gar nicht mehr begreift, was nun wirklich gewesen ist. Wodurch dieses und jenes geschah. Und weshalb er so und nicht anders gehandelt hat. Klar und deutlich aber erhält sich der Blödsinn. Er ist unverweslich, unsterblich. Beispielsweise das Rumoren im Bauch. Und was blieb von dem im Gedächtnis haften, was später geschah, einige Jahre später, als ihn das Schicksal wieder mit Ljowka Schulepnikow zusammengeführt hatte, im Institut, und als Sonja wieder auf der Bildfläche erschienen war und ihr Vater, Professor Gantschuk? Was sitzt fest in ihm drin, wie ein Eisennagel mit seiner stählernen glänzenden Kuppe? Auch wieder irgendein Quatsch: wie Professor Gantschuk nach jener Versammlung, auf der man ihn in der Luft zerriß, in einer Konditorei in der Gorkijstraße saß und mit Gier ein Napoleontörtchen aß. Glebow ging zufällig vorbei und sah es durchs Konditoreifenster.

Als Glebow im Herbst siebenundvierzig im Institutshof Schulepnikow sah und ihn auch erkannte, obwohl Ljowka während der vergangenen sieben Jahre ein anderer Mensch geworden war – hochgewachsen, breitstirnig, mit den ersten Anzeichen der beginnenden Kahlköpfigkeit, mit einem dunkelrotbraunen, quadratischen Schnurrbart à la Kaukasus, der nicht einfach bloß die damalige Mode war, sondern Charakter, Lebensstil und wohl auch Weltanschauung verriet –, verspürte Glebow außer Verblüffung und Neugier gleich in der ersten Sekunde den Schlag jenes bereits vergessenen *Bleiernen*, das ihn für immer mit Schulepnikow verband. Sie lachten, knufften und beklopften einander, kreischten fröhlich: »Wer ist das nun wieder?«, »Was ist denn das für eine Type?«, »Was mag dieser Knilch hier verloren haben?« Gleichzeitig jedoch fühlte Glebow den Druck des wohlbekannten Bleigewichts. Wieder war er in seinem Jackett, seinem Cowboyhemd, in der geflickten Hose wenn nicht der arme Verwandte, so doch der ärmliche Kumpel dieses Glückspilzes und Lebenskünstlers. Schulepnikow trug eine vorzügliche braune amerikanische Lederjacke mit einer Unzahl von Reißverschlüssen. Solche Lederjacken lagen manchmal, aber selten, in Kommissionsgeschäften herum, und sie kosteten ein Heidengeld. Glebow durfte davon nicht einmal träumen. Er träumte aber. In jener Zeit, als er öfter zu Sonja Gantschuk ging, wo sich eine ausgewählte Gesellschaft versammelte und wo er sich noch nicht sehr selbstbewußt fühlte, obwohl er Sonjas alter Kinderfreund war, träumte er leidenschaftlich von so einem US-Lederjäckchen. Es war genau das, was er brauchte: Männlichkeit, Eleganz, letzter Modeschrei, bequem im Tragen. Weiß der Teufel, was er für so ein Ding hergegeben hätte! Und er konnte beim Sprechen seine Augen von den weichen Lederfalten nicht losreißen. Ljowka erzählte irgendwas von Deutschland, von seiner mißglückten Ehe, von Vater und Vaterhaus; er wohnte jetzt gegenüber vom Telegrafenamt, im Haus, wo die Cocktail Hall ist. Auch Glebow berichtete. Sie redeten mit groben Stimmen über Grobes. Der Krieg hatte das Jungenhafte aus ihnen herausgeschüttelt, das jedenfalls glaubten sie.

In Wirklichkeit waren sie Jungen geblieben.

Glebow sagte:

»Dein Jäckchen ist einfach schnieke. Woher hast du das?«

»Aber bitte, das ist kein Problem.«

»Nein, wirklich. Wo krieg ich so was her?«

»Ich bitte meinen Alten, der sagt es einem hohen Tier ...«

Zwei Stunden später saßen sie in der besagten Cocktail Hall auf hohen Barhockern – Glebow war hier zum erstenmal, die Hocker erschienen ihm albern und unbequem, mehr was für Vögel als für Menschen – und erzählten beineschlenkernd und kettenrauchend, harte Mixgetränke schlürfend und sich langsam besäuselnd, einander ihre sturmbewegten Abenteuer der letzten sieben Jahre. Da war so manches zu erzählen! Glebow war in Glasow in der Evakuierung gewesen. Die Mutter war auf der Straße gestorben: ihr Herz hatte plötzlich stillgestanden. Glebow war im Wald gewesen, bei Waldarbeiten, und wußte nichts. Ljowka flog in diplomatischem Auftrag nach Istanbul. Von dort wurde er mit einem falschen Paß per Flugzeug nach Wien expediert. Glebow kehrte nach Mutters Begräbnis aus dem Wald zurück, wäre selber fast an Lungenentzündung gestorben, Oma Nila pflegte ihn gesund. Dann kam der Vater von der Front zurück, mit Kopfschuß. Der Vater konnte keinerlei Tätigkeit ausüben, die geistige Anstrengung erforderte. Er arbeitete als Stanzer in einem Werk. »Walroß« fiel bei Leningrad. »Bär«, »Holzspan« und Chimius an unbekanntem Ort. Alle hatte es, aus jenem Haus, in alle vier Winde verstreut. In jenem Haus blieb niemand wohnen, nur Sonja Gantschuk. Und Schulepas Ehefrau, das war eine Italienerin, sie hieß Maria, war unsagbar schön. In Glasow starben die Menschen vor Hunger, Glebow lernte, aus Gräsern gekochte Suppe zu essen, Tee aus Eicheln zu trinken. Maria war sieben Jahre älter als Ljowka Schulepa. Eine Zeitlang gefielen ihm ältere Frauen. Aber dann bekam er sie über. Solche Frauen haben zu viele Komplexe. Nein, Glebows Frauen waren immer jünger als er, mit einer einzigen Ausnahme. O, diese eine war ein Früchtchen! Nun, das erzähl ich dir ein andermal. Das ist eine lange Geschichte. Und wann ist der Anton gefallen? Angeblich im Herbst zweiundvierzig. Unfaßbar, daß man ihn an die Front geschickt hat: er war doch krank, kurzsichtig, bekam Anfälle. Und auf den Ohren war er schwach. Der Anton schwach auf den Ohren? Natürlich, während des Unterrichts fragte er immer noch einmal und setzte sich in die erste Bank. Aber er war doch unvorstellbar musikalisch, er konnte die ganze *Aida* auswendig. Na, und? Und Beethoven? Um den ist es nun wirklich schade: um Anton. Das war ein genialer Mann. Allerdings, der war ein Genie. Und zwar im Stil von Leonardo. Ein Genie schlechterdings, dagegen kannst du nichts sagen. Man sollte seine Mutter besuchen. Es soll ihr in der Evakuierung schlecht ergangen sein. Ja, die Mutter lebt noch immer dort, in dem Aufgang mit den Küchenschaben, Erdgeschoß, Mittelhof. Ljowka hatte einen Zahlmeister der verbündeten Streitkräfte erschossen, ihm drohten Kriegsgericht und höchstes Strafmaß, aber dann kam heraus, daß dieser Zahlmeister eine zweifelhafte Figur gewesen war, Verbindungsmann der deutschen Abwehr, da wollte man Ljowka einen Orden geben, aber auch aus dem Orden wurde nichts. Wahrscheinlich war das geflunkert. Doch damals glaubte Glebow jedes Wort und freute sich, daß er Schulepa wiedersah, und war bereit, für das Gebräu an der Bar sein letztes Geld auszugeben, was dann gar nicht nötig war, Ljowka zahlte alles.

Und außerdem wünschte sich Glebow nichts sehnlicher als so ein Lederjäckchen.

Dann streunten sie noch in der Gegend des Telegraphenamtes herum, frotzelten mit Passanten, quatschten Frauen an, der Milizmann blickte friedfertig, Ljowka prahlte:

»Hier kennt man mich wie einen bunten Hund! Die leben praktisch davon, daß ich sie nicht anrühre ...«

Er blickte finster und drohte dem Milizmann mit dem Finger. Dann stiegen sie in den dritten Stock hinauf, in seine Wohnung. Dort kippten sie wieder einen. Ljowkas Mutter Alina Fjodorowna war absolut die gleiche geblieben, sie war wie in der Vorkriegszeit. Ein verblüffendes Faktum: Ringsherum hatte sich alles verändert, Ljowka war ein ausgewachsener, fast schon kahler Lulatsch geworden, Glebows Mutter war tot, er selbst wäre fast gestorben, erst in Glasow an Lungenentzündung, später noch oft, als der Flugplatz zerbombt wurde, so viele Menschen waren umgekommen und verschwunden, Ljowkas Mutter jedoch hatte immer noch die schmalen dunklen Wangen, rauchte weiter ihre Zigaretten, blickte seltsam schräg, mit zugekniffenen Augen.

»Verzeih die banale Frage, Wadim; du bist noch nicht verheiratet? Das lobe ich mir, du warst schon immer so vernünftig. Du bist mir nicht böse, daß ich dich weiter duze?«

Die gleiche Stimme wie früher: etwas heiser und träge, leicht grassierend. Aber auch als kluge ungewöhnliche Frau hätte sie ihn nicht unbedingt duzen müssen. Ljowka pflegte zu sagen: »Ich verbeuge mich vor Mama, sie ist auf ihre Weise ein Talent, hat allerdings den Charakter Iwans des Schrecklichen.« Glebow bemühte sich um ein würdevolles Auftreten. Antwortete knapp, lächelte zurückhaltend, blickte die Teppiche, die Bilder, das ganze teure Zeug, das überall herumstand, nicht an. Schien es einfach nicht zu bemerken. Erst hinterher stellte er fest, daß die Einrichtung der Räume sich merklich von der Wohnung im Großen Haus unterschied: die Pracht war üppiger, die Möblierung antiker, und überall fiel das Thema Seefahrt ins Auge. Segelschiffmodelle auf einem Schrank, ein Bildrahmen mit Meereslandschaft, ein anderes Bild mit einer Seeschlacht – sah ganz nach Aiwasowskij aus und war auch einer –, noch irgendwelche vergoldeten Anker an den Wänden. Er sagte:

»Ich erkenne ihre alten Möbel nicht wieder, Alina Fjodorowna. Alles scheint neu zu sein.«

Wäre er in diesem Augenblick nicht besäuselt gewesen, dann hätte er sich eine solche Dreistigkeit und diesen saloppen Ton nicht erlaubt. Doch irgend etwas stachelte ihn an: Du mußt das jetzt sagen! Die Menschen hatten im Krieg das letzte verkauft, noch die allerletzten Klamotten, um nicht vor die Hunde zu gehen – Oma Nila hatte die silbernen Löffel verkauft, den Teeglaseinsatz, den kleinen Teppich, die Wollshawls, alles was halbwegs von Wert war, was sie aus Moskau hergeschafft hatten, selbst noch ihr Leibkreuz, denn Glebow lag im Sterben, der Liter Milch kostete auf dem Markt ungefähr so viel wie ein Silberlöffel – und hier war so viel Neues angehäuft worden, sogar ein echter Aiwasowskij. Das will was heißen, Donnerwetter noch mal, mitten im Krieg einen Aiwasowskij kaufen! Er trat extra auf die Wand zu und begann aufmerksam, das Auge dicht an der Leinwand, wie ein Kenner das Bild zu betrachten. Ljowka lachte:

»Welch scharfer Blick, was Mutter? Da kannst du nur sagen: blau, aber luchsäugig!«

Alina Fjodorowna sagte:

»Die Alten sagten: du kannst nicht zweimal in den gleichen Fluß steigen. Das sagten sie doch? Oder irre ich mich, junge Leute? Du, Dima, bist in welchem Jahr ungefähr« – sie vereinigte mit einer Armbewegung sich und den Sohn – »in unseren Fluß gestiegen? Als wir in jenes entsetzliche Haus zogen, im Jahr neunzehnhundertundwieviel ...?«

»Das ist nicht so wichtig. Vor etwa zehn Jahren«, sagte Glebow. »Aber ich erinnere mich noch gut an ihre Wohnung. Im Eßzimmer stand ein riesengroßes Büfett aus Mahagoni, der obere Teil wurde von dünnen gewundenen Säulchen getragen. An den Büfettüren waren ovale Bilder aus Majolika. Ein Schäfer, eine Kuhherde. Stimmt es?«

»Ein solches Büfett hat es wirklich gegeben«, sagte Alina Fjodorowna. »Ich hatte es schon ganz vergessen, und du erinnerst dich daran!«

»Das war gut gemacht, Glebow!« sagte Ljowka und klopfte Glebow auf die Schulter. »Ein höllischer Scharfblick, ein irres Gedächtnis. Sicher bist du auch ein guter Arbeiter. Ich werde dich zu rühmen wissen ...«

Als sie wieder allein im Zimmer waren, klärte Ljowka ihn auf: Alina Fjodorowna hatte jetzt einen anderen Mann. Schulepnikow war tot. Und diese Wohnung mit dieser ganzen Scheißpracht gehört Flawizkij oder Fiwejskij, dem neuen Gatten von Alina Fjodorowna. Auch der ist ein großer Mann. Er hat den Fall Schulepnikow bearbeitet: Der war unter sonderbaren Umständen verstorben, man hatte ihn tot in seinem Auto gefunden, in der abgesperrten Garage. Entweder ein Sabotageakt, Mord durch Auspuffgasvergiftung, oder das Herz hatte plötzlich nicht mehr mitgemacht. Er hatte ganze Nächte durchgearbeitet. Fiwejskij war mit der Untersuchung betraut worden, so hatte die Mutter ihn kennengelernt. Glebow hätte fast gefragt: warum wurden denn die Sachen aus der alten Wohnung nicht zu Fiwejskij geschafft? Da war irgendwas dunkel. In Ljowkas Leben gab es viele solcher Dunkelheiten. Lieber nicht danach fragen. Ljowka sagte, sein neuer »Alter« sei ein gar nicht übler Bursche, von Haus aus Seemann, trinkfest, auf Ballettratten scharf, einmal hat ihn der Alte in eine Gesellschaft von Schauspielern eingeladen, dort ist es sehr nett zugegangen, wiewohl etwas altmodisch, Fiwejskij ist sechzig, aber bärengesund. Glebow fragte: »Und die Mutter? Wie steht sie zu dieser Ballettkumpanei?« Ljowka zuckte mit den Achseln: »Woher soll die das wissen? Das ist reine Männersache.«

Glebow lauschte und staunte, redete sich zu: na wennschon, hol sie der Waldschrat, sollen sie nach ihrem Gusto leben. Aber irgendwas wurmte und ärgerte ihn, wie das Jucken einer unerträglich alten Wunde. Später sollte er diesen Fiwejskij oder Flawizkij zwei-, dreimal in der Wohnung in der Gorkijstraße sehen, einmal sah er ihn im Dynamostadion. Der Bursche war zu allem Überfluß noch Fußballfan, er protegierte seine Lieblingsmannschaft, in die er dank seiner Beziehungen die besten Kicker aus anderen

Klubs abgeworben hatte. Auch Ljowka begeisterte sich eine Zeitlang für diesen Schwachsinn. Sein neuer »Alter« war riesengroß, redete ohrenbetäubend laut, sein Händedruck hätte einer Werkbank Ehre gemacht, er hatte einen glänzenden kanonenkugelförmigen Kahlkopf und einen Kosakenschnauzbart. Dazu trug er eine goldgeränderte Brille. Kurzum, er war ein umwerfender Typ.

Das Große Haus, das in Glebows früherem Leben so viel bedeutet hatte – ihn bedrückend, entzückend, quälend und wie ein geheimer Magnet unbezwingbar anziehend –, war nach Kriegsende irgendwie in den Schatten getreten. Es war niemand mehr da, zu dem er hätte gehen können. Ausgenommen Sonja Gantschuk. Doch anfangs ging er nicht zu Sonja – die blieb lange Zeit ein Zubehör der Kindheit, die in seiner Seele still und friedlich verdämmert war, mitsamt allem anderen, das überflüssig geworden und in der Bürde der Jahre vergessen worden war – er ging zu ihrem Vater, dem Professor. Das war ein Zusammentreffen, das Glebow gemächlich entdeckte. Es mochte ein halbes Unterrichtsjahr im Institut verstrichen sein, als er sich endlich dazu durchrang, dem Professor mitzuteilen: soundso, wir sind miteinander nämlich gewissermaßen bekannt, Nikolaj Wassiljewitsch. Ich besuchte einst ihr Haus. Der Professor, der gerade ein Buch durchblätterte, bemerkte beiläufig: »Was Sie nicht sagen?« Jenes erste Mal hatte es dabei sein Bewenden. Gantschuk hatte nicht verstanden oder nicht verstehen wollen.

Ohne deswegen in größere Verlegenheit zu geraten, beschloß Glebow, dem Gedächtnis des Professors nachzuhelfen. Sonja selber beschäftigte ihn weniger, doch Gantschuk war immerhin eine imposante Gestalt und, wie Glebow erriet, im Anfangsstadium seines Studiums für ihn von unschätzbarem Wert. Einmal nach Unterrichtsschluß nahm er sich eine Minute Zeit und trug an Sonja einen Gruß auf.

»Ach was, Sie kennen meine Tochter?« staunte Gantschuk.

»Das erwähnte ich schon einmal, Nikolaj Wassiljewitsch ...«

Wie? Was? Ach ja, gewiß doch! Natürlich erinnere ich mich, bei uns wimmelte es stets von jungen Leuten, auch an Sie kann ich mich noch erinnern. In Ihrem Arbeitszimmer stehen doch solche kleinen weißen Philosophenbüsten, nicht wahr? Kompliment, Sie haben sogar die Büsten im Gedächtnis behalten? Der Professor lächelte zufrieden. Das Leben renkte sich ein. Es gab zwar noch Lebensmittelkarten, aber es lebte sich wieder froher und freundlicher. Die Büstchen stehen da und wanken nicht! Sie haben den Krieg überdauert, die Evakuierung, so manche Unbill, den Tod von Menschen, von Ideen, sie sind nicht umsonst Philosophen. Die Erwähnung der kleinen Büsten bereitete Gantschuk echte Freude, entflammte ihn geradezu. Mehr sogar als Sonjas Erwähnung. Er lud Glebow sofort zu sich ein:

»Kommen Sie doch mal zum Tee vorbei, unsere Sonja wird sich bestimmt freuen ...«

Dann kam von Sonja ein Gruß, dann eine Einladung. Gantschuk war oft krank, er empfing seine Studenten bei sich daheim, prüfte sie sogar zu Hause.

Sonja war ein hochgewachsenes blasses Mädchen geworden, etwas mager, mit bleichen vollen Lippen, einer blassen Bläue in den großen Augen, die Güte und Aufmerksamkeit ausdrückten. Sie studierte am Institut für Fremdsprachen.

»Wadim, was war denn los? Wie ist das zu verstehen?« waren ihre ersten Worte nach sechsjähriger Pause. »Warum warst du so total verschwunden?«

Als hätten sie abschiednehmend einander versprochen, auf ewige Zeiten befreundet zu bleiben.

Jedoch ihre Beziehungen waren damals wie jetzt hoffnungslos kameradschaftlich, eintönig wie eine Wand. Sonja war bloß ein Zusatz zu jenem sonnenüberfluteten, vielgesichtigen, bunten Etwas, das sich Kindheit nannte. Und wäre Professor Gantschuk nicht aufgetaucht, dann wäre Sonja vermutlich für immer verschollen geblieben. Glebow saß im Arbeitszimmer des Professors auf einem kleinen Sofa mit fester gebogener Rückenlehne aus Mahagoni – damals wurden solche Sofas in Ankaufstellen fast wie Brennholz gehandelt, während du heute für teures Geld keins auftreiben kannst – und führte mit großem Genuß ein Gespräch über Weggenossen, Formalisten, RAPP-Leute, Proletkultisten, über vieles, wofür sich Glebow einst wirklich interessierte. Der Professor kannte eine Menge Einzelheiten. Besonders deutlich hatte er die Wechselfälle und Linienverbiegungen in den Literaturkämpfen der zwanziger und dreißiger Jahre im Gedächtnis behalten. Seine Rede war gestochen und entschlossen. »Da versetzten wir der Bespalowerei einen Schlag ... Es war ein Rückfall, deshalb fiel der Schlag hart aus ... Wir lieferten ihnen ein Gefecht ...« Jawohl, das waren damals wirkliche *Gefechte* und nicht bloß Streitgespräche. Das wahre Verständnis bildete sich im blutigen Getümmel heraus. Glebow lauschte ehrerbietig und stellte sich den Schlachtenlärm und das Zerbröckeln der Autoritäten vor, er malte sich das Bild aus: Bücher werden ins schäumende Meer über Bord geworfen, und der rüstige, dicke, kleinwüchsige Greis mit den Pausbäckchen erschien ihm als Recke und Haudegen. So war es übrigens gewissermaßen auch gewesen. Dieses Teetrinken in Gantschuks Arbeitszimmer, diese bisweilen intimen Erinnerungen waren ganz nach Glebows Geschmack. »Wissen Sie übrigens, wie wir ihm seine Waffen entwanden? Als Gelehrter war er eine völlige Null, er hielt sich nur mit Hilfe einer gewissen Persönlichkeit im Sattel ...« Glebow gefiel der Geruch nach Teppichen und alten Büchern, der Kreis an der Zimmerdecke, den der riesengroße Schirm der Tischlampe erzeugte, ihm gefielen die bis ganz nach oben mit Büchern gepanzerten Wände und die noch weiter oben wie Soldaten in Formation stehenden kleinen Gipsbüsten. Wer dort oben war Platon, wer Aristoteles? Von unten war das nicht zu erkennen, die Räume in jenem Haus waren sehr hoch, nicht so wie heute in den Neubauten, gut dreieinhalb Meter, bestimmt nicht weniger. Glebow aber schien es, daß die von unten nicht zu identifizierenden kleinen weißen Statuetten – diese Schulaulenpracht war während der Inflationsjahre in Deutschland erstanden worden, als der gierige junge Gantschuk, noch unlängst Reiterarmist, Politabteilungspoet und Redner auf Soldatenversammlungen, mit unerlahmtem Gymnasialeifer sich der Wissenschaft bemächtigte – diese Spielzeug-Weisen ebenfalls an den Gefechten teilnahmen, Schläge austeilten, krumme Sachen aufdeckten, den Feind anwiesen, die Waffen zu strecken.

Nach und nach geriet Glebow wieder in die Aura des *Großen Hauses*. In den Hausaufgängen gab es jetzt keine Liftführer mehr. Auch die Bewohner waren offenbar nicht mehr die gleichen wie einst: ihr Anblick war schlichter, ihre Rede war anders. Doch in den Aufzügen sammelten sich, wie damals, ungewöhnliche Gerüche: nach Schaschlik, Fischen, Tomaten, manchmal nach teuren Zigaretten oder Hunden. Hunde war Glebow seit dem Krieg nicht mehr gewöhnt. Sie waren in der Kindheit zurückgeblieben, genauso wie das Speiseeis zwischen runden Waffeln, das Baden im Fluß an der Inselspitze und noch so manches andere. Im Aufzug des Gantschukschen Hausaufgangs sah Glebow zum erstenmal nach langer Zeit wieder aus nächster Nähe einen Hund und musterte ihn aufmerksam. Es war ein großer, gelblichschwarzer, gutgenährter Schäferhund, der bescheiden und würdevoll, an der Rückseite des Lifts, unter dem Spiegel saß und mit nicht geringerer Aufmerksamkeit Glebow betrachtete. Neben dem Hund, ihn straff an der Leine haltend, stand eine alte Frau mit Kopftuch. Wohlerzogenheit und Bescheidenheit des großen Hundeviehs versetzten Glebow in Erstaunen, zugleich aber meinte er, in den nicht blinzelnden haselnußbraunen Augen des Schäferhundes das Gefühl einer ruhigen Überlegenheit zu erkennen: der Hund war Bewohner des Hauses, während er, Glebow, hier nur Gast war. Er verspürte plötzlich Lust, den Hund zu streicheln. Ein spontaner Impuls, eine naive, fast kindliche Regung. Er streckte die Hand aus, doch der Hund wendete knurrend sein Maul und schnappte mit den Zähnen nach Glebows Hand. »Halt, verboten! Strammgestanden!« stand auf der schwarzen hochmütigen Hundeschnauze geschrieben. »Daß man dich hier reinläßt, daß du im Aufzug mitfahren darfst, bedeutet noch nicht, daß du hierher gehörst.« Glebow verließ den Fahrstuhl mißmutig.

»In euerem Lift stinkt es nach Hund«, sagte er zu Sonja. Es gab Augenblicke, in denen er sie ärgern wollte.

Er lebte damals schwierig, hungrig, fröhlich, gierig. Wie viele andere. Rückblickend war es die bitterste Armut. Es fehlte ein zweites Paar Schuhe, es gab weder Hemden noch Schlipse. Und dann die ständige Eßlust. Überall – im Institut, zu Besuch bei Bekannten – trug er einen alten Armeekittel: nicht nur, weil es nichts Passendes gab – aus den Vorkriegsklamotten war er herausgewachsen, neue Kleider hatte er noch nicht gekauft –, sondern auch, damit niemand vergesse, daß er *dort gewesen* war. Im letzten Kriegsjahr war er einberufen worden, hatte als Angehöriger des Bodenpersonals auf einem Fliegerhorst Dienst getan. Zu Hause ging es nach dem Tod der Mutter taub und dumpf zu. Der Vater hatte seine Leidenschaft für den Wein entdeckt. Oma Nila schuftete mit letzter Kraft, der ganze Haushalt stand und fiel mit ihr. Heute läßt sich gar nicht mehr begreifen, wie das alles damals über die Runden kam, woher die Kräfte und die Lebensmittel flossen. Einmal in der Woche nahm Oma Nila ihre Tragtasche, stieg in die Tram, fuhr zum Danilowskijmarkt, kaufte Grünzeug, getrocknete Pilze, Sauerampfer, Hagebutten. Der Tee aus Hagebutte wurde literweise getrunken. Heute würde man dieses Gesöff nicht für Geld in den Mund nehmen. Damals aber stellte ihm die Großmutter den ach so nutzbringenden kalten Hagebuttentee sogar als Mittel gegen Wodkakater auf den Frühstückstisch: »Trink ihn, Dima, den *Hagebuttler*, gleich wird dir leichter werden!« Von wegen nutzbringend! Oder steckte doch vielleicht ein Nutzen in dem Tee, genau wie in dem Leben in der gottverlassenen Derjugingasse, dem düsteren Haus, dem langen gruftartigen Zimmer?

Denn immerhin schafften sie es, immerhin blieben sie am Leben. Oma Nilas Buckel wurde immer krummer, ihr Gang immer leiser. Der Vater war selten da, machte Überstunden, für den anderthalbfachen Lohn. Damals begann er erst richtig zu kränkeln. Doch alles rauschte wie im Traum vorbei. Irgendwelche Freunde, viel Gedränge, Laufereien, immer huschhusch und auf Trab, und samstags die letzten Piepen in einer billigen Pinte oder in der Bar am Serpuchowplatz hinausgeworfen ...

Wenn er zu Gantschuks kam, setzte er eine akademisch strenge Miene auf. Anfangs tastete er sich bloß heran, mehr aus Instinkt. Sogar Sonja störte. Wollte ihn vom Vater wegschleifen zu ihren eigenen Gesprächen und Freundinnen, nach denen ihm der Sinn nicht stand.

Er erschrak im stillen davor. Macht sich denn die arme Sonja, dachte er, wirklich Hoffnungen? Er selber träumte von keinerlei Zärtlichkeiten, außer den professoralen, im Rahmen des Lehrprogramms. Er hatte sich schon früh eingeredet, eine für weibliche Herzen gefährliche und anziehende Gestalt zu sein. Es begann mit jener vierzigjährigen Dame in der Evakuierung. Zunächst war es ihm so vorgekommen, als würde sie ihn für eine genauso kurzbemessene Zeit brauchen wie er sie. Aber dann brachen Leidenschaften aus, wurden törichte Drohungen ausgestoßen. Herrgottnochmal, bekam er damals einen Schreck! Und er begriff, daß er auf der Hut sein muß. Solche Spiele können bös ausgehen. Er verspürte in sich, nicht ohne Selbstgefälligkeit, eine radioaktive Ladung, deren Opfer die Frauen wurden, allerdings nicht alle, sondern nur Frauen einer bestimmten Art. Besonders verderbenbringend wirkte er auf Frauen in geistigen Berufen und auf solche, die älter waren als er. Aber auch junge, seriöse, nicht sehr hübsche, bisweilen bebrillte Frauen vom Typ der klassenbesten Schülerin gerieten leicht in seinen Bann.

Deshalb zitterte er ein wenig, wenn er das Leuchten in Sonjas gütigen blaßblauen Augen bemerkte, das schwache Lächeln auf ihren bleichen Lippen. Sonja lud gern Leute zu sich ein. Es kamen ihre Freundinnen aus dem Fremdspracheninstitut, attraktive, gutgekleidete Mädchen, modenärrische, zwitschernde, lachende Wesen. Einige der Mädchen gefielen ihm prompt. Aber er hielt sich zurück, wohl wissend, daß seine Ausstrahlung auf *solche* Frauen nicht wirkt.

Als Glebow Seminarsekretär wurde, kam er fast jede Woche in Gantschuks Haus. Der Professor war unberechenbar, vergeßlich und, ehrlich gesagt, etwas begriffsstutzig. Manchmal kam es zu sinnlosen Gesprächen. Der Alte stand im Pyjama in der Wohnungstür und rundete verwundert seine Augen: »Mein Lieber, ich sagte doch Montag!« – »Aber nein, Nikolaj Wassiljewitsch. Sie sagten Samstag ...« – »Wie hätte ich Sie auf Samstag herbestellen können, wo doch samstags ...« – »Aber ich weiß es noch genau!« Das alles spielte sich auf der Treppe ab, Glebow war nervös, kam sich etwas blöd vor, plötzlich kam wie ein Geier Tochter Sonja angeschossen: »Vater, schämst du dich nicht, ihn in der Tür stehen zu lassen! Bist du verrückt geworden!« Im Grunde war Gantschuk immer froh, wenn Glebow kam, er fand sofort eine Aufgabe für ihn. Seine freundlichen Gefühle für Glebow wuchsen ins Ungemessene, als dieser ihm eine Bibliographie zu einem für Gantschuks eigene Arbeit wichtigen Thema brachte, die er überdies ungewöhnlich rasch zusammengestellt hatte. Gantschuk war richtig gerührt. Glebow sagte nicht, daß er die Nächte durchgearbeitet hatte. Er mußte sich keineswegs derart anstrengen, es gehörte auch nicht zu seinen Pflichten, Bibliographien anzufertigen, jedoch diese seine Tat sollte sich als genial und nutzbringend erweisen.

Ein Partyabend bei Sonja. Großes Miezentreiben, junge Leute von verschiedenem Kaliber, nach damaligem Brauch aus allen vier Himmelsrichtungen herbeigeeilt, um vom ukrainischen Schnaps und vom kalten Büfett bei Professors zu kosten. Eines der bildschönen Wesen aus Sonjas Kreis hatte ihre Bekannten mitgebracht, die Bekannten des Wesens brachten ihrerseits die eigenen Bekannten mit. Der Salon bei Gantschuks war gottlob geräumig genug, um ein halbes Hundert Leute aufzunehmen und mit Sitzgelegenheiten zu versorgen. Heutzutage findet man solche Säle kaum mehr. Höchstens in Eigentumswohnungen, die individuell gebaut werden. Anwesend waren irgendwelche Musiker, ein Berufsschachspieler, ein Dichter, der auf Studentenabenden mit ohrenbetäubend blechender Stimme seine Verse zum Tönen brachte – damals galten jene Verse als Musik –, anwesend waren natürlich etliche farblose, schreihalsige, schüchterne und dreiste Studiosi. Der Dichter kam für alle überraschend. Ihn kannte hier niemand, außer einem Mann, der mit einem der bildhübschen Wesen flüchtig bekannt war und selber zum erstenmal bei Sonja war. Kaum hatte der Dichter den Salon betreten, als er, noch bevor er irgendwen begrüßen konnte, in den Ruf ausbrach: »Wo ist hier der Abtritt?« Das war bei höheren Vorbildern abgeguckt. Es ertönte entzücktes Geflüster: »Ein Dichter eben ... Will frappieren ... Ohne Rücksicht auf die Konvention ...« Die Verse, die er dann den ganzen Abend lang abschnarren und -schnurren ließ, blieben nicht im Gedächtnis haften, der Ruf nach dem Abtritt hingegen ... Auch heute, nach inzwischen dreißig Jahren, tönt es aus diesem Dichter blechern, aber heute ist keiner mehr bereit, dieses Blech als Musik anzusehen. Blech, nichts als Blech. Einer der Studiosi griff stürmisch in die Tasten und stimmte mit schriller Stimme ein Liedchen an:

Der Mohr Othello von Venedig
besuchte einst ein kleines Haus ...
Der Chor fiel fröhlich ein:
Der Shakespeare kam ihm auf die Schliche.
Gleich macht' er eine Posse draus ...

Dieses alberne Zeug gefiel damals ungemein. Man brüllte sich heiser, bis einem Tränen in den Augen standen. »Das Mägdelein hieß Desdemona, so mondenbleich von Angesicht, die trieb es nur mit Generälen, darunter machte sie es nicht.« Was mochte an diesem Quatsch wohl so anfeuernd sein, warum erbebte einem das Herz, daß man von Freude erfüllt wurde und von dem Wunsch, diese Freude an andere weiterzugeben? Während der Gesellschaften im Hause Gantschuk hörte man freilich, rings um die gütig lächelnde, bleiche, stumme Sonja, auch ganz andere Weisen. Der Professor trank mit den jungen Leuten sein Gläschen Wodka, der auf Zitronenschalen angesetzt war, auch Sonjas Mutter Julia Michajlowna setzte sich dazu, der Professor schwang als Dirigentenstäbchen eine Gabel, und alle

Versammelten sangen: *Über Ebenen und Berge zog die Division nach vorn* oder: *Weit weit weit hinterm Fluß.*

Sonja konnte stundenlang schweigend dasitzen und den anderen zuhören, den Mund, infolge der nichtentfernten Polypen, halb geöffnet. Glebow kam einmal der Gedanke, daß sie irgend jemandem eine vorzügliche Ehefrau sein würde, die wunderbarste Gattin der Welt. Diese Menge an guten und besten Eigenschaften. Bis hin zur Stummheit bei halbgeöffnetem Mund. Er dachte beiläufig daran, wie ein Fremder, ohne Zusammenhang mit der eigenen Person. Etwas in der Art: »Für Ljowka wäre Sonja eine Mustergattin!« Er hegte wirklich eine Zeitlang diese Idee, ausgehend von der Ansicht, Sonja könne einen heilsamen Einfluß auf den Schafskopf Ljowka ausüben, der seinerseits das Glebow so beunruhigende blaue Leuchten ihrer Augen ein wenig mildern und dämpfen würde. Er selber konnte es beim besten Willen nicht erwidern, in ihm entstand nicht ein einziges Mal der Wunsch, Sonja in einer dunklen Ecke abzuknutschen, wie er es mit anderen Mädchen tat, sogar mit jenen, die zu Sonja zu Besuch kamen, beispielsweise mit ihrer Freundin aus dem Fremdspracheninstitut, so einer dunkeläugigen, vollschlanken: wie hieß sie noch mal? Der Name geriet in Vergessenheit, dafür prägte sich die Berührung der straffen Schultern, die sekundenlange, wie gestohlene Liebkosung in der Dunkelheit der Garderobe, inmitten weicher Pelzmäntel, fest dem Gedächtnis ein ...

Es war so: mit den einen war er feig und wie versteinert, mit den anderen wurde er jäh und aus unerfindlichen Gründen frech und dreist, ließ sich gehen, war nicht wiederzuerkennen. Jene Vollschlanke hatte er sich gleich gemerkt, die kam wie er aus irgend so einer vergammelten Derjugingasse. Sonja aber blieb bis oben hinauf verschlossen. Bei ihr mußte man sich weder anstrengen noch konnte man sich gehenlassen. Sie erregte einfach nicht. Dann kam die Zeit, als er das wollte. Endlich begann ihn Sonja zu erregen, aber bis er so weit war, vergingen gut zwei Jahre.

An jenem Abend mit dem Dichter – damals fing Besagtes schüchtern an – gab es zuviel Wein, die Leute betranken sich, die Gastgeber bekamen einen Schreck. Die Männer gingen zum Rauchen auf die Treppe hinaus. Es war ein Bursche darunter, der Name ist natürlich entschwunden, er erschien später nie mehr auf der Bildfläche, so ein struwwelhaariger, schlacksiger Maulheld mit Brille und Krawatte, vom Anblick her die Gesundheit selber. Er hatte das Äußere eines Gewichthebers. Der fragte mit dünner Stimme im männlichen Raucherkreis auf dem Treppenabsatz:

»Burschen, mir will nicht aufgehen, wer eigentlich hinter der Wirtstochter her ist? Ich meine, hinter dieser Sonja?«

Trotz der derben Ausdrucksweise wollte er eigentlich nur wissen, ob der Platz an der Seite des Mädchens vakant sei. Der Ton mißfiel indessen allgemein, man war befremdet. Man zuckte die Achseln. Da zeigte plötzlich einer der Studiosi auf Glebow:

»Das dürfte Freund Dima sein ...«

»Wieso ich?« staunte Glebow. »Das ist mir völlig neu.«

Es war peinlich: die Leute merken etwas, das er selber noch gar nicht gespürt hatte. Wovon keine Rede war. Oder vielleicht doch? Er hätte nicht erzählen sollen, daß er Sonjas Schulfreund war. Jener wißbegierige Bursche sagte:

»Das sollte einer von euch aber tun! In so einen Palazzo schlüpfen ...« Er blinzelte zur offenen Wohnungstür hinüber. »Das kann ich nicht gutheißen, Burschen. Sie selber ist doch auch nicht übel. Wieso denn? Gar nicht übel, sage ich. Die hat was Turgenjewsches an sich ...«

»Halts Maul, du Vieh!« sagte jemand.

Der Bursche war gekränkt, warf die Kippe fort und ging in die Wohnung.

Er hatte allen mißfallen.

»Wer hat diese Fresse eingeladen?«

»Weiß der Teufel. Der Kerl kommt wohl aus dem Literaturinstitut.«

»Wißt ihr was? Wir werden ihn vertrimmen!«

Man war einverstanden. Einer ging in die Wohnung hinein, um den Burschen auf den Treppenabsatz zurückzuholen. Der Bote blieb lange weg und sagte, als er wiederkam, der Bursche hätte erraten, daß man ihn verprügeln wolle, und sich geweigert, nochmals herauszukommen. Nun gut, dann vertrimmen wir ihn nachher. Er wird uns schon nicht entgehen. Besonders rauflustig gebärdete sich der Berufsschachspieler. Alle hatten mächtig einen in der Krone. Mit Glebow aber geschah dies: er war plötzlich und völlig unerwartet wieder nüchtern geworden. Ernüchtert hatte ihn der von jenem Burschen in idiotischer Weise geäußerte Gedanke. »Der Kerl ist absolut nicht dumm«, dachte Glebow. »Wir anderen sind die Dummköpfe!« Um so heftiger wurde in ihm der Wunsch, den Burschen zu verprügeln oder wenigstens hinauszuwerfen. »Schlüpfen will er ... Hier wird nicht geschlüpft, du Arsch!«

Mit bösen Schritten ging Glebow in den Salon.

Die Verprügelung des Brillenmenschen mißlang aus einem blöden Grund: eine halbe Stunde später befand sich der Mann im Zustand des Vollrauschs. Um halb eins begannen sich die Gäste zu verabschieden, in der Hoffnung, die letzte Metro zu bekommen. Alle zerstreuten sich, doch den Mann mit der Brille konnte man einfach nicht auf die Beine stellen, man konnte ihn nicht einmal vom Sofa schieben, wo er sich widerwärtig hingeflezt hatte, die Flicken auf seiner kläglichen Studentenhose, den hochgerutschten Sweater und, in der Lücke zwischen Sweater und Gürtel, die graue Blöße seines Bauchs nebst Nabel zur Schau stellend. Die Arme lagen unter dem Kopf verschränkt, der Kopf hing von der Sofarolle herab, dazu schnarchte der Bursche entsetzlich. Es stellte sich heraus, daß der Mann, der ihn mitgebracht hatte, zusammen mit seiner Begleiterin, einer Freundin von Sonja, längst heimgegangen war. Man wußte nicht einmal, wie der Bursche hieß. Gantschuks waren ratlos. Die Hausangestellte Wassjona meinte, man solle die Miliz rufen. Julia Michajlowna legte ihre auch in dreißig Jahren nicht verlernte deutsche Geradlinigkeit an den Tag, indem sie vorschlug, neben den Schlafenden ein Glas Wasser mit Soda und eine Pyramidontablette zu stellen. Wassjona prustete in die Faust: »Der braucht dein Pyramidon nicht ... Der wacht auf, sucht das Klo, wirft den Schrank um ...« Der Professor wiederum schlug vor, den Burschen nach Art der Husaren wachzukriegen: durch Abreiben der Ohren. Aber Sonja trat für den besoffenen Lümmel ein und befahl, ihn nicht anzurühren.

»Tut er euch denn kein bißchen leid? Schaut doch mal, was für ein hübsches Gesicht er hat, so einen lieben Bulldoggenkiefer ...«

Glebow sagte kurzentschlossen, daß er auf jeden Fall hierbleibe. Auf einem Klappbett, im Salon, könne er übernachten. Der Bursche solle auf dem Sofa weiterschlafen, nur die Schuhe solle man ihm ausziehen.

So blieb Glebow nachts in Sonjas Wohnung und konnte lange nicht einschlafen, weil er plötzlich ganz anders an Sonja zu denken begann. Einfach so: der Schlaf kam nicht, und er dachte. Schlummerte ein, hatte kurze wirre Träume, wachte auf und dachte wieder. Nichts passierte, Sonja schlief in ihrem Zimmer hinter verriegelter Tür, der Betrunkene rührte sich nicht, und trotzdem stieß Glebow in jener Nacht etwas zu, er erwachte am Morgen als ein anderer Mensch. Er hatte begriffen, daß er Sonja würde lieben können. Dieses Gefühl hatte sich noch nicht eingestellt, doch es war irgendwo unterwegs, es näherte sich, wie ein warmer Wind von Süden. Das Wetter ist noch nicht umgeschlagen, doch Menschen mit kranken Gefäßen spüren es voraus. Im Morgengrauen, in der sechsten Stunde, begann sich der Bursche zu rühren, kroch vom Sofa herunter und schickte sich an, genau wie Wassjona gemutmaßt hatte, murmelnd und aufstoßend im Zimmer herumzustreunen. Glebow schleifte ihn in die Diele, setzte ihm die Mütze aufs Haupt und wollte ihn zur Wohnungstür hinausdrängen. Der Bursche sperrte sich, sie beschimpften einander flüsternd.

»Wohin stößt du mich, du Unmensch? Wo soll ich denn hin, du schwaches Hirn?«

»Dorthin, wo du hergekommen bist.«

»Wo ich hergekommen bin? Kannst du begreifen, was der Dostojewskij, Fjodor, geschrieben hat ... Wenn ein Mensch nirgendwo hinkann ...«

In jenen Zeiten gab es solche Beinahe-Bettelstudenten, die so gut wie auf der Straße lebten. Ständig wurden sie ausgeschlossen, ausgestoßen, pennten bei Freunden, pennten im Studentenheim, pennten auf Bahnhöfen. Den »Palazzo«, aus dem man ihn verstieß, blickte er mit Wehmut an. Glebow redete eine gute halbe Stunde auf ihn ein und hatte es schließlich geschafft. Daraufhin kehrte er in den Salon zurück und legte sich aufs Klappbett. Eine Stunde später ging Sonja im Morgenrock an ihm vorbei. Er sah die blassen hageren Beine mit den zarten Knöcheln. Dann schaute sie noch mal ins Zimmer und fragte:

»Und jener Mensch?«

»Den hab ich rausbefördert.« Glebow machte eine Bewegung, die einen Tritt in den Hintern versinnbildlichen sollte.

Er fühlte sich als Held, als Beschützer der Schwachen.

Doch Sonja wurde unerwartet böse.

»Wer hat dich darum gebeten? Er wollte wohl nicht gehen?«

»Er wollte nicht. Ich hab eine gute Stunde gebraucht ...«

»Und hast ihn davongejagt? Wie gemein von dir, Dima, du solltest dich schämen. Einen Hungrigen davonzujagen. Vielleicht wußte er nicht, wo er hingehen soll ...«

»Natürlich nicht. Ich kenne diese Sorte.«

»Ich weiß nicht, was du mit Sorte meinst.«

»Aber ich weiß es. Ich lebe unter solchen Leuten. Die Derjugingasse wimmelt davon.«

Aber Sonja schüttelte den Kopf, blickte ihn mit einem ganz neuen mißtrauischen Blick an, ging in ihr Zimmer, mißmutig. Glebow wußte nicht, was er tun sollte. Fortgehen? Sonjas Mißmut hatte ihn verblüfft. Als er sie später besser kennenlernte, begriff er, daß der Hauptzug an diesem Charakter ein krankhaftes, wahlloses Mitleid mit den anderen war. Mit allen anderen, mit jedem, der ihren Weg kreuzte. Das war zu Zeiten lästig, sogar quälend, aber dann gewöhnte er sich daran und beachtete es nicht mehr. Ihre erste Reaktion auf jede Berührung mit dem Leben und den Menschen war, Mitleid für sie zu empfinden. Noch später nahm er sie deswegen auf den Arm: »Er tut mir so leid, der arme Rowdy, der an der Straßenbahnhaltestelle drei Passanten verdroschen hat ... Malst du dir aus, wie ihm zumute sein muß ...« Sonja sah selber die Ungereimtheit ihres Charakters ein und litt darunter.

Als sie sich zu zweit an den runden Frühstückstisch in der Küche setzten, der bequem ans Fenster gerückt war, war sie verlegen und rechtfertigte sich wegen ihrer Schroffheit von vorhin: »Wenigstens Tee hätten wir ihm anbieten können ...« – »Der kommt auch ohne deinen Tee über den Tag«, sagte Glebow. Ab und zu blickte er hinunter, auf den gigantischen Bogen der Brücke, über die Autos flitzten und die Straßenbahn kroch, hinunter auch auf das gegenüberliegende Flußufer mit der Kremlmauer, den Kremlpalästen, den Tannen, den Kuppeln: alles war wunderbar und malerisch, sah irgendwie besonders frisch und heiter aus aus dieser Höhe. Er dachte daran, daß in seinem Leben offenbar etwas Neues begann ...

Tag für Tag beim Frühstück die Kremlschlösser aus dem Vogelflug! Und mit allen Leuten Mitleid haben, ausnahmslos mit allen, die da unten wie Ameisen übers Brückenbeton kreuchen! Das war die Fortsetzung seiner halbwachen Gedanken.

Er sagte: »Weißt du was? Hab lieber mit mir Mitleid.«

»Hab ich doch.« Sie streichelte seine Wange. »Du bist irgendwie so heimatlos ...«

Er ging jetzt fast jeden Tag zu Gantschuks. Mal zum Professor, mal zu Sonja. Der Professor redete ihn früher mit »Teuerster« oder mit »Wadim Alexandrowitsch« an, jetzt ging er zu »Dima« über. Lud ihn zu seinen Abendspaziergängen ein. Wenn er die Karakulmütze aufsetzte, in die weißen, mit Leder besetzten, schokoladenbraunen Winterstiefel und in den langschössigen Wintermantel hineinstieg, der innen mit Fuchspelz gefüttert war, begann er einem Kaufmann aus einem Stück von Ostrowskij zu ähneln. Aber dieser Kaufmann, der ohne Hast und gemessenen Schrittes die abendliche menschenleere Uferstraße entlangspazierte, erzählte vom polnischen Feldzug anno zwanzig, vom Unterschied eines kosakischen und eines

Offizierssäbelhiebs, vom schonungslosen Kampf gegen das kleinbürgerliche Element und die anarchoiden Elemente, stellte Betrachtungen an über die theoretischen Wirrnisse Lunatscharskijs, die Irrtümer Pokrowskijs, die Schwankungen Gorkijs sowie die Fehler Alexej Tolstojs. Mit ihnen allen war Gantschuk bekannt gewesen, hatte Tee bei ihnen getrunken, war auf die Datscha zu ihnen gefahren. Und über alle, und mochten es Berühmtheiten wie Gorkij sein, sprach er zwar mit Ehrerbietung, zugleich jedoch mit einem Schuß geheimer Überlegenheit, als ein Mann, der über zusätzliches Wissen verfügt. »Wenn Gorkij bis ins letzte begriffen hätte ...« sagte er. Oder: »Ich hab dem Alexej Tolstoj also einmal erklärt ...«

Glebow lauschte mit großer Aufmerksamkeit. Alles war interessant und wichtig. Manchmal verblüffte ihn Gantschuk durch erstaunliche Äußerungen. Als er einmal von seiner Datscha in Brusskowo und den damit verbundenen Scherereien berichtete (der Ortssowjet zögerte die Asphaltierung der Zufahrtstraße unverantwortlich lange hinaus), schloß er mit der überraschenden Wendung: »In fünf Jahren wird jeder Sowjetmensch seine Datscha haben.« Glebow war verwundert, widersprach aber nicht.

Abends waren es draußen minus fünfundzwanzig Grad, kluge Leute zogen es vor, hinterm Ofen zu sitzen, aber Nikolaj Wassiljewitsch hüllte sich Punkt neun in seinen warmen Schal, schob sich die Karakulmütze in die Stirn, schlüpfte in seinen Kaufmannspelz und fragte gebieterisch: »Sie gehen mit mir mit?« Glebow hatte nicht die geringste Lust, in diese Hundekälte hinauszugehen. Schnell heim ins Derjugingäßchen, durch die Hinterhöfe, wollte er. Aber über die vereiste Uferstraße zu spazieren ... Er erwiderte mit fatalistischer Ergebenheit: »Natürlich! Natürlich! Ich bin bereit!« Zitterte und fror in seinem Studentenmäntelchen – es war ein umgeänderter vormals väterlicher Mantel –, nahm sich zusammen, um nicht loszurennen, sondern mit dem alten Kerl gemessen Schritt zu halten, der in seinem warmen Pelz genießerisch schnaufte. »Der blöde Sack in seinem dicken Pelz!« dachte Glebow manchmal gereizt.

»Daß man auch frieren kann, fällt ihm nicht ein!« Auch noch dieser Gedanke kam ihm: Vielleicht führt er ihn absichtlich aus dem Haus, damit er nicht mit Sonja alleinbleibt?

Eine andere Erklärung fand Wassjona. Das schlaue Bauernweib, dem alles gleich auffiel, fragte einmal teilnahmsvoll: »Was schleppt er dich bloß immer mit? Ich meine fast, dem geht es ums Bewachen ...« – »Und wer bewacht wen? Ich ihn? Er mich?« – »Das freilich weiß ich nicht, aber Leute in solchen Pelzen, die sind nicht besonders beliebt ...«

Manchmal schloß sich Sonja den Spazierenden an, desgleichen Kuno Iwanowitsch alias Kunik, Vertrauter des Hauses Gantschuk, Mitarbeiter des Professors bei seiner Arbeit in der Akademie. Besagter Kunik wohnte bei Gantschuk, fast mit dem Status eines Verwandten. Glebow war aufgefallen, daß der Professor Sonja ungern mitnahm, während er Kuno Iwanowitsch, wenn sich dieser anschloß, überhaupt keine Beachtung schenkte. Dafür gab es wohl eine einfache Erklärung: Zu zweit mit Glebow entbrannte die professorale Eloquenz zu loderndem Feuer, dann konnte er ohne Pause erzählen und sich erinnern, war aber Sonja dabei, wurde er gleich langweilig und einsilbig. Sie konnte streng sagen: »Vater, bitte schweig! Du darfst bei Frost nicht sprechen.« Oder: »Papa, du wiederholst dich.«

Julia Michajlowna ihrerseits mochte keine Straßen, keine Autos, keinen Wind und keinen Frost. Sie litt an Herzbeschwerden. War oft krank, blieb dem Unterricht fern – sie gab Deutschunterricht am gleichen Institut, wo Glebow Student und Gantschuk Professor war. Obwohl sie schon seit Jahrzehnten in Rußland lebte, war sie irgendwie noch immer die gleiche, unflexible Deutsche geblieben; Russisch sprach sie mit deutlichem Akzent. Ihr Vater war während des Hamburger Aufstands gefallen. Julia Michajlowna hielt Kontakt mit einigen heil über die Zeitläufte gekommenen betagten Antifaschisten, mit Deutschen und Österreichern, die manchmal bei Gantschuks auftauchten. Kuno Iwanowitsch kam aus diesem Kreis. Seine vor dem Krieg verstorbene Mutter war eine Uraltfreundin Julia Michajlownas gewesen, noch von Wiener Universitätszeiten her, und Kunik stand von Kindesbeinen an unter der Kuratel der Gantschuks. Kunik, Kunik, Kunik, Kunik, Kunik! Der reinste Hundename. So ein kleines, launisches, gescheit blickendes Zimmerhündchen.

»Der Kunik braucht was zum Futtern!« sagte Sonja.

»Bitten Sie Kunik ... Rufen Sie Kunik an ... Der Kunik soll Theaterkarten holen, aber bitte schonend beibringen ...«

Er war hager, untersetzt, hielt den Kopf etwas schief und gesenkt, als würde er ständig auf etwas hinhorchen, obwohl er das in Wirklichkeit nie tat und oft sogar eine an ihn gerichtete Anrede überhörte. Immer wieder schüttelte er sein schiefes Köpfchen, vermutlich ein Tick, wobei er seine langen matt rotbraunen deutschen Haare zurückwarf. Glebow dachte anfangs sogar, Kunik hätte Skrofulose.

Auch sonst mißfiel ihm Kunik. Er war übertrieben schweigsam, nicht besonders freundlich, leicht gekränkt und ziemlich von sich eingenommen. Führte ein Einsiedlerdasein, Gantschuks waren in ständiger Sorge um ihn: der Kunik wird doch nicht erkrankt sein? Braucht er vielleicht irgendwelche Hilfe? Es galt als erwiesen, daß Kunik stets Hilfe brauchte und daß er unglücklich war. Übrigens stand das auf seinem tristen eingetrockneten Gesichtchen mit dem zusammengekniffenen Mund geschrieben: »Ich bin unglücklich!« Was macht Sie denn so unglücklich, mein Herr?

Einmal beim Abendessen begann Glebow ein behutsames Gespräch über einen Artikel von Kunik, der in einer Zeitschrift erschienen war. Er hatte schon lange davon gehört, daß der Artikel in Arbeit sei, daß die Redaktion Änderungen verlange, daß Kunik sich unerhört grundsatztreu versteift, daß er im Kampf mit der Redaktion an höchste Instanzen appelliert und den Artikel schließlich durchgeboxt hatte. Darüber wurde als von einem bedeutenden Ereignis in der Welt der Wissenschaft berichtet. Besonders Julia Michajlowna nahm dies Ereignis ungemein ernst. Glebow las den Aufsatz und stellte fest, daß der Aufsatz von durchaus mittlerer Güte war und sich durch nichts auszeichnete, außer daß man merkte, daß die russische Sprache eben doch nicht ganz des Autors Muttersprache war. Die Wörter wirkten irgendwie erstickt und saftlos. Dieses Thema schnitt er am Abendbrottisch an. Er sagte, daß literaturgeschichtliche Beiträge bedauerlicherweise oft in einer Sprache abgefaßt seien, die von Literatur meilenweit entfernt ist. Gantschuk pflichtete ihm bei, es wurde mancherlei geredet, und erst hinterher, also keineswegs sofort und überdies sehr sanft, führte Glebow zwei, drei Beispiele aus Kuniks Artikel an. Die Beispiele waren in der Tat schlagend: was das Nichtverstehen von Stil und Geist der Sprache angeht.

Gantschuk lachte, Sonja lächelte, doch Julia Michajlowna bemerkte trocken, solch böse Kritik müsse man in Anwesenheit des Kritisierten üben. Glebow erklärte, seine Bemerkungen würden nichts Böses enthalten, aber Julia Michajlowna entgegnete:

»Stimmt nicht, Dima, spielen Sie nicht den Schlauen. Sie haben doch noch gar nicht gesagt, wie Ihre Einstellung zu Kuniks Artikel als einem Ganzen ist?«

Glebow murmelte achselzuckend:

»Wie meine Einstellung ist? Ehrlich gesagt ... Begeistert bin ich nicht, aber auch nicht ...«

»Dann habe ich also recht!« Julia Michajlowna hob stolz und kämpferisch den Zeigefinger. »Dann darf ich Sie wohl fragen, ob Sie ...«

Doch Sonja fiel der Mutter ins Wort: wieso Glebow nicht das Recht auf eine von der Meinung der Familie Gantschuk abweichende andere Meinung hätte? Warum denn gleich so kriegerisch? Der Professor bemerkte, in der Familie Gantschuk gebe es mehrere Meinungen. Julia Michajlowna sagte, das Kriegerische sei ein Privileg von Nikolaj Wassiljewitsch, des einstigen Reiterarmisten, sie selber hätte was dagegen, wenn mit dem Kosakensäbel in der Luft gefuchtelt wird.

»Aber, Mama, du fuchtelst doch selber«, sagte Sonja. »Manchmal sogar ziemlich heftig.«

Glebow tat es bereits leid, das Gespräch angefangen zu haben. Diese zerbrechliche, dem Anschein nach ungemein schwache und sieche Julia Michajlowna mit ihren dünnen Händchen und dem pergamentweißen Gesicht war, das darf wohl bemerkt werden, ganz ungewöhnlich dickschädelig. Sie verstand es, auf ihrem Standpunkt *bis zum Schluß* zu beharren, bis zum Herzanfall. Sie begann jetzt davon zu reden, daß jedwede Kritik zunächst einmal objektiv sein müsse, erst müsse man das Ganze bewerten, bevor man auf die Flohjagd gehe. Kunik hätte einen vorzüglichen Aufsatz geschrieben. Kleinere Bemerkungen dazu müßten in Petit gesetzt werden. Er hat das Wesentliche angepackt. Welche Gefahr stellt die Kleinbürgerlichkeit dar? Gerade jetzt, nach dem Sieg, nach der gewaltigen Anspannung, da sich die Menschen ein wenig lockern und erholen möchten, können im Bewußtsein gebremste kleinbürgerliche Emotionen sehr wohl auftreten. Man darf diese Gefahr nicht unterschätzen.

Glebow hatte aus Kuniks Beitrag nichts dergleichen herausgelesen. Er versuchte, zu widersprechen:

»Entschuldigen Sie, Julia Michajlowna, aber wenn ich zwei Bemerkungen zum Sprachstil gemacht habe, so bedeutet das doch nicht, daß ich die kleinbürgerliche Gefahr unterschätze.«

»Genau das wollte ich auch sagen«, sagte Gantschuk und schlug mit der Faust auf den Tisch. Er zog alles gern ein wenig ins Lächerliche. »Das eine folgt nicht aus dem anderen, zum Teufel noch mal!«

»Und doch unterschätzen Sie die kleinbürgerliche Gefahr, Dima«, sagte Julia Michajlowna, der nicht nach Scherzen zumute war.

»Aber woraus schließen Sie das denn, Julia Michajlowna?«

»Ich werde es Ihnen sagen. Soll ich ehrlich sein? Schon lange fällt mir einiges an Ihnen auf, Dima ...« Nun begann ein so maßloser, unausdenkbarer Blödsinn, daß es Glebow schier die Sprache verschlug. Er beäugt mit irgendeiner besonderen Aufmerksamkeit stets ihre Wohnung, in der

Küche beschäftigt ihn der Kühlschrank am Fenster und die Tür des Lastenaufzugs. Einmal hat er sie ausführlich nach der Datscha in Brusskowo ausgefragt, wieviel Räume sie hat, ob es eine Wasserleitung gibt, wieviel Quadratmeter groß das Grundstück ist, als wolle er das Haus kaufen ...

»Mutter, was redest du da?« rief Sonja erschreckt.

»Ich rede von dem, was mir an der heutigen Jugend auffällt«, sagte die hartnäckige Herzkranke, der ihre Grundsatztreue bereits Atembeschwerden bereitete. »Das was ich sagte, betrifft nicht nur Dima. Gerade Dima mag ich nämlich gern, ich möchte ihn keineswegs kränken. Hab keine Angst, Dima, unsere Beziehungen werden nicht darunter leiden. Aber das bemerke ich an vielen: diese Leidenschaft für Sachen, für Komfort und Besitz. Wozu das? Was ist da schon groß dran: an unserer Wohnung?« Sie hob die Schultern und betrachtete das Zimmer fast angewidert. »Sie denken wohl, Sie könnten in Ihrem kleinen Zimmer in ihrem kleinen Holzhaus nicht richtig arbeiten? Sie könnten dort nicht glücklich sein?«

»Aber du ziehst doch auch in kein kleines Holzhaus«, sagte Sonja.

»Warum sollte ich? Mir ist es absolut egal, wo ich wohne: in einem großen Schloß oder in einer Holzhütte, solange ich gemäß meiner inneren Lebensordnung lebe ...«

Julia Michajlowna behielt recht: ihre Beziehungen mit Glebow verschlechterten sich auch nach diesen sonderbaren Invektiven nicht. Und Glebow beschloß, nicht beleidigt zu sein. Er erriet die Ursache der Anwürfe: Sonjas Mutter hegte eine besondere Sympathie für Kunik, sah in ihm den idealen Schwiegersohn, aber Sonja war darüber anderer Meinung. Ohne es zu wissen, hatte Glebow an eine wunde Stelle gerührt.

Er fühlte, nicht ohne eine gewisse geheime Befriedigung, daß Julia Michajlownas Gereiztheit, ihre Stiche und Seitenhiebe darauf hindeuteten, daß sich die Waagschale *zu seinen Gunsten* neigte. Rätselhafter erschienen ihm die Betrachtungen über seine kleinbürgerlichen Sünden. Nicht eine Sekunde lang fühlte er sich getroffen. War das überhaupt ernst gemeint? War das nicht vielleicht ein gut gespielter Scherz? Nicht umsonst hatte der Professor geschwiegen und gelächelt. Und wie stand es mit dem auf Mahagoni polierten Aufzug, mit dem mannshohen Spiegel im Aufzug? Schließlich stieg Julia Michajlowna jeden Tag nicht zu Fuß in ihren neunten Stock, sie fuhr in diesem Aufzug hinauf und hinunter, betrachtete sich im mannshohen Spiegel, atmete den Geruch nach teuren Zigaretten, nach Rassehunden und anderen schwer erschwinglichen Dingen ein. Unten im Hausflur patrouillierten zwar nicht mehr wie früher scharfäugige Liftführer in Uniformmützen, aber immerhin saß dort in einem schadhaften Sessel eine Alte in Filzstiefeln und verhörte jeden Eintretenden mit Bauchrednerstimme: »In wem seine Wohnung wollense denn?« In Brusskowo stand ein Landhaus, zwar ziemlich chaotisch und baufällig, mit angefaulter Außentreppe, mit nicht fertiggebautem Obergeschoß, dessen Fenster mit Sperrholz vernagelt waren, aber trotzdem war jenes Haus mit dem viertausend Quadratmeter großen Grundstück, dem Zaun, den Kiefern, dem wilden Wein rings um die Veranda und dem kleinen Gemüsegarten genau jenes verhaßte Privateigentum, aus dem, wie die Zwiebel aus dem Beet, der giftige Baum nach oben strebte.

Im Frühjahr, wenn die Datschensaison begann, fuhr Familie Gantschuk nach Brusskowo, zum sogenannten Datschenwerksonntag: alle werkeltem in Garten, Haus und Gemüsebeet. Aber wie! Julia Michajlowna flatterte, infolge ihrer Kränklichkeit, hilflos herum, den anderen mit sinnlosen Ratschlägen zusetzend, Sonja war sowieso etwas faul und reichlich ungeschickt, der Professor blieb im Arbeitszimmer, inmitten alter Bücher und Papiere. Die ganze Arbeit fiel der alten Wassjona zu, außerdem half noch der Fahrer Anikejew, der jeden zweiten Tag Gantschuks *Pobeda* herumkutschierte. Dieser Anikejew, ein ziemlich mürrischer, nicht mehr junger Mann, war irgendwann in der Vorkriegszeit selber einmal Chef auf unterer Ebene gewesen, war dann wegen irgendwas geflogen. Er machte alles langsam, ging sogar langsam, ging um Schwerarbeit geschickt herum, wählte sich was Leichtes aus, brauchte bis zu einem halben Tag, bis ein Lampenschirm aufgehängt oder eine Zaunlatte festgenagelt war. Einmal, als Glebow in einem Schubkarren Abfall in die Hofecke fuhr – er hatte Gantschuk freudig seine Hilfe angeboten, in ungeduldiger Neugier, wie die Datscha wohl sein mochte –, flüsterte ihm Anikejew zu: »Die Alte soll das Zeug selber fahren! Das mit dem Abfall war doch wohl nicht abgesprochen?« Er hatte Glebow für eine angeheuerte Arbeitskraft gehalten ...

Im Sommer kam die Trennung, das Kubangebiet, die Arbeit in abgelegenen Kosakendörfern am Fuße des Kaukasus und eine echte, nicht für möglich gehaltene Sehnsucht nach Sonja. Da begriff er, daß das kein Spaß war.

Zu Neujahr, bei mildem Winterwetter, fuhren sie in Cliquenstärke nach Brusskowo, heizten die Datscha ein und stellten im Garten einen Tannenbaum mit elektrischen Glühlämpchen auf. Schön war das, traumhaft schön ... Damals tauchte in ihrem Kreis zum erstenmal Ljowka Schulepnikow auf, der bereits ein Jahr zuvor ans Institut gekommen war, jedoch sein eigenes Leben lebte, unbekannt wo. »Ich bin wie der Kater bei Kipling«, sagte er. »Ich streune so vor mich hin.« Nach Brusskowo kam er mit einem sehr schönen Mädchen namens Stella. Sie war Tänzerin in dem gerade erst gegründeten, aber bereits sehr populären Berjoska-Ensemble. Es gab irgendein sich lang hinziehendes Streitgespräch. Man gröhlte, man brüllte, man raufte schon bald. Alles nahm seinen Ausgang von Astrug, dem Linguistikdozenten, den sie damals gerade verbrieten, jedoch der Streit begann fast anekdotisch: es ging um die Farbe von Astrugs Unterhosen. Unterschwellig spielte sich natürlich was ganz anderes ab. Etwas absolut anderes! Der arme Astrug gab nur den Einsatz. Übrigens gehörte er zum Kreis um Gantschuk. Aber auch das war an jenem Tag ohne Bedeutung. Anscheinend hatte sich eine vulkanische Gereiztheit angesammelt, die dem flüchtigen Auge lange verborgen geblieben war. Jetzt brach sie plötzlich an die Oberfläche. Ljowka Schulepnikow war wie immer der Auslöser, jedoch zu leichtfertig, um es selber zu merken. Und dann natürlich der viele Wodka und das fehlende Essen. Wie es im Studentenleben so geht. Man nehme also den Hunger, die Abgeschlafftheit, die nervöse Erregung kurz vor dem Prüfungstermin. Und dazu die vulkanische Lava, die irgendwo tief innendrin rumorte ...

Da war ein gewisser Tscheremissin, ein ziemlicher Widerling, kein Freund von Glebow, sondern einfach so mit angerollt. Es hatte sich auch sonst eine bunte Sippschaft versammelt: wer sein Wodkascherflein beitrug, durfte mit. Etwa zwanzig Personen. Man hatte kombiniert: eine große Datscha, dazu das Grundstück, da gehen hundert Leute rein. Die Folge war ein Gedränge mit anschließender Schlägerei. Dieser Tscheremissin erzählte, als das Gespräch auf Astrug kam, folgendes Histörchen. Astrug hätte ihn bei einer Zwischenprüfung gefragt: »Was ist ein Morphem?« Tscheremissin wußte es nicht. Astrug sagt: »Wie können Sie die Sprache kennen, wenn Sie nicht wissen, was ein Morphem ist?« Tscheremissin fragt zurück: »Und was ist ein *Salasgan?*« Astrug zuckt natürlich die Achseln. Drauf Tscheremissin: »Und was ist *Schurdyburda?*« Wieder Fehlanzeige. »Wie können Sie, Professor, die Sprache kennen, wenn Ihnen so einfache Wörter unbekannt sind? Bei uns kennt sie jeder Greis und jedes Kind. *Salasgan* ist so was wie ein Ganove. Und *Schurdyburda* ist, was sich eben zwischen uns abgespielt hat, eine Konfusion.« Astrug begann zu lachen, winkte ab und gab dem Prüfling eine drei.

»Ansonsten finde ich es aber in der Ordnung, daß sie ihm eins auf den Deckel gegeben haben«, schloß Tscheremissin. »Es ist nämlich vor dem Ausland gekrochen. Obwohl er sich das nicht anmerken ließ. Die Büchersprache mag er ja kennen, aber von der Sprache des Volkes hat er wenig Ahnung.«

Ein Mädchen sagte:

»Ich weiß nicht, wovon er eine Ahnung hatte und wovon er keine Ahnung hatte, aber ich bin sehr froh, daß er nicht mehr am Institut ist. Einmal hätte ich fast losgekotzt: Setzt sich auf den Stuhl, schlägt ein Bein übers andere Bein, wippt mit dem einen Bein, die Hose rutscht hoch, man sieht die blaue Unterwäsche unter den Socken. Jedesmal dasselbe. Wiiiiderlich!« Das Mädchen verzog ihr Gesicht zu einer angewiderten Grimasse. »Ich konnte einfach nicht hinschauen ... Und in den Kopf ging auch nichts rein ...«

Tscheremissin lachte schallend.

»Das stimmt. Das hast du gut beschrieben. Bloß die Farbe der Unterhose stimmt nicht. Die war weiß und nicht blau. An eine blaue kann ich mich nicht erinnern ...«

»Soll er jetzt daheim sitzen und mit dem Bein wippen«, sagte das Mädchen.

Die Gereiztheit und der Unfrieden entstanden nicht nur deshalb, weil alle besoffen waren, sondern auch weil sich nicht richtige Freunde versammelt hatten, sondern alles mögliche Volk querbeet. Sonjas Freundinnen, die Bekannten dieser Freundinnen waren eins, Glebows Kumpel waren was anderes, dazu kamen ungebetene und zufällige Gäste wie dieser Tscheremissin. Das alle dröhnte, kochte, kam in Glut, Freundschaften wurden im Nu geschlossen, gleich trank man schon Bruderschaft, war zum Busenfreund geworden, und genauso jäh entstand Feindseligkeit, die zum Ausbruch drängte. Gestritten wurde voller Grimm. Einige von Sonjas Freundinnen machten sich über das unterhosenfeindliche Mädchen lustig, Ljowka Schulepnikow fiel Tscheremissin grob ins Wort: früher bist du vor Astrug gekrochen, jetzt verhöhnst du ihn, das ist billig, mein Bester. Ljowka war nichts weniger als ein Prinzipienreiter, Astrugs Schicksal war ihm völlig egal, seinen Freund Schulepa kannte Glebow nun wirklich genau! Aber offenbar hatte ihn der Bursche irgendwie verletzt, durch die Ungezwungenheit seines Tonfalls oder durch etwas anderes. Ach natürlich, er schmiß sich an die Berjoska-Schönheit heran. Warum tat er das? Wie sich im Streit nachher herausstellte: um Ljowka eins auszuwischen. Er haßte Ljowka. Und nicht nur er allein. »Alle unsere Burschen«, brüllte, weiß vor Wut, der backenknochige Tscheremissin, »würden keinen Groschen für dich geben samt deinen ganzen Privatautos, deinen alten Herren und alten Damen! Du bist für uns eine Null! Pfui Teufel!«

Zur besseren Veranschaulichung des Gesagten spuckte er Richtung Ljowka. Vielleicht spuckte er auch gar nicht, sondern tat nur so, als würde er spucken. Die schöne Stella schrie auf. Ljowka wollte über den Tisch klettern, um den Beleidiger zu verprügeln. Man hielt ihn zurück. Aber es war klar, daß die große Rauferei unausweichlich kommen mußte. Tscheremissin war in Begleitung zweier Spezis aus dem Studentenwohnheim. Glebow kannte die beiden, einer von ihnen war in seiner Gruppe, ein gar nicht übler Kerl und normalerweise friedlich, aber alle waren sie so furchtbar blau! Bis etwa zwei Uhr nachts, solange sie am Tisch saßen, nahmen sie sich irgendwie zusammen, aber dann wurde mit den Stühlen gedonnert, man schlich durch die Räume, stieg ins Obergeschoß, sprang in den Hof, in den Schnee, unter die Sterne hinaus – und es begann das große Geraufe. Aus dem Schnee ging es zurück ins Haus, durch die Zimmer, über den Fußboden, über zerbrochene Stühle, bei Weibergekreisch und Scherbengeklirr ... Glebow, der sich ein wenig als Hausherr fühlte, versuchte zu schlichten, trat aber nicht entschieden genug auf und mußte dafür büßen: irgendwer fuhr ihm mit dem Ellbogen ins Auge, das mächtig anschwoll. Dem armen Ljowka schlugen sie die Nase schief. Noch lange, ein gutes halbes Jahr, lief er mit schiefer Nase herum. Heldenhaft soll sich die schöne Stella benommen haben. Zur Verteidigung ihres Kavaliers zog sie den Schuh aus und schlug mit dem Absatz auf die Angreifer ein, wobei sie auf die Brillengläser zielte. Die Verluste und Wunden kamen nicht schon am Morgen zutage – im Morgengrauen eilten alle, die noch laufen konnten, sich voreinander schämend, zum Vorortzug, Glebow traf beim Frühstück fast niemanden mehr an –, sondern erst nach drei Tagen, als man sich im Institut zur Prüfungsvorberatung einfand.

Aber damals, in Brusskowo, als alle verschwanden und Glebow mit Sonja allein blieb, begann etwas sehr Wichtiges. Draußen war über Null, es fiel ein leiser Schnee. Sie gingen mit Spaten hinaus und schaufelten den Gartenweg frei, es war Dämmerstimmung, der Tag dämmerte so hin, das Licht wurde früh eingeschaltet. Einige Stunden lang schufteten sie, brachten das Haus in Ordnung, waren hinterher entsetzlich müde. Sonja hatte es eilig gehabt mit dem Aufräumen, sie fürchtete, die Eltern würden kommen. Dann saßen sie in der Küche und tranken Tee aus Steinguttassen. Die Eltern kamen nicht. Die Tassen waren schwer und schokoladenbraun, der Tee schmeckte vorzüglich. Diese Steinguttassen blieben für immer im Gedächtnis. Und es gab eine Stunde, als Sonja in die Nachbardatscha ging, um ausgeliehenes Geschirr zurückzubringen, und er war oben in der Mansarde, dem wärmsten Ort im ganzen Hause, das Fenster in den Garten war geöffnet, es duftete nach Schnee und Tannen, von weiter weg her war Geruch nach angesengtem Tannengrün in der Luft, und er lag auf dem Sofa ausgestreckt, einem altmodischen Sofa mit Sofarollen und Quasten, hatte die Hände unter dem Kopf verschränkt, betrachtete die mit Waggonholz beschlagene Zimmerdecke, das Holz war im Lauf der Zeit nachgedunkelt, betrachtete die Mansardenwände mit dem zwischen den Brettern heraushängenden Filz, mit irgendwelchen Fotos, mit einem kleinen alten Stich, eine Szene aus dem russisch-türkischen Krieg darstellend, und spürte plötzlich, im Andrang einer Blutwelle, die ihm den Kopf rundgehen ließ, daß dies alles *sein Haus* werden könnte. Vielleicht sogar schon jetzt – niemand errät es, er aber weiß es – sind alle diese altersgelben Bretter mit den Astlöchern, der Filz, die Fotos, der knarrende Fensterrahmen, das schneebedeckte Dach *sein Eigentum*! Es war eine süße, von Müdigkeit und abgeflautem Rausch herrührende Mattigkeit ...

Er bekam plötzlich Lust auf etwas Alkohol, wenigstens auf einen Schluck altes Bier. Er stieg ins Erdgeschoß hinunter, suchte überall, fand nichts. Unhörbar fiel der Schnee. Als Sonja zurückkam, spürte er einen jähen Kräfteandrang. Sonjas Augen glänzten, ihre Wangen waren feucht vor Schnee. Er küßte die kalten Lippen, die kalten Finger, murmelte, er könne ohne sie nicht leben, ihn ergriff richtiges Begehren. So war es ihm mit Sonja noch nie ergangen, er freute sich. Sonja begann zu weinen und sagte: »Warum haben wir bloß einen ganzen Tag verloren?« Obwohl es früh war, erst sieben Uhr, bezogen sie das Sofa im Mansardenzimmer, machten das Licht aus und stürzten nackt aufeinander zu, denn sie wollten keine Sekunde länger warten. Nach einiger Zeit wurde unten an die Tür geklopft, auf der Seite der Außentreppe. Dann wurde gegen die Verandatür getrommelt. Offenbar waren einige der Gäste zurückgekommen, um weiter zu feiern. Geklopft wurde sehr hartnäckig, man konnte hören, wie zwei, drei Leute ums Haus herum durch den Schnee stapften, miteinander redeten, sich berieten. Jemand rief: »Dima, du Schlange, mach auf!« Es gab noch einen fröhlichen Ausruf: »Wie wollt ihr denn über die Nacht kommen?« Es wurde gelacht. Glebow erkannte die Stimmen der Lachenden nicht. Sonja wollte runtergehen und aufmachen, aber Glebow ließ sie nicht gehen: »Komm, lieg still!« Er umarmte den hageren, gefügigen, weichen Körper, die mageren Schultern, den mageren Rücken, in diesem Körper war überhaupt keine Schwere, doch er gehörte ihm – das war es, was er fühlte –, er gehörte ihm mit allem anderen: dem alten Haus, den Tannen, dem Schnee. Und er küßte und umarmte diesen Körper, er machte mit ihm, was er wollte, doch er bemühte sich, es lautlos zu machen, während die Leute unten vor dem Haus noch ein wenig lärmten und stapften, bevor sie schimpfend wieder abzogen.

In jener Nacht auf der Datscha entstand eine wahnsinnige Hitze. Er war im Umgang mit der Heizanlage nicht geübt, hatte zuviel Kohle in den Ofen geschippt. Die Hitze war so unerträglich, daß sie nicht schlafen konnten. Alle Fenster standen offen, aber nichts half. Draußen war Wärmeeinbruch, das kam noch dazu, richtiges Tauwetter, der angeschmolzene Schnee rutschte ächzend vom Dach, unablässig tropfte und floß und klirrte etwas unter dem Fenster. Glebow und Sonja hatten die Bettdecke abgeworfen, lagen nackt auf dem Laken, bekamen keine Luft, redeten kaum hörbar. Sie empfanden voreinander überhaupt keine Scham mehr. Sonja fragte: »Wann hast du mich liebgewonnen?« Glebow hatte Mühe bei der Antwort. Das war so genau nicht zu ermitteln. Er meinte, das sei erst unlängst geschehen, aber er konnte sich nicht entschließen, ihr das so direkt zu sagen.

Er erwiderte:

»Was macht das aus? Hauptsache, es ist geschehen ...«

»Natürlich!« flüsterte sie glücklich. »Ich habe nur deshalb gefragt, weil ich es von mir selbst noch genau weiß ... Während du es wohl vergessen hast ...«

»Und du?« fragte er, »wann du?«

Was er erfuhr, verblüffte ihn: bereits in der sechsten Klasse. Als er zum erstenmal mit dem rothaarigen Jarik und Anton Owtschinnikow zu ihr nach Hause gekommen war und von einer sehr klugen Katze berichtet hatte, die er krank auf der Straße aufgelesen hatte. Diese Katze hatte ihn später jeden Morgen in die Schule begleitet. Sie gingen sich die Katze in Glebows Wohnung anschauen. Er selber erinnerte das alles nicht mehr.

»Und dann entsinne ich mich noch eines Liebesimpulses«, sagte Sonja. »Er dauerte nur eine einzige Sekunde, aber es war so durchdringend, so schmerzhaft und zugleich so wonnevoll, ich entsinne mich noch ganz genau ... Du kamst in einem braunen Jäckchen mit so einem Gürtel wie jetzt, die Jacke war nicht neu, du hattest sie aber noch nie angehabt, deswegen fiel sie mir auf. Ich habe dich überhaupt immer aufmerksam beobachtet. Als du nun in dieser Jacke am Fenster standest, da bemerkte ich hinten auf der Jacke einen großen sorgfältig aufgesetzten Flicken. Der Flicken hatte bestimmt die Größe einer Schulheftseite. Du kannst dir gar nicht vorstellen, wie sehr ich dich in jener Sekunde liebte!«

Er war etwas peinlich berührt. War das ein Grund zum Lieben?

Er ließ sich seine Befremdung indessen nicht anmerken, murmelte nur:

»Meine Oma war ein Genie im Aufsetzen von Flicken ...«

Sonja fragte mit lebhaftem Interesse:

»Die Oma, sagst du? Und ich dachte, deine Mutter sei die große Schneiderin.«

Glebow stellte später oft fest, daß sich Sonja heiß und innig für absolute Nichtigkeiten seines Lebens in der Kindheit, seines Lebens mit Vater und Mutter interessierte, daß sie ihn nach seltsamen, unnötigen Einzelheiten aus seiner Vergangenheit ausfragte. Der auf ihn gerichtete Liebesimpuls, den der Flicken auf der Jacke ausgelöst hatte, schlug sich bei ihr in einem geheimen Wunschtraum nieder: irgendwo Geld aufzutreiben und ihm ein neues Jäckchen zu kaufen, mit dem Begleitschreiben: »Von einem unbekannten Freund«. Und es gab noch einen ungewöhnlich tiefen Eindruck, der mit ihm verbunden war: Entsetzen und Liebe, eine Sekunde lang ineinander verschmolzen. Das war, als sie durchs Fenster auf ihren Balkon sah. Chimius jenseits der Balkonbrüstung, über dem Abgrund. Und Glebow mit erstarrtem halbtotem Gesicht. Als sei er bereits dort unten, auf dem Gehsteig. Ach, das war ein grauenhafter Augenblick! Ob er sich daran erinnere? Und ob, allerdings. Kindlicher Wahnsinn – das bleibt fürs Leben. »Und dann noch etliche kleinere Leiden«, sagte Sonja. »Zum Beispiel, als du dich in die blöde Tamara Mistschenko vergafft hattest ...«

Jetzt mußte er lachen. Was für eine Tamara Mistschenko? Jenes dicke Riesenbaby, die wie ein Blumenbeet aussah? Sie fanden das beide lustig. Ihre Körper waren naß vor Hitze, sie rieben einander mit Handtüchern ab.

Tags darauf – es muß ein Sonntag gewesen sein – kamen Sonjas Eltern und Wassjona. Glebow fürchtete, sie würden sofort erraten, was mit ihrer Tochter geschehen war, und war auf das Schlimmste gefaßt. Er glaubte, dazu bedürfe es keines besonderen Scharfblicks. Aber Sonja gab sich so natürlich und so kaltblütig, empfing die Eltern so froh, versorgte sie so liebevoll und aufmerksam, daß Glebow im Stillen verblüfft war, während die Eltern nichts begriffen. Sie lebten eben doch hinter dem Mond. Das war die Erklärung. In ihre eigenen Angelegenheiten verstrickte, gutmütige *Hintermondler.* Und zwar beide von der gleichen Sorte.

Und Wassjona mit ihrem scharfen Auge? Auch die merkte nichts. Später erriet sie es freilich als erste.

Der Professor war an jenem Tag schlecht gelaunt und mürrisch und bemerkte auch sonst nichts. Beim Mittagessen herrschte gedrückte Stimmung. Glebow dachte schon, daß vielleicht seine Anwesenheit die Familienmitglieder so wortkarg machte. Er flüsterte Sonja zu: Soll ich wegfahren? Sonja schüttelte heftig den Kopf.

»Auf keinen Fall! Er ist wegen etwas betrübt. Mit dir hat das gar nichts zu tun.«

Nach dem Essen gingen Glebow und Sonja spazieren. Abends ging der Alte, durch einen zweistündigen Nachmittagsschlaf etwas erfrischt, aus sich heraus und erzählte, ihm würde die Geschichte mit Astrug sehr nahegehen. Gestern hätten Julia Michajlowna und er deshalb nicht kommen können, weil sich überraschend Astrugs, Boris Lwowitsch mit Ehefrau Vera, ansagten. Sie nicht zu empfangen, verbot sich von selbst. Sie sind vernichtet, sind wie tot, haben nirgends Neujahr gefeiert, wie hätte man da ihre Besuchsbitte ausschlagen können? Astrug hat die Details erzählt. Gantschuk war bekanntlich nicht da, als der Wissenschaftsrat tagte. Auf dieser Versammlung wurden die vernichtenden Blitze geschleudert, damals wurde praktisch die ganze weitere Story inszenatorisch festgelegt.

»Verstehen Sie, Dima, ich war auf Dienstreise!« sagte Gantschuk, indem er sich an Glebow wendete und immer mehr in Wut redete, während Julia Michajlowna, vermittels von Gesten, Gesichtsmimik und bedauernden Zwischenrufen, versuchte, ihn zu ruhigerem Reden und möglichst zum Schweigen zu bringen. »Dreieinhalb Wochen war ich, wie Sie wissen, in Prag, wühlte dort in den Archiven, und diese Leute haben sich meine Abwesenheit zunutze gemacht ...«

»Wozu brauchten sie deine Abwesenheit, Vater?« fragte Sonja.

»Was heißt: wozu? Du fragst noch! Wäre ich dagewesen, dann wäre ich sehr scharf geworden.«

»Das ist genau das, was sie brauchen«, sagte Julia Michajlowna.

»Ach, laß das bitte! Du verstehst das nicht.«

»Und ob ich das verstehe! Du bist derjenige, der nichts versteht, weil du nämlich fast nie im Institut bist, während ich jeden Tag hingehe. Die hätten überhaupt nichts dagegen, daß du dich einmischst.«

»Und ob ich mich einmischen werde!« raunzte Gantschuk.

»Das ist jetzt sinnlos. Völlig sinnlos.«

»Das werden wir sehen.«

Er wurde wieder finster, setzte eine saure Miene auf, erhob sich vom Tisch, an dem sie Tee getrunken hatten, entfernte sich in sein kleines Arbeitszimmer. Sonja und Glebow stiegen die knarrende Treppe in die Mansarde hinauf. Nachdem sie die Tür verschlossen und das Licht gar nicht erst angemacht hatten, stürzte sich Sonja zu Glebow, küßte ihn, flüsterte:

»Wie sehr tut mir Astrug leid! Mein armer, armer, armer, armer Astrug.« Jedes »armer« war von einem Kuß begleitet.

»Mir tut er auch leid«, flüsterte er, die zarte Mulde über ihrem Schlüsselbein küssend. »Auch mir tut er wirklich sehr leid ...«

»Ich kann das einfach nicht ausdrücken ... Wie sehr mir Astrug leidtut ...«

»Und mir genauso ...«

Sie preßte Glebow mit ihren schwachen Armen aus voller Kraft an sich. Er streichelte ihren Rücken, die Schulterblätter, die Schenkel, alles, was jetzt ihm gehörte. Sie konnten hören, wie unten gesprochen wurde, wie Wassjona und Julia Michajlowna mit dem Geschirr klirrten. Dann rief Julia Michajlowna:

»So-nja!«

Sonja prallte zurück, flüsterte:

»Wir machen Blödsinn, aber ich habe wirklich Mitleid mit ihm ... Du mußt nicht denken, daß ich lüge ... Falls er kommt, wirst du ihn näher kennenlernen ...«

Glebow dachte: wozu das? Unten rief man jetzt schon zornig: »Sonja, wo bleibst du?«

Sie gab Glebow noch einen Kuß und lief, mit den Absätzen klappernd, die Treppe hinab. Glebow ging, immer noch ohne Licht, auf das Fenster zu und stieß es mit der Handfläche heftig auf. Waldeskälte und Finsternis. Direkt vor dem Fenster sah er einen schweren Tannenzweig, auf dem feuchter, in der Dunkelheit nur schwach schimmernder Schnee lag.

Glebow stand eine Weile am Fenster, atmete, dachte: »Auch dieser Zweig gehört jetzt mir!«

Am nächsten Morgen, als Anikejew bereits eingetroffen war, um Mutter, Tochter und Glebow nach Moskau zu fahren – Gantschuk und Wassjona blieben noch einige Tage hier –, kam das Gespräch am Frühstückstisch wieder auf Astrug. Julia Michajlowna fragte:

»Sie, Dima, schweigen die ganze Zeit. Wie bewerten Sie denn Astrug? Ich meine, als Lehrkraft?«

»Was soll ich Ihnen sagen? Er hatte bei uns erst ein halbes Jahr gelesen. Etwas über Dostojewskij ...«

»Genau das wollte ich wissen!« sagte Julia Michajlowna, nicht ohne Triumph in der Stimme. »Die Unsicherheit Ihrer Bewertung spricht Bände. Erst ein halbes Jahr, sagen Sie? Ein halbes Jahr ist eine lange Zeit. Du, Gantschuk, steigerst dich immer so hinein, du neigst dazu, die Menschen überzubewerten.«

»Wieso überzubewerten?«

»Du mißt den Unannehmlichkeiten und Ungerechtigkeiten zuviel Bedeutung bei. Sollte die an Boris Astrug geübte Kritik wirklich *kein einziges* Quentlein Wahrheit enthalten? Ist er denn ein Idealmensch, ohne jeden Makel? Ich denke, er hat Fehler und Schwächen, und zwar nicht unbeträchtliche. Ich würde sogar annehmen, daß er große Fehler hat!«

Wenn Julia Michajlowna nervös wurde, traten gewisse kleine Mängel ihrer russischen Sprache zutage. Alles war richtig, sie machte weder grammatische noch lexikalische Schnitzer, aber plötzlich kam eine kaum wägbare Ungenauigkeit. Noch nervöser werdend, begann sie, Astrugs Fehler zu erläutern: er hatte nicht gefallen können, noch nach einem halben Jahr keinen Eindruck hinterlassen. Sie selber sei Dozentin und wüßte mit Bestimmtheit, sie könne eine Wette darüber abschließen, daß sie ein jugendliches Auditorium im Verlauf von zwei Vorlesungsstunden erobert hätte. Mehr würde sie nicht brauchen. Und die Studenten würden bei ihr zu Hause angerannt kommen, würden anrufen, an Feiertagen Blumen schicken. Wie gesagt: zwei Vorlesungsstunden!

Während sie so sprach, stemmte Julia Michajlowna den Arm in die Seite und schaute den Gatten und Glebow ein wenig von oben herab an. Doch sie sprach die reine Wahrheit. Die Studenten liebten sie. Dann ging Julia Michajlowna noch auf einen weiteren Fehler Astrugs ein: Geflunker sei ihm nicht ganz fremd, er liebe es, ein wenig mit seinem Wissen anzugeben. Überhaupt nähmen sich Boris und mehr noch seine Gemahlin Vera ein klein wenig zu wichtig. Seien einer überzogenen Meinung von sich. Was soll das wirklich, frage ich euch: sich vor Gantschuk wichtigtun. Das war doch reichlich lächerlich. Jetzt können sie einem natürlich leidtun. Ohne richtige Arbeit ist er verloren. Und sie verkümmert, wenn sie keine Möglichkeit zum *Wichtigtun* mehr hat ...

Sonja lauschte der Mutter, sanft und mitfühlend lächelnd, so wie Erwachsene kindlichem Geplapper lauschen. Der Professor wünschte das Gespräch nicht fortzusetzen. Sich an den in der Tür stehenden, ungeduldig mit den Autoschlüsseln klirrenden Anikejew wendend, sagte er: »Iwan Grigorjewitsch, seien wenigstens Sie nicht zu stolz! Setzen Sie sich zu uns, trinken Sie ein Glas Tee mit uns ...«

Aber Julia Michajlowna ließ es sich nicht nehmen, einen förmlichen Schlußpunkt zu setzen.

»Nein, meine Freunde, man muß in die Breite schauen! Daß sie davon träumen, sich Gantschuks zu entledigen, ist eine Tatsache. Und daß Boris Astrug Ansatzpunkte für Kritik bietet und eine prächtige Zielscheibe darstellt, ist leider auch eine Tatsache.«

»Und trotzdem werde ich mich in diese Angelegenheit einmischen«, sagte der Professor. »Und jetzt genug davon!«

Die Sitzordnung im Auto während der Fahrt nach Moskau war folgende: vorne neben dem Fahrer saß Julia Michajlowna, hinten saßen Glebow und Sonja nebst einem Ballen schmutziger Wäsche. Julia Michajlowna erzählte ununterbrochen von institutsinternen Dingen, sehr verwickelten Dingen, in die Glebow keinerlei Einblick hatte, während sie sich darin auskannte. Der Direktor mag Gantschuk nicht – sie nannte ihren Ehegatten in dessen An- und Abwesenheit immer nur Gantschuk –, weil Gantschuk unabhängig ist, man kann ihm nicht befehlen, er ist eine zu bedeutende Größe, während Vizerektor Dorodnow, ein völliges Nichts, nie vergessen wird, daß Gantschuk sein Abenteuer mit der Habilschrift vereitelt hat. Und nicht nur das. Sie haben alte Rechnungen zu begleichen. Sie träumen davon, Gantschuk vom Lehrstuhl zu schubsen, aber das, meine Lieben, müßt ihr uns erst mal vormachen! Das ist nämlich gar nicht so einfach. Alter Kommunist, Bürgerkriegsteilnehmer, einhundertundachtzig im Druck erschienene Titel, übersetzt in acht europäische und sieben asiatische Sprachen ... Und Boris Astrug, Gantschuks Schüler, ist freilich ein bequemes Werkzeug ... Glebow und Sonja hörten nicht richtig zu. Sie waren mit anderem beschäftigt. Die ganze Fahrt lang streichelten sie einander mit den Fingern: er mit der rechten Hand, sie, am Fenster sitzend, mit der linken. Er mußte außerdem noch mit der Linken die Wäsche festhalten, die bei Bremsmanövern auf den Wagenboden zu rutschen drohte. Glebow sah, wie sich Sonjas Wange rötete, er hörte, wie ihre Stimme leicht bebte, wenn sie von Zeit zu Zeit sagte: »Ja, Mutter ... Natürlich, Mutter ... Du hast Recht ...«

»Und trotzdem, Sonjalein, wäre ich sehr dafür, daß Gantschuk aus dem Institut weggeht. Was meinst du?« Julia Michaljowna drehte sich unerwartet um und schien auf Sonjas Gesicht etwas zu sehen, das sie erstaunte. Sie drehte sich wieder nach vorn und verstummte.

Sonja erwiderte nichts.

Erst bei der Einfahrt nach Moskau sagte sie:

»Du hast sicher Recht, Mutter ... Aber Vater wird nicht gehen wollen ...«

Jene Nacht auf der Datscha, als alles tropfte und floß, als der Schnee ächzte und keine Luft zum Atmen da war ... Sonja sah sie, während sie im Auto saß. Glebow erinnert sich auch heute noch, nach fünfundzwanzig Jahren, daran, obwohl es besser wäre zu vergessen. Dann kamen andere Nächte, trotz Januarkälte, Prüfungen, klirrendem Frost, der plötzlich einsetzte und die Fortbewegung erschwerte. Sie fuhren nach Brusskowo, weil sie dort niemand störte und man sich *bequemer auf die Prüfungen vorbereiten* konnte. Sie nahmen den Vorortzug, rannten frierend durch den Wald, stürzten in die eiskellerkalte Datscha, aber zwei Stunden später war es warm. Glebow dachte immerzu: merken ihre Eltern denn wirklich rein gar nichts? Sie hatten verschiedene Examen und verschiedene Prüfungstermine. Im Grunde war es absurd: zur Stadt hinauszuhetzen, zwei Stunden Anfahrtszeit, um sich dann in verschiedene Räume zu setzen und aus verschiedenen Schwarten zu pauken. Den Eltern sagten sie, es würden noch ein paar Leute mitfahren. Aber wie konnte man übersehen, wie sehr sich Sonja verändert hatte! Indessen, es wurde übersehen. Sonja sagte mit Bestimmtheit: die haben keinen blassen Schimmer.

Sogar als Sonja in einem Fach durchfiel und lachend davon berichtete – ungewöhnlich waren sowohl das Durchfallen wie auch das Lachen darüber –, merkten die Eltern nichts. Daß Sonja die Prüfung trotzdem besteht, und zwar mit der Bestnote, stand für sie unerschütterlich fest. Das war Sonja von Natur gegeben, wie die blasse Farbe des Gesichts. Damit hatten sie nun freilich Recht. Sie kannten ihre Tochter gut. Sie bestand sogar in jenen Fächern, für die sie erst am Morgen des Prüfungstages ein paar Seiten gelesen hatte. Studenten, die sich auf eine Prüfung vorbereiten, pflegen meist nachts zu arbeiten, die Nächte jedoch verwendeten Sonja und Glebow auf etwas anderes. Prüfling Glebow allerdings schnitt schlechter ab.

Er war der Meinung, daß das, was mit ihm und Sonja im Januar geschah, seine eigentliche Prüfung war, unermeßlich wichtiger als alles übrige.

Als erste bekam Wassonja Wind davon – Hagerkeit und gelbes Knochengesicht der Greisin erinnerten Glebow an mittelalterliche Darstellungen des Todes mit Sense – und sie zog Glebow eins über, tatsächlich sensenscharf. Einmal sagte sie zu Sonja, er stand in der Nähe und hörte es, und dazu wurde es auch gesagt:

»Dein Eingehauster wischt sich niemals die Füße ab ... Kommt herein wie ins Wirtshaus ...«

»Wie meinen Sie das, Wassonja?« fragte Glebow hinzutretend. »Und was bedeutet ›Eingehauster‹?«

»Woher soll ich das wissen ... Das ist so ein Wort, das die Leute gebrauchen ...«, brummelte Wassonja.

Sonja, stärker als gewöhnlich erbleichend, umarmte die Alte.

»Warum redest du so, Liebe? Du bist doch gut, ich weiß das ...«

Ende Januar berichtete Sonja erregt, es sei ein Unglück geschehen: Julia Michajlowna sei unerwartet mit Anikejew auf die Datscha gefahren und hätte einige unmißverständliche Corpora delicti entdeckt, die sie aus Zerstreutheit oder Wurschtigkeit in der Eile des Aufbruchs zurückgelassen hatten. Und weiter? Die Mutter tadelt zwar den Vater wegen seiner Kurzsichtigkeit und Einfalt, ist aber selber noch einfältiger und hat die Angewohnheit, alles Betrübliche von sich zu schieben, tut das ganz unbewußt, ein Vogel Strauß im Hausformat, und weißt du, welche Folgerung sie gezogen hat: »Sonja, ich muß dir etwas Unangenehmes mitteilen. Auf unserer Datscha haben fremde Menschen genächtigt. Sie haben nichts mitgenommen, nichts gestohlen, sie sind nur zum Übernachten gekommen.« – »Nein, wirklich?« erschrak Sonja. »Es ist leider Tatsache. Es gibt dafür unsympathische Beweise. Dem Vater sage ich nichts davon, um ihn nicht unnötig zu betrüben. Jetzt kann man doch nichts mehr daran ändern.« Glebow sagte nach kurzem Nachdenken: Vielleicht hat Julia Michajlowna alles vorzüglich begriffen und gibt das durch die Blume zu verstehen. Er sah keinen Grund zur Beunruhigung. Schließlich sind sie nicht verpflichtet, ihr Geheimnis streng zu wahren.

Sie sind entschlossen, Mann und Frau zu werden, der Entschluß steht unerschütterlich fest, es geht nur noch um den Zeitpunkt: jetzt, in einem halben Jahr, in einem Jahr, das macht doch keinen Unterschied ...

Er dachte ganz aufrichtig so, ihm erschien die Sache fest, endgültig, unverrückbar. Ihre Vertrautheit wurde immer größer. Er konnte es keinen Tag ohne sie aushalten. Jetzt, da so viele Jahre seit jenem Winter vergangen sind, kann man ruhig darüber nachdenken: was war das damals eigentlich gewesen? Wahre Liebe, natürlich und lange ausgereift, oder jugendlicher körperlicher Rausch, der wie eine Angina über sie hereinbrach? Vermutlich letzteres. Blind, sinnlos, ohne ein Zurückblicken: so wenig ihm das ähnlich sah. Die Sache war die, daß auch sie sich als jener Sonja ganz unähnlich entpuppte, an die er sich gewöhnt, mit der er sich seit Jahren abgefunden hatte. Das Schweigsame, Genierte, Anämische an ihr: das alles blieb im früheren, fernen Leben zurück. Und nur die Güte und Ergebenheit eigneten auch dieser neuen Sonja.

Ich weiß noch, wie er mich quälte und wie ich ihn dennoch liebte. Morgens rief er bei uns an, meine Eltern wußten, daß er anruft, und gingen nicht an den Apparat, weil ich wütend wurde, wenn sie es doch taten. Ich rannte Hals über Kopf auf das Klingeln zu, von jedem beliebigen Ort aus, an dem ich mich gerade befand: aus der Küche, wo ich einen klebrigen, widerlich verklumpten Griesbrei fertig aß, aus dem Badezimmer und sogar aus jener Örtlichkeit, aus der ich, beim ersten Läutezeichen, mit nicht zugeknöpften Hosen herausschoß. »Ja«, rief ich in den Hörer. »Wer spricht denn?« Ich wollte seinen Namen hören. Er nannte ihn aber nie, sondern ließ sich stets etwas ungemein Geistreiches einfallen. »Sir«, sagte er, »ich erwarte Sie punkt acht Uhr fünfzehn unter der Uhr im mittleren Hof, und bitte sehr mit Degen. Ich werde Sie wie einen Hasen abstechen ... Sie werden einen vorzüglichen Hasenbraten abgeben, Sir!« – »Und Sie werden«, rief ich, am glücklichen Lachen erstickend: »Sie werden ein vorzügliches Kotelett nach Art von Posharskij abgeben. Das will ich meinen, Sir! Fein knusprig gebraten, mit pikanter Beigabe, ein köstliches Gericht, Sir!«

Es war entsetzlich – ich ahmte ihn immer nach. In meinem Kopf entstand nichts Originelles, und wenn es doch entstand, dann viel zu spät. Ich war fünf Minuten vor der Zeit da und wartete auf ihn, ungeduldig. Ich kann mich nicht entsinnen, in meinem weiteren langen Leben jemals wieder mit einem solchen Beben, einer so qualvollen Furcht vor einer Falle auf irgendwen gewartet zu haben, denn Anton Owtschinnikow war, wie sich das für einen wahren Gelehrten und großen Mann gehört, ungemein zerstreut, vergeßlich und unbeständig. Nachdem er sich bereits mit mir verabredet hatte, konnte er sich gleich darauf mit Walroß oder Chimius verabreden, und ich sah plötzlich, wie sie gemächlich die andere Hofseite entlanggingen, auf das andere Tor zustrebten, ohne mir auch nur die mindeste Beachtung zu schenken. So als gäbe es mich gar nicht auf der Welt! So als hätte er nicht gerade erst bei mir angerufen und im Ton eines Verschwörers gefordert, daß ich mich unter die Uhr stelle!

Als das zum erstenmal passierte, stürzte ich mich wutentbrannt auf ihn: »Was hat das zu bedeuten, Sir? Ich warte auf dich, wie ein Dummkopf, und du entfernst dich durchs andere Tor.« Er blickte mich, wie mir erschien, mit kalter Verachtung an und sprach: »Mein Bester, wann hätten wir verabredet, daß ich mich genau an besagtem Ort einfinden werde? Ich durfte doch wohl den Hof in jeder beliebigen Richtung durchmessen, mit jedem beliebigen Begleiter. Ihre Aufgabe besteht darin, meine Fortbewegung zu verfolgen und sich mir, wenn dieser Wunsch geäußert wird, zur genau angegebenen Zeit anzuschließen ...« Diesen hochtrabenden Blödsinn äußerte er in trockenem, keinen Widerspruch zulassendem Ton. Walroß und Chimius kicherten, während ich wie geschlagen da stand. Mit ihm streiten konnte ich nicht, ihm böse sein konnte ich auch nicht. Mit hängendem Kopf schlich ich hinter ihnen her. Der dürre Chimius und der aufgeschwemmte dicke Walroß stiefelten zu beiden Seiten des untersetzten Owtschinnikow einher, der war natürlich ohne Kopfbedeckung, trotz Frost, sein strohblondes Haar bewegte sich im Wind, er trug kurze Hosen und Gamaschen, die weiße Blöße der Haut zwischen Gamaschen und Hose hatte eine bläuliche Tönung, die Passanten schauten sich nach ihm um und grinsten. Er erzählte unaufhörlich etwas. Walroß und Chimius lauschten mit offenen Mündern.

In jenem Winter begeisterte er sich für Paläontologie, schaffte sich große Alben an, in die er Dinosaurier und Pterodaktile einzeichnete, und erzählte endlos alles, was er über sie wußte. Ich fand nichts Besseres, als ihm unverzüglich nachzueifern. Besorgte mir gleichfalls ein Album, machte Zeichenversuche, genauer: Abzeichenversuche, noch genauer: ich pauste die Urweltungeheuer vermittels Zigarettenpapier aus verschiedenen Büchern durch, das ging meistens schief, ich beschädigte die Bücher durch Ausschneiden der Bilder. Mit mir hätte er sein Gespräch über Echsen führen müssen, statt dessen verschwendete er seine Tatkraft auf die Aufklärung von Walroß und Chimius, welche, das muß der Wahrheit wegen gesagt werden, rechtschaffene *Schmarotzer* waren. So nannten Anton und ich jene Mitschüler, die ihr Wissen auf den Lehrstoff einschränkten, während die Klassenbesten als *Superschmarotzer* liefen. An letzteren war Hopfen und Malz verloren, meistens waren das Mädchen, aber auch einige Jungen waren darunter, zwei oder drei bedauernswerte Morcheln. Allerdings lag auch die Zahl der *Achtfüßler* – so hießen die edlen und reinen Ritter der Wissenschaft, die sich egal für was interessierten, es mußte nur unbedingt außerhalb des Rahmens der Schulweisheit liegen – nicht allzu hoch. Anton Owtschinnikow natürlich, natürlich ich, dann vielleicht noch ein oder zwei Leute und dann die einzige *Achtfüßlerin* unter den Mädchen, Sonja Gantschuk, die sich mit mystischer Literatur beschäftigte, zum Beispiel mit Poes Erzählungen. Außerdem besaß Sonjas Vater eine ausgezeichnete Bibliothek, bestimmt nicht schlechter als jene des Kapitäns Nemo, und wir rannten oft zu Sonja, um uns wissenschaftlich auszurüsten.

Anton hatte eine glänzende Idee: Er beschloß die Gründung der GGEW, das heißt: der Geheimen Gesellschaft zur Erprobung der Willenskraft. Das war, nachdem man uns in der Derjugingasse so versohlt hatte. Als Anton wiederhergestellt war, faßten wir den Entschluß, noch einmal hinzugehen. Wir – das waren Anton, Chimius, Walroß, Ljowka Schulepa und ich. Da tauchte nun die Glebowfrage auf. Ob man den Glebow zum Beitritt auffordern soll. Wadim Glebow oder auch »Semmel«, der in jener Gasse wohnte, hatte einmal vor langer Zeit eine große weiße Semmel in die Schule mitgebracht. Während des Unterrichts zerzupfte er den weichen Teil der Semmel und bewirtete damit Interessenten. Es gab genug Interessenten. Man sollte meinen, eine Lappalie, kaum der Rede wert: jemand bringt eine Semmel in die Schule mit, die man in jeder Bäckerei für fünfzehn Kopeken kaufen kann. Aber keiner kam auf diesen Gedanken, während Dima Glebow auf ihn kam. In der Pause baten ihn alle um ein Stückchen Semmel und er gab allen was davon, wie Jesus Christus. Oder nein, doch nicht allen. Es gab einige, denen er nichts gab. Zum Beispiel jene, die in die Schule mit Käsebroten und Wurstbroten kamen, obwohl auch diese armen Schweine gern was von der Semmel abbekommen hätten. Dieser Semmelglebow beschäftigte mich eine zeitlang, als eine durchaus rätselhafte Persönlichkeit. Viele von uns wären, wer weiß warum, gern mit ihm befreundet gewesen. Irgendwie paßte er für jedermanns Freundschaft. Er war mal so, mal so, konnte es mit diesen, konnte es mit jenen, war nicht böse und nicht gut, nicht besonders geizig und auch nicht gar zu freigiebig, nicht gerade ein *Achtfüßler*, indessen auch nicht durchaus ein *Schmarotzer*, weder feige noch kühn, zwar kein schlauer Fuchs, zugleich jedoch auch kein Einfaltspinsel. Er kriegte es hin, mit Ljowka und mit Manjunja gleichzeitig befreundet zu sein, obwohl Ljowka und Manjunja einander nicht riechen konnten. Er stand recht gut mit Anton, kam zu Chimius und zu Ljowka zu Besuch und vertrug sich trotzdem mit den Derjuginburschen, die uns andere haßten. Anton und Minjka waren zu gleicher Zeit seine Freunde!

Wir zerbrachen uns also den Kopf: was stellen wir mit Glebow an? Sollen wir ihn in unser Geheimnis einweihen? Schulepa setzte sich heiß für ihn ein. Sagte, der Semmel wird uns nie verraten. Auch Anton neigte dazu, ihn in die GGEW aufzunehmen, denn wir könnten daraus Nutzen ziehen. Ich erinnere mich nicht mehr an alle Diskussionen und Streitgespräche, ich weiß nur noch, daß darin die größte Wonne bestand: über irgendwessen Schicksal zu entscheiden. Ob er sich *für uns* eignet oder nicht eignet. Mich, das weiß ich auch noch, quälte »Semmels« Rolle ganz besonders. Ich hatte eine starke Abneigung dagegen, daß er in die geheime Gesellschaft aufgenommen wird, aber es laut sagen und die Ursachen erklären konnte ich nicht. In die Sache war nämlich eine Frau verstrickt. Natürlich, genau das war es! Sonja Gantschuk war in diesen unansehnlichen, unausgeprägten, weder so noch so gearteten »Semmel« verliebt. Was fand sie groß an ihm? Abstehende Ohren, das halbe Gesicht sommersprossig, Lücken zwischen den Zähnen, dazu ein ungelenker Gang. Das Haar war schwarz und glänzend, ein wenig zur Seite gekämmt und so glatt, als sei er gerade aus dem Fluß gestiegen und hätte sich anschließend gekämmt. Ich verstand nichts. Doch es war für alle offenkundig: sie wurde rot, wenn sie mit ihm sprach, versuchte, im Klassenzimmer zu bleiben, wenn er Diensthabender war, stellte ihm dumme Fragen und lachte, wenn er sich im Scharfsinn übte. Das freilich fiel ihm ziemlich schwer. Seine Späße enthielten mehr Spott als Witz. Er machte sich beispielsweise gern über Jarik lustig, machte an dessen Adresse hämische Bemerkungen. Doch vielleicht kam mir das bloß so vor: aus Ärger. Dann auch Jarik zog es zu ihm hin, auch der wollte mit ihm befreundet sein ...

Er war absolut *überhaupt keiner*, der Wadim »Semmel«. Aber das, wie ich später begriff, ist eine seltene Gabe: *über-*

haupt keiner zu sein. Leute, die die Kunst, *überhaupt keiner* zu sein, bis zur Vollkommenheit ausbilden, bringen es weit. Die Sache ist die, daß jene, die es mit ihnen zu tun bekommen, gegen den Hintergrund des *überhaupt nichts*, jenes fertigzeichnen und ausmalen, das ihre Wünsche und Leidenschaften ihnen einflüstern. Die *Überhauptkeinen* sind immer Glückspilze. Im Leben begegnete ich zwei oder drei Vertretern dieser sonderbaren Rasse – »Semmel« blieb mir deshalb erinnerlich, weil er der erste war, der aufgrund seiner *überhaupt keinen* Verdienste ein solches Schwein hatte – und mich verblüffte immer die sie beflügelnde Gnädigkeit des Schicksals. Auch unser Jugendfreund »Semmel« wurde auf seinem Gebiet ein ziemlich hohes Tier. Ich weiß nicht genau, was für ein Tier, das interessiert mich auch nicht. Aber als einmal irgendwer von ihm erzählte, war ich überhaupt nicht verwundert: so hatte es kommen müssen! Und auch damals vor hundert Jahren, als fünf kleine Jungen das brennende Problem lösen wollten, ob sie ihn nun in ihr Geheimnis einweihen oder lieber doch nicht einweihen sollen: auch damals hatte er zweifellos Glück. Man beschloß, ihn einzuweihen und aufzunehmen. Anton hatte gesagt, der Krieg mit der Derjugingasse würde noch lange anhalten, ein Abnützungskrieg, deshalb würden sie einen Mann aus dem Derjuginlager in ihren Reihen brauchen. Einmal nach Schulschluß nahmen sie Dima »Semmel« beiseite und erzählten ihm alles. Er hatte so etwas bereits geahnt. Man merkte, wie sehr er sich freute, als ihm der Eintritt in die GGEW angeboten wurde. Doch seine Antwort lautete ... Oh, das war eine hochbemerkenswerte Antwort! Damals begriffen wir das noch nicht so recht, erst mußten Jahre vergehen, das Leben mußte vergehen, und heute, in der Rückerinnerung, siehst du es klar und deutlich: das ist die Stärke des *überhauptkeinigen* Charakters!

Er sagte, er würde gern in die GGEW eintreten, wolle sich aber das Recht ausbedingen, jederzeit wieder austreten zu dürfen. Das heißt: er möchte Mitglied unserer Gesellschaft sein und möchte es zugleich nicht sein. Plötzlich trat der ungewöhnliche Vorteil dieser Position zutage:

er war im Besitz unseres Geheimnisses, ohne indessen voll und ganz zu uns zu gehören. Als wir das begriffen hatten, war es schon zu spät. Wir befanden uns bereits in seinen Händen. Ich weiß noch, wie wir einen neuen Ausfall in die Derjugingasse ausheckten und bereits den Tag bestimmten, aber »Semmel« sagte, der Tag sei nicht geeignet, wir müßten alles um eine Woche verschieben. Dann um eine weitere Woche, dann um drei Tage, ohne Erklärung der Ursachen, alles geheimnisvoll. Wir stimmten zu. Denn er war zwar unser, aber doch nicht ganz, er konnte sich jederzeit aus dem Spiel zurückziehen. »Wenn ihr durchaus wollt, dann meinetwegen heute, aber ohne mich ...« Wir begannen zu fürchten, daß er Minjka warnen würde und daß der geplante Handstreich gegen die Derjugingasse ausfällt. Was hatten wir vor? Wir wollten einfach diese Gasse einmal hin und zurück gehen, wo Jungen aus unserem Haus zusammengeschlagen und ausgeraubt worden waren. Und im Falle eines Überfalls Widerpart geben. Ljowka Schulepa versprach, eine Waffe mitzunehmen: eine deutsche Schreckschußpistole, die wie ein richtiger Revolver ballerte.

Endlich sagte »Semmel«: an dem und dem Tag. Wir gingen gegen fünf Uhr abends los. Als wir Glebows Wohnhaus erreicht hatten, sahen wir in einem Fenster des Obergeschosses sein Gesicht, und auch er erblickte uns und winkte uns zu. Wir gingen bis ans Ende der Gasse, aber niemand überfiel uns. Auch der schwarze Hund ließ sich nicht blicken. Irgendwelche Kinder, die auf Schlitten und Brettern einen mitten auf dem Pflaster aufgetürmten Schneeberg hinunterrodelten, würdigten uns keiner Beachtung. Wir standen eine Weile neben einem Torweg, dann neben einem anderen Torweg, doch die Piraten tauchten nicht auf: weder Minjka noch Taranjka, noch sonstwer. Schulepa gab einen Schuß in die Luft ab, wir warteten noch etwas und gingen dann wieder. Alle waren enttäuscht. Die Erprobung der Willenskraft hatte nicht stattgefunden. Später gingen wir vielleicht noch zweimal in die Gasse, doch genauso ergebnislos. Was war geschehen? Wohin waren sie entschwunden? Das war und blieb unbekannt oder geriet in Vergessenheit, im Lauf der Jahre. Im Gedächtnis haftet nichts mehr außer einem Gefühl des Ärgers und einer seltsamen Empfindung: als hätte dies alles – zum Verderb unserer Laune und wegen seiner eigenen Ruhe – Dima »Semmel« so hingebogen ...

Dann gab es noch irgendwelche Versuchungen, Ängste, nächtliche Eskapaden in irgendwelche Grüfte. Die unterirdischen Gänge unterhalb unserer kleinen Kirche. Und der Balkon von Sonjas Wohnung über dem Abgrund. Dieser Balkon! Und die das Handgelenk zusammenpressende Todeskälte! Und Sonjas Gesicht mit dem weißen wahnsinnigen Blick! Wir waren jetzt noch vier. »Semmel« hatte bis zur letzten Minute weder ja noch nein gesagt. Walroß hatte mit dem Gefühl einer qualvollen Scham verzichtet: Er war zu dick und nicht schwindelfrei. Blieb die Wahl der Wohnung. Chimius entfiel, seine Wohnung war immer voller Leute, ein Alleinsein auf dem Balkon war dort unmöglich. Auch bei Ljowka lungerte allerhand Volk herum: Verwandtschaft, irgendwelche Familienanhängsel, und auch die Mutter ging ganze Tage nicht aus dem Haus. Anton lebte parterre, ich wohnte im zweiten Stock. Blieb der arme Invalide Walroß. Die Wohnlage war ideal: achter Stock, Mutter von früh bis spät im Dienst, schwerhörige alte Hausbesorgerin, die man ohne weiteres hätte in der Küche einschließen können, mit der *Jungpioniersprawda* als Lektüre. Die Alte las am liebsten die *Jungpioniersprawda.* Aber Walroß erhob plötzlich Einspruch. Er war von diesem Unternehmen sowieso nicht sonderlich begeistert, riet davon ab, sagte, das sei eine Erprobung nicht der Willenskraft, sondern der Gesundheit. Da fiel mir Sonja Gantschuk ein. Ehrlich gesagt, vergaß ich sie nie.

Sonja wohnte im neunten Stock, ihre Eltern waren zu jenem Zeitpunkt verreist. Außer Sonja hielt sich nur noch die Hausangestellte in der Wohnung auf, aber die ging des öfteren für länger weg, und Sonja blieb allein in der Wohnung zurück. Neunter Stock. Das klang nicht schlecht, das klang vorzüglich. Das war genau das, was wir brauchten.

Je höher, desto besser. Desto höher auch die Qualifikation. Das redeten wir einander ein, obwohl uns die Angst in den Mägen saß. Das einzige, das Anton mißfiel: ins Geheimnis wurde eine Frau eingeweiht. Er war kategorisch gegen Frauen. »Ich habe es nicht einmal meiner Mutter erzählt, der ich sonst immer alles sage.«

Das stimmte, Antons Mutter war stets im Bilde über seine Werke. Man ruft bei ihr an, fragt: »Was macht denn der Anton?« Sie erwidert: »Der ist fast fertig mit dem dritten Teil des paläontologischen Albums. Flugechsen. Und das italienische Album ist auch schon zur Hälfte fertig, ist übrigens gut gelungen, besonders der Vesuv ...«

Gott, wie sehr wünschte ich mir, daß Sonja bei der Erprobung unserer Willenskraft dabei ist! Ich sagte also, man könne ja das Wichtigste vor ihr verbergen, man könne ihr sagen, wir Achtfüßler hätten etwas Geheimes auf dem Balkon zu bereden, und sie bitten, sich eine halbe Stunde lang im väterlichen Arbeitszimmer aufzuhalten. Wenn sie uns ihr Achtfüßlerinnenehrenwort gibt, daß sie dies Zimmer nicht verläßt, dann wird sie es auch nicht verlassen. Anton schnaufte unwillig, erklärte sich aber einverstanden: »Schon gut! Man kann die Sonja natürlich nicht in einen Topf mit anderen Mädchen werfen. Sie versteht was von Verdi, kann sogar den Marsch aus *Aida* singen, wenn auch mit Patzern.« In seinem Mund war das ein hohes Lob. Die Menschheit zerfiel in Leute, die Verdi verstanden, und Leute, die ihn nicht verstanden. Erstere waren die besten Menschen, letztere unaufgeklärte Banausen. Es wurde ein Tag gewählt, wir gingen zu Sonja. Ich kann nicht gerade sagen, daß ich besonders munter und mit großer Lust hinging. Meine Beine waren etwas schwach geworden, in ihnen drin, in den Knochen, kribbelte es unangenehm. Die übrigen Mitglieder der Geheimgesellschaft boten keinen vorteilhafteren Anblick. Was ich mir sehnlich wünschte: daß »Semmel« nicht kommt, daß er es im letzten Augenblick mit der Angst zu tun kriegt. Er war dazu vollauf berechtigt. Wir hätten nichts gesagt. Doch er kam, der Teufel soll ihn holen. Sein Gesicht hatte einen Stich ins Grünliche, wie bei einem Leichnam. Chimius lachte blöd und riß deplazierte Witze.

Alles sah so aus, als seien wir vorbeigekommen, um in einen für unsere Arbeit dringend benötigten Band von Elysée Reclus hineinzuschauen. Dann wandte sich Anton an Sonja: »Du mußt jetzt unverzüglich, auf der Stelle, einen Schwur leisten, daß du ...«

Sonja, befremdet durch unsere Geheimnistuerei, witterte Ungutes. Besorgt begann sie, uns auszufragen: was wir denn vorhätten? Und warum unbedingt auf dem Balkon? Ob wir vielleicht irgendwen vom Balkon herunterwerfen wollen? Sie ahnte nicht, wie nahe sie der Wahrheit kam. Dieser Irgendwer konnte jeder von uns sein. Als ich Sonjas halb scherzhafte Worte hörte, spürte ich in meinen Augen die Tränen des Selbstmitleids. Aber keiner bemerkte es. Ich ging einige Schritt durchs Zimmer und fühlte, daß mir die Knie zitterten und daß die Füße schlapp auftraten. Der Zustand meiner Füße erschreckte mich sogleich. Mit solchen Füßen war nicht daran zu denken, über die Balkonbrüstung zu steigen und auf der Höhe des neunten Stockwerks am Sims entlangzuwandern. Ich musterte heimlich die anderen. Als sie der Reihe nach auf die Toilette gingen, bemerkte ich, daß alle ein wenig schwankten. Nur Anton Owtschinnikow ging nicht aufs Klo.

So wie er sich, gleich zu Beginn unseres Besuchs, auf einen Stuhl gesetzt hatte, saß er auch weiter da, ohne sich zu rühren, bis die richtige Sekunde anbrach. Schwer, kleinwüchsig, gelbgesichtig, breitschultrig, mit den Backenknochen eines Buddha. Und als sich Sonja endlich ins Arbeitszimmer entfernt und durch eine Drehung der Türklinke die Tür hinter sich zugemacht hatte – darauf hatte er bestanden –, erst dann, keine Sekunde früher oder später, stand er als erster auf und setzte sich festen Schrittes in das durch einen Zwischenvorhang abgeteilte Nachbarzimmer in Bewegung, wo die Balkontür war. Wir folgten. Der Balkon war weder verschlossen noch für den Winter verriegelt, obwohl draußen schon Frost war. Sonjas Vater machte nämlich seine Frühgymnastik auf dem Balkon. Wie überall im Haus war auch dieser Balkon durch ein Gitter in zwei Hälften geteilt, die andere Balkonhälfte gehörte den Nachbarn, und hier verbarg sich eine Gefahr. Jeden Augenblick konnte jemand durch die andere Balkontür auf den Balkon hinaustreten und uns – o Wunder! – erretten.

Aber niemand kam auf den Balkon, hinter dem fremden Fenster war nicht das geringste Lebenszeichen zu entdekken. Ich blickte durchs Gitter hindurch auf die drüben an der Balkonwand abgestellten Büchsen, Schüsseln und Kasserollen, auf die Gardine hinter der Glastür und dachte: »Wollt ihr Halunken nicht wenigstens für eine Sekunde herauskommen? Jemand könnte doch über das Zwischengitter springen und eure Wohnung ausrauben, das ist kinderleicht ... Welch idiotischer Leichtsinn von euch ...«

Nein, die Nachbarn waren nicht geneigt, uns zu retten. Wir waren dazu verdammt, unsere Willenskraft zu erproben. Draußen waren zehn Grad Frost, wir waren ohne Mäntel und Mützen. Mir klapperten die Zähne. Anton trat auf den linken Rand des Balkons zu, dessen Stirnseite gegen eine betonierte Mauer stieß, und genau oberhalb des Balkons befand sich das Fenster des großen Zimmers, wo wir eben noch mit Sonja gesessen hatten. Anton rüttelte an der Balkoneisenstange, die erwies sich als absolut fest. Anton rüttelte mit beiden Händen und voller Kraft an der Stange. Alles war in bester Ordnung. Ich dachte: »Wahrscheinlich verlieren wir den Verstand.« Aber wenn ich jetzt hätte fortgehen wollen, dann hätte ich es nicht gekonnt: meine Beine hätten mir nicht gehorcht. Unten war alles wie gewöhnlich: ruhig, still, verschneit, schwarze Gehsteige, der weiße Hof, die Autodächer, aber alles unerreichbar fern. In den Hof dort unten konnte man nur wie auf einen anderen Planeten gelangen.

Dorthin konnte man nur abstürzen.

Anton schwang das eine Bein über die Brüstung, dann das andere Bein und setzte sich langsam in Bewegung, sich an der Eisenstange festhaltend, mit dem Rücken zum Abgrund, mit dem Gesicht zu uns, am Rande des Balkons entlang. Er stellte die Füße zwischen die Eisenstäbe.

Sich solcherart seitlich und sehr langsam vorwärtsbewegend, erreichte er den fremden Balkon und machte dann kehrt. Dabei summte er etwas vor sich hin. Ich glaube, den Marsch aus *Aida*. Wir folgten ihm auf der Innenseite der Balkonbrüstung, bereit, ihm jederzeit zu Hilfe zu kommen. Interessant, wie wir das wohl angestellt hätten? Jetzt erreichte er die Mauer, stellte das nackte Knie – er trug wie früher kurze Hosen – aufs abschüssige Fensterbrett, machte eine Bauchwelle über die Stange hinüber und fiel zu unseren Füßen hin. Gleich nach Anton machte sich Chimius auf den Weg, der es sich nicht verkneifen konnte, sich an ausgestreckten Armen leicht zurückzuneigen, hinunterzuschauen, hinunterzuspucken ...

Im selben Augenblick sah ich in dem auf die Schmalseite des Balkons hinausgehenden Fenster das vor Entsetzen starre und verzerrte Gesicht von Sonja.

Eine Sekunde später war sie auf dem Balkon. Ihr Mund öffnete sich tonlos, sie packte Chimius unter den Armen und begann, ihn über die Brüstung auf den Balkon zu zerren – er erzählte später, sie hätte mit übermenschlicher Kraft gezerrt – mit weiterhin offenem, scheinbar schreiendem Mund, der indessen keinen Ton herausbrachte. Chimius plumpste auf den Balkon zurück. Wir drängten ins Zimmer hinein. Alle waren durchgefroren, schmutzig, mit Rost verschmiert, die Gesichter blau angelaufen. Sonja packte Dima »Semmel« an der Hand und ließ ihn nicht wieder los. Sie fürchtete wohl, er würde auf den Balkon rennen und übers Gitter springen. Dazu flüsterte sie, wie ein aufgezogenes Uhrwerk: »Oje, seid ihr dumm, seid ihr dumm, seid ihr dumm ...« »Semmel« blickte mürrisch und unzufrieden. Er sah aus, als hätte man ihn beleidigt, ihm irgend etwas weggenommen. Später erfuhr ich, wie alles gekommen war. Er hatte es nicht ausgehalten und sich vor Sonja verplappert, wahrscheinlich auf dem Weg ins Klo. Er hatte sie auf ein bevorstehendes Schauspiel hingewiesen, das sie sich nicht entgehen lassen sollte. Der armselige Prahlhans. Doch er rettete Ljowka Schulepa, rettete sich und mich. Er rettete, er rettete! Meine Füße waren in schlechtester Verfassung. Solche Leute, die nicht feig und nicht mutig, nicht Fisch und nicht Fleisch sind, retten manchmal andere Menschen, die von jedem zuviel haben. Ich begann ihn noch stärker zu hassen. Er brummte, machte Sonja Vorhaltungen. Dann verlor sie das Bewußtsein, wir kriegten einen Schreck, riefen den Arzt an ... Und was war weiter? Weiter, weiter und ganz weit? Das Haus leerte sich. Meine Freunde fuhren in alle Himmelsrichtungen auseinander und verschwanden. Walroß, der so darunter litt, daß er an unserer Willenskrafterprobung nicht teilnehmen konnte – er konnte nicht einmal auf einem gewöhnlichen Barren im Turnsaal gehen –, verschwand noch früher als die anderen. Ich glaube, noch im gleichen Winter. Überhaupt hatten wir uns umsonst so beeilt. Die Erprobungen ließen nicht mehr lange auf sich warten, sie brauchten auch nicht eigens ausgeheckt zu werden. Sie stürzten auf uns nieder, wie schwerer, dichter Regen. Die einen nagelte es an die Erde fest, die anderen wurden bis auf die Knochen durchnäßt und ausgemergelt, einige erstickten auch in dieser Flut.

Ich erinnere mich noch: Antons Mutter sitzt bei uns zu Hause, der Vater von Chimius und noch jemand ist da, sie haben sich im Eßzimmer eingeschlossen und reden alle. Anton und ich dürfen nicht dabeisein. Wir horchen aber. Einige Stimmen sind gut zu hören, besonders wenn sie zornig reden. Ich höre, wie mein Vater laut und böse sagt: »Sagen Sie mal, haben Sie einen Arzt konsultiert?« Und die Stimme von Antons Mutter: »Warum?«

»Vielleicht ist Ihr Sohn psychisch nicht ganz normal.«

Antons Mutter fing zu lachen an: »Mein Sohn? So ein Quatsch! Mein Sohn ist völlig, völlig normal!«

Da redeten alle auf einmal los, während Antons Mutter weiter lachte.

In jenem Winter, als auf der Datscha in Brusskowo Glebows Liebe hell entbrannte, verdichtete sich in seinem Haus in der Derjugingasse die Ausweglosigkeit, die mit jedem zerrinnenden Leben einhergeht. Das Leben der Glebows lief aus: Oma Nila konnte kaum noch gehen, versorgte den Haushalt mit letzter Kraft, der Vater war nach dem Tod der Mutter alt geworden, ging gebeugt, irgendeine Krankheit zehrte ihn aus, außerdem trank er neuerdings zuviel. Alles ging aufs Ende zu, auf den Zerfall. Glebow war nicht gern zu Hause. Der Vater erweckte in ihm kein Mitgefühl, dieser begriffsschwache, unordentliche Greis fand nicht den Mut in sich, dem Ende würdig ins Gesicht zu schauen, er hoffte immer noch auf etwas, wollte das Leben übertölpeln, träumte von irgendwelchen noch zu guter Letzt herauszulockenden Zugaben. Mit Tante Polja war ihm das gelungen: die kam nach dem Tod der Schwester öfter her, wie eine richtige Verwandte, half Oma Nila im Haushalt und besetzte irgendwie ganz still und schlicht den Platz auf dem Sofa, wo früher die Mutter geschlafen hatte. Wohin hätte sie sich auch wenden sollen? Onkel Wolodja hatte sie, nach der Rückkehr aus dem Norden, alleingelassen, war mit seiner neuen Familie nach Taschkent gezogen. Glebow kümmerte sich nicht mehr um diese Dinge. Sollen sie doch tun, was sie für richtig halten! Seine Brust wurde eng, sein Blut pochte laut in den Schläfen, im Vorgefühl der Schicksalswende ...

Aber Tante Polja hatte eine Tochter Klawdija, der dies alles mißfiel. Sie wollte weder der Mutter noch Glebows Vater verzeihen. Tante Poljas Sohn Jurka, zwei Jahre älter als Glebow, war im Krieg gefallen, aber Klawdija hatte Familie, hatte ein Kind, sie lebte gut und hätte sich für die Mutter freuen müssen, daß sie nicht einsam ist und mit der Großmutter lebt, der Oma das Alter erleichtert. Aber Klawdija haßte ihre Mutter. Wenn sie in die Derjugingasse kam, betonte sie immer, daß sie ausschließlich Oma Nilas wegen kommt. Mit der Mutter sprach sie fast gar nicht, mit Glebows Vater war sie spöttisch und kurzangebunden.

Klawdija war Onkel Wolodja nachgeraten: groß von Statur, grobknochig, nicht hübsch. Aus unerfindlichem Grund galt sie als guter Mensch. Das war genauso eine Legende wie Tante Poljas Schönheit. Glebow mißfiel der spöttische

Ton, in dem sie mit seinem Vater sprach, der Ton verwirrte den Greis, während Tante Polja nervös wurde und aufgeregt Blödsinn zu reden begann. Überhaupt spürte Glebow in Klawdija nicht ohne Ärger eine andere Struktur, etwas ihm Fremdes, eine lieblose Härte.

Einmal sagte sie zu Glebow:

»Ich kann mich nur wundern, wie du alles so schluckst. Dein Charakter ist wahrhaft einzig.«

»Was ist denn so einzig an meinem Charakter?«

»Du bist ein Allesfresser. Oder vielleicht bloß teilnahmslos.«

Glebow lachte.

»Und was soll ich tun? Ich bin erwachsen, sie sind erwachsen ...« Er blickte in das ungütige, hämisch verzerrte Gesicht der Kusine und dachte: dann schon lieber teilnahmslos als böse. Er sagte: »Ich wünsche ihnen nichts Böses.«

»Mein Gott, wer wünscht ihnen denn Böses? Ich beispielsweise leide einfach, für mich ist es eine Tortur, du dagegen ... Du wirkst so unangefochten ...«

»Und ich frage dich: wie konntest du gegen die eigene Mutter einen solchen Haß entwickeln? Woher diese Erbarmungslosigkeit?«

Klawdija bedeckte das Gesicht mit den Händen, ging fort.

Später gestand sie einmal Glebow: Sie würde sich so gern weich zeigen und der Mutter vergeben, aber ihr fehle die Kraft dazu. Die Mutter nämlich habe über die ganze Familie Leid gebracht. Das hat nämlich schon vor dem Krieg begonnen. Hat sich durch die Evakuierungszeit hingezogen. Deswegen zerbrach doch alles: Onkel Wolodja wollte daraufhin nicht mehr mit der Mutter zusammen leben, und Glebows Mutter brach es das Herz. Glebow hatte das damals nicht mitbekommen oder besser gesagt: nicht verstanden. Klawdija begann dann plötzlich zu schluchzen und sich selber zu verfluchen. Sie sei ein schlechter Mensch, sie hätte das Glebow nicht sagen dürfen. Sie bat ihn um Verzeihung.

»Kannst du mich wenigstens jetzt verstehen?« fragte sie, mal weinend, mal Glebows Hand ergreifend. »Jawohl, ich bin böse, ich bin gemein, ich hatte nicht das Recht, dir das zu sagen ... Niemand hat mich infame Person an der Zunge gezogen!«

Glebow war konsterniert, sagte aber ruhig:

»Na und? Ich hatte es mir schon gedacht. Ich gebe Tante Polja keine Schuld.«

»Aber ich, ich gebe ihr Schuld«, flüsterte Klawdija und ließ ihren Kopf auf den Tisch fallen. »Jawohl, sie ist schuld, sie ist schuld ... Sie hat mir die Mutter genommen, und den Vater genommen.«

Glebow schwieg und dachte nach. Diese Entdeckung tat natürlich weh, aber das Schlimmste war ja schon geschehen, er spürte nur, wie der Wunsch, schneller mit diesem Haus zu brechen und neu anzufangen, in ihm noch stärker geworden war.

Sonja kam jetzt manchmal zu ihm zu Besuch. Sie hätte so gern alle Verwandten kennengelernt, sie liebte sie im vorhinein. Doch Glebow war über diese Besuche nicht glücklich. Sie sah die Kläglichkeit des Vaters, mußte sich leere, um Gunst buhlende Gespräche anhören, sah die Dürftigkeit und Enge. Damals in der Schulzeit machte ihn das nicht verlegen, damals besuchten ihn laufend Freunde, aber jetzt wurde ihm das eigene Haus immer mehr zur Bürde und zum Ärgernis. Besonders fürchtete er sich vor der erstaunten Frage Sonjas: Wer ist denn eigentlich die Tante Polja?

Einmal kam Sonja, als alle daheim versammelt waren. Auch Klawdija war da, um nach Oma Nila zu schauen. Sie hatte Gemüse vom Markt mitgebracht. Es war Ende Mai und heiß. Glebow stellte Sonja Klawdija vor und schleifte sie sogleich in seine Klause, die jetzt Gottlob gegen das Zimmer gut abgedichtet war, das Oma Nila und der Vater bewohnten und wo Tante Polja auf dem Sofa übernachtete, wenn sie herkam, *um im Haushalt mitzuhelfen*. Nach einer halben Stunde rief man sie an den Teetisch. Glebow ging ungern, aber Sonja zog es zu ihren neuen Bekannten hin:

diesmal zu Klawdija und der vierjährigen Swetotschka, die ihr reges Interesse erweckte. Sie hatten einander auf Anhieb gefallen, Sonja und Swetotschka, und zwitscherten einander was vor, spielten ein Spielchen zu zweit. Unterdessen rumpelte und rumorte im Zimmer ein schwergewichtiger Familienstreit, was selten geschah: Klawdija vermied das Keifen in diesen Wänden. Doch diesmal brach der Streit aus, Klawdija hatte die Beherrschung verloren. Streitobjekt war Klein-Swetotschka, die bei diesem Wetter doch entschieden aufs Land gehörte.

Die zur Unzeit eingetroffene Sonja mißmutig anstarrend, sprach Klawdija mit scharfer, zänkischer Stimme:

»Nein, sag mir bitte klipp und klar: fährst du mit dem Kind oder fährst du nicht? Wenn du nicht fährst, dann mache ich mit Koljas Tante etwas aus, allerdings ungern, sie ist nicht besonders gesund ...«

Tante Polja sagte, man hätte eine ungünstig gelegene Datscha gemietet, zu weit draußen, und sie müsse dreimal die Woche nach Moskau, um neue Arbeit zu holen. Sie arbeitete damals für eine gewerbliche Genossenschaft, flocht irgendwelche Netze für irgendwelche Maschinen. Außerdem könne sie Oma Nila nicht ohne Hilfe alleinlassen. Da geriet Klawdija in Wut.

»Die Oma Nila laß aus dem Spiel. Die nehmen wir auf die Datscha mit. Die wird es dort sogar noch besser haben.«

»So weit willst du die Oma schleifen? Du bist wohl nicht bei Trost?«

»Und hier hat sie es gut, bei euch?«

»Sie braucht medizinische Versorgung. Die Poliklinik. Du denkst an die Kinderfrau, nicht an die Oma. Aber Kinderfrau hat sie genug gespielt.«

Oma Nila widersprach, sagte, sie sei gar nicht so schlecht beieinander. Tante Polja tadelte die Tochter: warum habt ihr das Mädel nicht in den Kindergarten gegeben? Damit sie mit dem Kindergarten aufs Land fährt. Sie hätte gehört, daß Klawdijas Fabrik einen sehr guten Kindergarten hat.

»Du hast es gehört! Du willst das Kind bloß lossein! Und das nennt sich Großmutter!« Klawdija kam immer mehr auf Touren. »Mein Gott, wie oft hab ich mir schon geschworen, sie um nichts mehr zu bitten ...!«

Der Vater begann irgendeine Litanei. Was er mit zahnlosem Mund vor sich hinkaute, war nicht zu verstehen. Die Frauen beschimpften sich, zwar nicht grob und ordinär, aber unerträglich öde und hoffnungslos, ohne sich im mindesten vor Sonja zu genieren. Klawdija zieh ihre Mutter des Egoismus, sagte, niemand würde an das Kind denken, jeder nur an sich, aber was solle sie nun tun? Keiner wollte mitfahren, und die Kaution sei auch verfallen. Freilich, wenn sie das gewußt hätte, dann hätte sie das Mädel im Kindergarten untergebracht, jetzt sei es zu spät dafür. Tante Polja sagte:

»Das kommt davon, daß du nicht mit deiner Mutter sprichst. Immer stumm und stumm, direkt wie ein Tier. Was hab ich dir denn Böses angetan?« Tante Polja begann zu weinen.

Da sagte Sonja plötzlich:

»Wollen Sie, daß ich Ihnen unsere Datscha zur Verfügung stelle? Dort steht eine Sommerhütte, sehr bequem, mit Strom und Wasser. Swetotschka, möchtest du mit mir auf die Datscha fahren?«

»Ich möchte«, rief Swetotschka und machte einen Luftsprung.

Niemand beachtete Sonjas Worte, so als hätte man sie nicht gehört. Das Gezänk ging weiter. Der Vater sagte:

»Reg dich nicht auf, die wird schon fahren.«

Tante Polja schüttelte weinend den Kopf:

»Ich will nicht in diese Herrgottsweite fahren ... Und mit ihr schon gar nicht, die mich so haßt ...«

Sonja flüsterte Glebow zu:

»Sag ihnen, daß das mit Brusskowo in Ordnung geht ...«

Klawdija wandte sich plötzlich Sonja zu.

»Mädchen, halten Sie sich bitte aus unseren Angelegenheiten heraus. Vielen Dank für den Vorschlag, aber Ihre Datscha können wir uns nicht leisten, und sie kommt auch sonst nicht in Frage.«

»Das war grob!« sagte Glebow. »Komm, Sonja, gehen wir.«

Sie kehrten in Glebows Zimmer zurück, setzten sich auf die Couch, die mit einer Wolldecke bedeckt war. Glebow verschloß die Tür und schaltete über ihren Häuptern die Lampe mit dem Papierschirm an der Wand an. Wie viele Abende und Nächte hatte er unter dieser Lampe zugebracht, auf der Couch hingestreckt, lesend, träumend! Er lehnte sich mit Schultern und Nacken gegen die Bretterwand – eine seiner liebsten sybarithischen Posen, was durch den von seinem Kopfhaar herrührenden Fettfleck auf der Tapete bestätigt wurde –, Sonja setzte sich daneben, duckte sich tief in die Mulde der alten Couch, schmiegte sich an ihn, legte ihren Kopf auf seine Brust. Er umarmte sie mit dem linken Arm, während er mit der Rechten den bestrumpften Schenkel streichelte. Über dem Strumpf war ein schmaler Streifen nackte Haut. Jenseits der hölzernen Zwischenwand hielt der zähflüssige Streit an. Man konnte jedes Wort hören, Glebow fürchtete, daß Klawdija etwas Furchtbares, Nichtwiedergutzumachendes sagen würde, das Sonja nicht wissen durfte. Er streichelte mit der Handfläche den ihm gehörenden, absolut zugänglichen kühlen Hautstreifen und sprach davon, daß seine Base dünkelhaft, unerzogen sei, sie hätte bloß sieben Klassen gemacht, dann ein Technikum besucht, er wüßte nicht, worüber er mit ihr reden solle. Sie arbeitet als Meister in einer Textilfabrik, Kolja, ihr Mann, im gleichen Werk als Einrichter.

»Mir hat diese Frau einfach leidgetan ... Sie ist so verbittert, man kann gar nicht hinschauen ...«, sagte Sonja. »Und deine Tante tut mir auch leid, ich glaube, sie ist gut, und schön ist sie ... Und das kleine Mädchen ist reizend, aber etwas schwächlich ... Alle tun sie mir so leid, alle, alle. Das ist schlecht, wie? Das ist unnötig?«

»Aber warum denn! Das ist gut. Und notwendig«, sagte Glebow, der im Streicheln der Haut unter dem Strumpf fortfuhr und der, zur größeren Bequemlichkeit der Hand, den Strumpfhalter gelöst und den Strumpf ein Stück heruntergerollt hatte. Er hätte alles tun können, was er gewollt hätte. Sie ergriff die Finger seiner linken Hand und preßte die Hand an die Lippen. Die Stimmen hinter der Wand wollten nicht verstummen, das war etwas ärgerlich, und dennoch spürte er über diesem Ärger eine riesengroße stille Freude: weil ihm diese Frau ergeben war. Und zwar eine ungewöhnliche Frau. Letzteres erriet er und prägte es sich ein, seiner Hand den Befehl erteilend, Befriedigung beim Streicheln des Schenkels der ungewöhnlichen Frau zu empfinden, die ihm voll und ganz angehörte.

Der Sommer verging. Glebows letztes Institutsjahr – es war das fünfte – brach an. Und dieses nun geschah im Herbst – es war schon kalt, bestimmt November –, als Glebow voller Energie sein Diplom vorantrieb.

Man bat ihn in die Lehrabteilung. Dort war ein gewisser Drusjajew, unlängst ernannt, Glebow kannte ihn kaum. Der fragte ihn nach dem Diplom, wie und was und in dem Stil. Glebow schrieb seine Diplomarbeit über die russische Journalistik der achtziger Jahre. Ein unabsehbares Thema, Glebow ertrank im Stoff, kämpfte mit tausend Zitaten und tausend Zeitungsseiten.

Drusjajews Fragen verrieten Sachkenntnis. Er rezitierte sogar aus dem Gedächtnis einen seltenen Spottvers auf Pobedonoszew und das Heilige Synod. Oder hatte er ihn extra fürs Gespräch einstudiert? Glebow musterte den müden, schlaffgesichtigen, offenbar herzkranken Mann. Wie oft bei Herzkranken, war in Drusjajews Augen eine trüb verschwiegene Traurigkeit. Glebow dachte: War es wirklich nötig gewesen, einen Kurier in den Hörsaal zu entsenden und darauf zu bestehen, daß Glebow sofort, unverzüglich? ...? Drusjajew trug einen Offizierskittel, dazu eine Zivilhose, die ihrerseits in aufdringlich knarzenden Schaftstiefeln steckte. Das Ganze wirkte eklektisch. Das offiziöse Geknarze und der nicht minder offiziöse Kittel paßten nicht so recht zur Traurigkeit in den Augen und zum Gespräch über liberale Redakteure, zum fast aufmüpfigen Augengeblinzel wegen des Reaktionärs Suworin: »Unter uns gesagt, Glebow, war Suworin ein kapitales Mannsbild! Und hoch begabt!«

Eines freilich ging Glebow, während er mit Drusjajew sprach, nicht aus dem Sinn: sein Gesprächspartner war noch unlängst Militärstaatsanwalt gewesen, man hatte ihn erst vor einem Jahr demobilisiert. Aspirant Schirejko guckte ins Zimmer hinein. Steckte seinen bebrillten Schwarzkopf scheinbar nur für eine Sekunde rein, beschloß aber, als er Glebow sah, einzutreten. Ging durchs Zimmer zum Tisch, setzte sich auf einen Stuhl, leicht und unbefangen wie daheim. Glebow ging sogleich etwas auf: oho! Schirejko war damals am Arrivieren, noch als Aspirant. Glebow hörte seine Vorlesung über Gorkij, statt Astrug eingerückt. Drusjajew fragte:

»Ihr Studienleiter ist Nikolaj Wassiljewitsch Gantschuk?«

Wie in dem Kinderspiel »heiß oder kalt« witterte Glebow, daß hier die heiße Stelle war. Drusjajew sagte nicht »Gantschuk«, das hätte trocken und unfreundlich geklungen, sagte auch nicht »Nikolaj Wassiljewitsch«, was eigentlich am nächsten gelegen hätte, sofern man sich nicht des freundschaftlich familiären und häufig verwendeten »Nikwas« bedienen wollte, er wählte die präzis offizielle Formel »Nikolaj Wassiljewitsch Gantschuk«, wie bei der Überreichung eines Ehrenpreises oder in einer Traueranzeige. Es klang ehrerbietig und schied die genannte Autorität zugleich auf dezenteste Weise von einem angenommenen kollektiven Ganzen. Voller Kontakt mit dem Studienleiter? Keinerlei Probleme? Glebow bestätigte das eine wie das andere. Drusjajew durchbohrte Glebow mit einem ganz anderen und, wie es diesem erschien, *staatsanwältlichen* Blick, seine Kränklichkeit war wie weggeblasen, er richtete sich gerade auf, sein Kittel schien in die Breite zu wachsen.

»Verstehen Sie, Glebow, das ist eine knifflige Sache ... Weshalb habe ich Sie zu mir eingeladen? Aber bitte *entre nous*, wie die Franzosen sagen. Genosse Schirejko kennt unsere Sorgen, er ist im Bilde.« Drusjajew nickte zum Genannten hinüber, der aufmerksam und mit strenger Miene lauschte. »Seine Anwesenheit darf Sie daher nicht verwundern. Wir sind hier alle etwas in Verlegenheit gekommen. Sie wissen, daß Nikolaj Iwanowitsch Gantschuk Sie auf die Liste jener Diplomanten gesetzt hat, die für eine Aspirantur vorgeschlagen werden? Sie wissen es nicht? Es ist neu für Sie? Eine angenehme Neuigkeit, was? Zudem ist er Ihr Studienleiter. Und außerdem sind Sie sein zukünftiger, wie nennt man das doch, Schwiegersohn? Sie entschuldigen, unsere Aufklärer haben gut gearbeitet. Und ich, als ein Mann der Armee, habe es mir angewöhnt, den Ergebnissen der Aufklärer zu vertrauen ...«

Drusjajew schlaffte wieder ab, lächelte sogar. Freilich wandte sich sein Lächeln nicht an Glebow, sondern an Schirejko. Glebow brummte etwas vor sich hin und machte eine nicht deutlich artikulierte Kopfbewegung, was dennoch heißen sollte, daß er die Erkundungsergebnisse der Aufklärer nicht abstreitet.

»Sehen Sie, Glebow«, fuhr Drusjajew fort, »wir haben nichts gegen Ihre Aspirantur und nichts dagegen, daß Gantschuk Ihre Diplomarbeit betreut. Erst recht haben wir keine Einwände dagegen, daß Sie in ein Verwandtschaftsverhältnis mit dem Professor treten. Wir haben auch niemals Bedenken angemeldet – ich bin hier neu, aber die Genossen haben mir berichtet, diese Frage sei niemals angeschnitten worden –, daß Gantschuks Ehegattin, Julia Michajlowna Brüss, an unserem Institut am Lehrstuhl für Linguistik arbeitet und eine Arbeitsgruppe leitet. Begreifen Sie, was der springende Punkt ist? Einzeln genommen ist alles vorzüglich, summiert ist es zuviel des Guten.«

»Das riecht nicht besonders gut«, bekräftigte Aspirant Schirejko und fügte hinzu: »Ich meine, moralisch gesehen.«

Glebow fragte: was weiter? Welche Vorschläge liegen vor? Gab sich sogar etwas provokant, sehr wohl begreifend, daß nicht auf ihn gezielt wurde. Jene zwei begannen zu erklären, es sei so schwer mit dem Alten zu reden, er ist Kritik einfach nicht mehr gewöhnt, die älteren Kollegen weigern sich, in Verhandlungen mit ihm einzutreten, aber irgendwie muß man ihm das doch zu verstehen geben. Sonst ist es hinterher zu spät! Wenn das Gerücht erst einmal die Instanzen erreicht hat. Ob sich Glebow nicht bereit erklären würde, ruhig, mit dem Recht des Verwandten, mit Gantschuk zu sprechen und ihm die Lage zu umreißen. Soll

Gantschuk selber einen anderen Diplomvater für Glebow finden. Soll er eine Erklärung aufsetzen. Auf egal welche Ursache hinweisend. Das alles ist im Grunde Kram und Quatsch. Eine Formalität. Soweit, Genosse Glebow, die Geheimnisse des spanischen Hofes. Wie steht es also? Sind Sie bereit, in erster Linie sich selber zu helfen?

Glebow erschien die Sache überaus einfach und klar, er sagte, er sei einverstanden. Mit diesem Tag begann ein Spuk, der ihn verwirrte, lahmlegte, zerfleischte.

Wenn er im voraus gewußt hätte, wohin der Hase laufen würde! Doch Glebow war in irgendeinem Punkt taub auf dem inneren Ohr. Weitsicht war nicht seine Stärke. Die verwickelten Schachzüge, die später zutage traten, waren für ihn ein Buch mit sieben Siegeln. Freilich konnte keiner irgendwas voraussehen. Und jener Drusjajew, der so kühn und hinterlistig die Unterminierung der von einer mächtigen Mauer geschützten Festung in die Wege leitete, ahnte nicht, daß er genau zwei Jahre später, von überall hinausgefeuert und vom Schlag getroffen, in einem Sessel am Hoffenster sitzen und, die zitternden Hände gekrümmt, seiner Frau durch Muhen zu verstehen geben wird, daß er Lust auf eine Zigarette habe. Und noch ein weiteres Jahr später wird Aspirant Glebow in der Zeitung eine kleine Anzeige lesen: »... tieferschüttert ... nach langer schwerer Krankheit ...« Man erzählte, an Drusjajews Begräbnis hätten acht Personen teilgenommen, alle waren durch ein anderes Begräbnis, kurz zuvor, aufgewühlt, die Sache war im März, aber nicht einmal darum ging es so sehr. Sondern darum: Drusjajew war genauso blitzschnell wieder weg, wie er aufgetaucht war. Und aufgetaucht schien er nur deshalb zu sein, um irgendeine Mission wie im Flug zu erledigen. Angeflogen, ausgeführt, verschwunden. In den ersten Stunden, über Drusjajews Vorschlag nachsinnend, wähnte Glebow, der Vorschlag sei durch die Sorge um seinen, Glebows, erfolgreichen Diplomabschluß ausgelöst worden. Welche Naivität! Die Aufgabe bestand ausschließlich darin, so kam es ihm vor, einen Menschen zu finden, der sich bereit erklärt, jene Arbeit zu unterschreiben, die Gantschuk als Glebows

Studienleiter leisten wird. Eine reine *Formalität*, die fürchten sich vor *formalen* Unannehmlichkeiten.

Er beschloß, am nächsten Abend, wenn er zu Sonja ginge, mit Gantschuk zu sprechen. Das einzige, das ihn etwas in Verlegenheit brachte und woran er zunächst nicht gedacht hatte: wie soll er dem Alten das beibringen, worüber sich Drusjajew so grob und geradeheraus geäußert hatte? Obwohl zwischen ihnen alles abgemacht war, hatten sie den Eltern offen und ausdrücklich noch nichts gesagt. Hier zeichnete sich eine Ungereimtheit ab: Gantschuk einen so wichtigen Entschluß zu verkünden und gleichzeitig und im Zusammenhang damit Drusjajews Vorschlag zu erwähnen, wäre ziemlich blöd gewesen, mehr sogar: ein solches Gespräch zu beginnen, wäre, Glebow spürte es plötzlich, in jedem Fall eine Taktlosigkeit. Es hätte bedeutet, daß er die Ereignisse künstlich vorantreiben will, die ihren eigenen stetigen Gang nehmen müssen.

Am besten wird es sein, die ganze Geschichte im Sand verlaufen zu lassen. Vielleicht werden ihre Erfinder sie wieder vergessen, oder die Sache erledigt sich ganz von selber. Glebow setzte überhaupt gern auf das »ganz von selber ...«.

Am nächsten Tag ging er nicht zu Sonja, auch nicht am übernächsten und am überübernächsten. Durchaus nicht vorsätzlich, es fanden sich triftige Hinderungsgründe, er hatte Sorgen, mußte was dazuverdienen, sozusagen auf unterster Ebene: durch das Spalten von Brennholz in irgendwelchen Bretterscheunen hinter der Moskwa, zu zweit mit einem Kumpel. Der Winter brach an, Holzhakker waren gefragt. Unterschwellig hatte er aber den Wunsch, das Unangenehme hinauszuzögern, damit es sich vielleicht erübrige. Es erübrigte sich nicht! Nach dem Seminar sprach Schilejko ihn an: »Haben Sie mit ihm gesprochen?« Glebow tat, als hätte er nicht verstanden: »Mit wem?« – »Mit Ihrem Diplomvater. Oder auch Schwiegervater in spe.« – »Richtig! Nein, noch nicht. Ich habe noch nicht mit ihm gesprochen. Es hat sich keine Gelegenheit ergeben.« – »Finden Sie doch bitte eine Gelegenheit«, bemerkte Schilejko frostig. »Wir müssen Sie irgendwo einschreiben, dahin oder dorthin.«

Allerhand, was dieser Aspirant sich erlaubte! Glebow war beunruhigt. Jetzt begriff er, daß Nachgiebigkeit aus dieser Richtung nicht zu erwarten sei. »Ganz von selber« würde es diesmal nicht laufen. Sonja rief an. Was denn los sei? Irgendwas passiert? Er nannte das, was wirklich war: das Geldverdienen. Sie war besorgt: »Du hast dich hoffentlich nicht überarbeitet? Dir keine Krankheit geholt?« Abends kam Glebow zu ihr und erzählte ihr alles über Drusjajew und Schilejko. Etwas Dümmeres hätte er nicht tun können. Auf welche Hilfe hatte er gehofft? Sie war völlig verdattert, sagte fast nichts, wiederholte:

»Wie du willst, was du für richtig hältst ...«

Damals fiel ihm zum erstenmal dieser Blick an ihr auf: der von Verwunderung erfüllte Blick.

»Ich glaube fast, ich hätte es dir nicht sagen dürfen?« fragte er.

»Ja, vielleicht hast du recht.« Und wieder musterte sie ihn, lächelnd und voller Verwunderung. »Hier ist ein Hinterhalt. Weißt du, wie ich an deiner Stelle geantwortet hätte?«

»Wie denn?«

»Ich hätte gesagt: hören Sie, das ist doch maßlos unfein! Finden Sie nicht, daß das sehr unfein ist?«

»Ich habe versucht, es ihnen auszureden«, log er.

»Wie konnte das bekannt werden? Warum wird darüber geredet?« Ihre Stimme bebte, in die Augen traten Tränen. Er machte Anstalten, sie zu umarmen, doch sie entzog sich ihm leicht und kokett, mit einer an ihr sonst ungewohnten Bewegung. »Das was mit uns geschehen ist, geht doch nur uns beide an.«

»Ehrlich, ich war überrumpelt ... Ich habe es erklären wollen«, murmelte Glebow, im Lügen fortfahrend. »Ich habe gesagt, es sei eine Taktlosigkeit ...«

»Du hast es ihnen erklärt? Hast gesagt, das seien müßige Erfindungen?« Sonja lächelte wieder. »Ich sage dir, das ist ein raffinierter Hinterhalt! Nein, Dima, das alles ist ein Alptraum. Wir dürfen den Vater nicht in unsere Beziehungen hineinziehen. Auch Mutter hat jetzt Unannehmlichkeiten. Dorodnow hat sie zu sich zitiert und erklärt, sie müßte eine

Prüfung ablegen. Zum Erwerb eines sowjetischen Hochschuldiploms sowie der Rechtsapprobation. Sie besitzt ein Diplom der Universität Wien. Sie unterrichtet seit zwanzig Jahren. Komisch, was?« Sonja nahm seine Hand. »Dima, ich will dir was sagen: du bist absolut frei. Handle, wie du es für richtig hältst. Und um Gottes willen tu nichts mit Gewalt ... Verstehst du mich?«

Er nickte finster mit dem Kopf. Beim Abendessen erzählte die maßlos erregte Julia Michajlowna von ihrem Gespräch mit Dorodnow. Wie freundlich und zuvorkommend Dorodnow gewesen sei, wie er seine Lippen zu einem Herzchen schürzte, sie mit »meine liebe Julia Michajlowna« anredete und die ganze Sache so darstellte, als hätte er mit dieser Intrige persönlich nicht das Geringste zu tun. Als würden gewisse Leute, üble Bürokraten, Menschen ohne Gesicht und Namen, auf einer Einhaltung der Formalitäten bestehen. Wieder die Formalitäten! Dorodnow war untröstlich, er entschuldigte sich. Doch als Julia Michajlowna bemerkte, Sima – das war eine andere Lehrkraft – hätte zwar die *Dialektik der Natur* von Engels kreuz und quer exzerpiert, trotzdem würde diese Sima nicht so gut deutsch können wie sie, Julia Michajlowna, bekam Dorodnow plötzlich runde Augen und sagte entgeistert: »Aber Sie werden doch nicht abstreiten wollen, liebe Julia Michajlowna, daß die Sprache ein Klassenphänomen ist!« Julia Michajlowna lachte, als sie davon erzählte. Gantschuk lachte mit, blickte dann wieder mürrisch. Von etwas anderem als dieser anekdotischen Neuigkeit mit der Ablegung einer Prüfung war bei Tisch nicht die Rede. Es ging laut zu, man mutmaßte, rätselte, lachte. Julia Michajlowna hatte plötzlich ihre schauspielerische Ader entdeckt, sie legte eine lustige Parodie auf Dorodnow hin. Kunik erzählte Akademiehistörchen, Julia Michajlownas Schwester Elfrieda Michajlowna, oder auch Tante Elli, wie sie von Sonja genannt wurde, die ihrer Schwester überhaupt nicht glich, eine beleibte, selbstbewußte Dame mit blondgefärbtem Haar, prangerte laut und empört den Bürokratismus an. Elfrieda Michajlowna war Journalistin und arbeitete beim Rundfunk. Sie führte

Lenins Worte an, der Kampf mit den Bürokraten würde Jahrzehnte erfordern. Für den erfolgreichen Ausgang dieses Kampfes seien durchgängige Allgemeinbildung und Kultur die Voraussetzung. Der Bürokratismus sei natürlich eine Äußerungsform der Kleinbürgerlichkeit, was man nicht vergessen dürfe. In Gegenwart Gantschuks redete Tante Elli in belehrendem kategorischem Ton, als wäre nicht er, sondern sie der Professor. Überhaupt war diese Frau ihm, Glebow, unsympathisch, vielleicht deshalb, weil auch er ihr – das spürte er – irgendwie mißfiel. Er zahlte den Leuten mit gleicher Münze heim. An ihr war etwas Versnobtes. Manchmal übersah sie seinen Gruß oder erwiderte ihn mit einem leichten hochmütigen Kopfnicken. Es gehörte zu ihrem Stil, ihm bei Tisch ins Wort zu fallen. Dieser Hochmut war nun wirklich fehl am Platz. Tante Elli war eine gescheiterte Publizistin, obwohl – sie – welcher Hohn! – als Fachmännin für internationale Fragen galt. Selbst dies versöhnte Glebow nicht mit Tante Elli, daß die Tante als der Held in der Familie galt: Während des Krieges hatte sie zwei Wochen lang als Korrespondent in Barcelona gearbeitet. Dann wurde sie abberufen. Vermutlich wegen Dummheit. Tante Elli fragte: »Interessant, was mag wohl die soziale Herkunft von eurem Dorodnow sein? Ich möchte wetten: nicht proletarisch.«

Julia Michajlowna sagte, über Dorodnow wüßte sie nicht bescheid, doch von Drusjajew sei ihr genau bekannt, daß er der Sohn eines Müllers ist. »Da haben wir es! Tarnen sich mit marxistischen Phrasen, doch du brauchst nur an ihnen zu kratzen ...« Gantschuk sagte, sie sollten sich nicht in etwas hineinsteigern: Dorodnow sei nicht schlechter Herkunft. Er entstamme der Familie eines Eisenbahners. Alles ist gar nicht so einfach, meine Lieben. »Irrst du dich auch nicht?« beharrte Tante Elli. Gegen Ende des Abendessens beruhigten sich alle wieder ein wenig, die Lächerlichkeit der Episode mit Dorodnow hatte sich erschöpft, Julia Michajlowna und Tante Elli setzten sich ans Klavier und spielten vierhändig. Gantschuk und Kunik gingen ins Arbeitszimmer.

Und trotzdem war Sonja ganz anders! Sie sah alles auf andere Weise, nicht so wie ihre Verwandtschaft. Und machte sich insgeheim über diese lustig. Plötzlich flüsterte sie Glebow zu: »Weißt du, was der Vater von Mutter und Tante Elli war? Der Sohn eines Wiener Bankiers, allerdings eines verkrachten ...«

Nur sie allein schien das Lächerliche dessen zu bemerken, daß man über Dorodnow gelacht hatte, und in ihrem Lächeln war Wehmut.

Spät am Abend, als er Sonjas Zimmer verließ und durch das dunkle Eßzimmer ging, sah er, wie die beiden Schwestern – die fragile, dünnbeinige und die füllige mit dem mächtigen Hinterteil und dem kleinen Köpfchen, einem Teekannenwärmerweib nicht unähnlich – umschlungen dastanden, durch einen Shawl vereint, und durchs Fenster auf die schimmernden Lichter tief unten schauten. Dazu sangen sie leise schaukelnd etwas sehr Schönes.

Und dann weiß ich noch, wie wir aus jenem Haus an der Moskwa fortzogen. Regnerischer Oktober, Geruch nach Mottenpulver und Staub, im Korridor Bücherpacken, Bündel, Koffer, Säcke und Pakete. Dieser ganze *Krempel* muß vom fünften Stock hinabtransportiert werden. Die Schulkameraden sind gekommen, um zu helfen. Irgendwer fragt den Liftführer: »Wem sein *Krempel* ist das?« Der Liftführer sagt: »Das kommt vom fünften runter.« Er nennt keinen Familiennamen, zeigt auch nicht auf mich, obwohl ich dicht daneben stehe und er mich genau kennt, er sagt einfach: vom fünften runter. »Und wohin damit?« – »Keine Ahnung. Angeblich an den Stadtrand.« Er hätte mich fragen können, ich hätte es ihm gesagt, aber er fragt mich nicht danach. Ich existiere für ihn schon nicht mehr. Wer aus diesem Haus wegzieht, hört auf zu existieren. Mich würgt die Scham. Es bereitet mir Pein, die kläglichen Innereien unseres Lebens vor aller Augen auf der Straße bloßzustellen. Die Möbel in der riesengroßen Wohnung gehören dem Staat, die bleiben alle hier. Das Klavier haben wir vor einem Jahr verkauft. Auch die Teppiche haben wir verkauft. Aber ich hatte mich doch so gewöhnt an diese Tische, an die Stühle mit den blechernen Inventarnummern, an die schweren quadratischen Sessel, an die mit rauhem Tuch beschlagenen, nach Desinfektion riechenden Sofas! An die Türen mit dem matt körnigen Glas des fein verästelten Oberfensterkreuzes und an die Tapeten, die jetzt, nach dem Entfernen der Fotos, schmuddelig und kahl wirken und große nichtgebleichte Flecken aufweisen. Dies alles ist fast noch meines und doch auch schon fremd. Ich stehe unschlüssig vor der Karte Spaniens. Mitnehmen, nicht mitnehmen? Vor sieben Monaten ist Madrid gefallen. Die leidenschaftliche Sorge hatte ein Ende, die Fähnchen fielen wie Blätter ab. »Nimm sie mit!« sagt Anton. »Wir werden sie noch brauchen können.« – »Gib sie mir«, sagt Dima »Semmel«, der uneingeladen gekommen ist. Er schleicht überall hinter Anton her, wie ein Saugfisch hinter einem Hai. Die Großmutter kommt herein und sagt: »Wenn du die Karte nicht mitnimmst, wickle ich den Fleischwolf in sie ein.« Nein, ich nehme sie mit. Die Reißzwecken wegreißend, nehme ich die Karte von der Wand und falte sie achtmal zusammen. Aus der Karte wird eine dicke Broschüre. Man kann sie in die Manteltasche stecken. Diese Landkarte befindet sich bis heute unter meinen Büchern auf dem Bücherbrett. Viele Jahre vergingen. Ich habe sie kein einziges Mal entfaltet. Aber etwas, das so viele Leiden und Leidenschaften einsog, und mochten es auch kindliche Leiden und kindische Leidenschaften sein, das kann nicht einfach so zu nichts werden. Irgendwem wird es nützen. Damals, im Herbstnieselregen, neben dem Berg aus *Krempel* in Erwartung des Lasters ...

»Und jene Wohnung«, fragte Semmel, »in die ihr jetzt umzieht, wie ist die so?«

»Weiß ich nicht«, sage ich.

Dabei weiß ich es, Großmutter sagt, der Ort sei gut gelegen, gleich daneben ein Park, viel Grün, eine wunderbare Luft. Allerdings wird es Großmutter weit bis zur

Arbeit haben. Erst mit der Tram bis zur alten Stadtgrenze, dann mit dem Omnibus, insgesamt eine gute Stunde. Vorteilhaft ist aber, sagt Großmutter, daß sie in Tram und Omnibus jeweils an den Endhaltestellen einsteigen kann, in leere Wagen. Wir werden in einem kleinen Zimmer in einer Gemeinschaftswohnung leben. Das Zimmer liegt an der Sonnenseite und geht auf den Hof hinaus. »Ein sehr schönes Zimmer!« meint Großmutter. Dies alles möchte ich dem Semmel nicht erzählen. Mir ist nicht nach einem Gespräch mit ihm zumute. Wenn er wüßte, wie schwer mir ums Herz ist! Sie sind angerannt gekommen, machen Blödsinn, treiben ihre Späße, helfen Sachen tragen, sie sind bester Laune, und scheinen nicht zu erraten, daß wir uns vielleicht zum letztenmal sehen. Sie haben es gut, sie bleiben zusammen. Und ich ziehe ins Unbekannte, zu Menschen, die ich nicht kenne. Wo werde ich solche Kameraden finden: gelehrt wie Anton, geistreich wie Chimius, gütig wie Jarik? Und das Wichtigste. Das Allerwichtigste und Erzgeheimste. Wo treffe ich noch einmal einen Menschen wie Sonja? Nirgendwo auf der ganzen weiten Welt. Da braucht man gar nicht erst zu suchen, gar nicht erst zu hoffen. Freilich gibt es Leute, die sind vielleicht schöner als Sonja, haben längere Zöpfe und blauere Augen, dazu noch irgendwelche ganz besonderen Wimpern, aber das alles ist unwichtig. Weil die nämlich nicht den kleinen Finger von Sonja wert sind. Die Minuten vergehen, der Tag verdämmert, bald wird der Laster vorfahren, und Sonja ist nicht da. Alle wissen doch, daß heute das Scheiden beginnt. Warum kommt sie nicht wenigstens für ein paar Sekunden, hoch von dort droben, wo sie wohnt? Sie kommt nicht, sie kommt nicht, sie kommt nicht. Semmel fragt: »Wieviel Zimmer? Drei oder vier?« – »Ein Zimmer«, sage ich. »Und ohne Aufzug? Ihr werdet Treppensteigen?« Ihm ist so wohl beim Fragen, er kann sein Lächeln nicht verbergen.

Plötzlich sehe ich sie auftauchen, in der Tiefe des Hofes, unter dem Betonrundbogen. Schnell, ganz schnell, um den schwarzen nassen Hof herumbiegend, rennt sie auf unseren Aufgang zu. Kommt angerannt, fragt atemlos: »Noch nicht abgefahren? Das ist gut! Hier hast du was ... zur Erinnerung ...« Schiebt mir etwas zu, das in Zeitungspapier gewickelt ist und wie ein Buch aussieht. Blickt fröhlich: nicht auf mich, sondern auf alle, auf alle.

Reiseschach. Mit kleinen Löchern zum Hineinstecken der Figuren. So ein Schachspiel habe ich bei ihnen zu Hause gesehen. Aber jetzt macht mir das keine Freude. Jetzt ist Abschied. Fürs Leben, auf ewig! Weshalb begreifen die das nicht, wie furchtbar das ist: auf ewig? Ich bringe kein Wort heraus, blicke in das blasse, leicht sommersprossige Gesicht, sehe, wie es mit gütigen Augen lächelt, mit dem gütigen Blick der kurzsichtigen Augen, in denen nichts geschrieben steht außer einer fröhlichen Ruhe und mitfühlenden Wärme: für alle ...

»Dann auf Wiedersehen«, sage ich und strecke ihr die Hand entgegen. Der Laster ist vorgefahren. Großmutter ist aufgeregt und gereizt. Wir werfen unser Zeug in den Laderaum. Großmutter setzt sich neben den Fahrer, meine Schwester und ich klettern über die Laderaumwand und setzen uns auf die Sachen. Meine Schwester preßt den Kater Barssik an sich. Der Regen hört gottlob noch nicht auf, der Hof ist leer, niemand sieht unsere Abfahrt. Nur der Liftführer in seiner schwarzen Mütze ist vor die Eingangstür getreten, steht da, mit am Rücken verschränkten Armen, blickt nicht mich und meine Schwester an, sondern den Laster. Sein Kopf nickt kaum merklich, sei es zum Abschied, sei es in Gedanken versunken und diesen seinen Gedanken zunickend oder vielleicht sogar aus Freude: na endlich, Zeit war es! Der regendunkle asphaltierte Hof rückt fern, in dem mein Leben verging. Ich sehe die Freunde dieses verschwundenen Lebens, sie winken mir nach, ihre Gesichter erscheinen jetzt nicht mehr fröhlich, aber besonders traurig sind sie auch nicht, und das Mädchen lächelt jemanden an. Ich errate, daß sie den anlächelt, wegen dem sie mich zu verabschieden kam.

Es war wie am Kreuzweg im Märchen: Gehst du geradeaus weiter, verlierst du den Kopf, biegst du nach links ab, verlierst du dein Roß, reitest du nach rechts, dann droht dir auch irgendein Desaster. Freilich heißt es auch, in manchen Märchen: gehst du nach rechts, findest du einen Schatz. Glebow gehörte einer ganz bestimmten Rekkensorte an: er war bereit, an einem Kreuzweg bis zur letzten Möglichkeit auf der Stelle zu treten, bis zu jener Schlußsekunde, da du vor Erschöpfung wie tot umfällst. Ein abwartender Recke, ein Held im In-die-Länge-Ziehen. Einer jener Recken, die sich selber zu nichts entschließen können, die die Entscheidung ihrem edlen Pferd überlassen. Was war das nun: träger Leichtsinn, Sichverlassen auf das »Wirdschonschiefgehn« oder Ratlosigkeit vor dem Leben, das einem unablässig, Tag für Tag, größere und kleinere Kreuzwege vor die Nase stellt? Jetzt, da so viele Jahre vergingen und alle Wege und Pfade wie auf der flachen Hand sichtbar geworden sind, welche sich aus jener in Nebel gehüllten Ferne, von jenem vergessenen Scheideweg herschlängeln, tritt ein sonderbares Bild zutage, das in jener fernen Zeit nicht zu erraten war. So ähnlich ist es in der Wüste, wenn längst untergegangene, unter Sand begrabene Städte entdeckt werden. Die Entdecker orientieren sich an Konturen, die nur aus großer Höhe, vom Flugzeug aus, zu sehen sind. Vieles ist mit Sand bedeckt, auf ewige Zeiten verweht. Doch was damals augenfällig und einfach erschien, eröffnet sich jetzt plötzlich einem neuen Blick, und das Skelett der menschlichen Handlungen tritt hervor, ihr beinerner Umriß: der Umriß der *Angst.* Wozu die Angst in jener Grünejungenzeit? Unbegreiflich, unerklärlich. Nach dreißig Jahren ist nichts mehr freizuschaufeln. Doch das Skelett kommt an den Tag ... Sie *rollten ein Faß* auf Gantschuk. Das war alles. Sonst war nichts. Sonst war nur die Angst, eine lächerliche, blinde Angst, formlos wie ein in einem dunklen Kellerraum geborenes Wesen, Angst unbekannt wovor, Angst vor Zuwiderhandlung, Angst davor, ihnen Trotz zu bieten. Und das saß so tief, hinter so vielen Zwischenwänden verschanzt, von so vielen Erdschichten abgedeckt, daß scheinbar nichts dergleichen da war.

Scheinbar nur Nichtverstehen, scheinbar nur fehlende Liebe, scheinbar leichtfertige Blödheit. Ljowka Schulepnikow sagte, in der Pause, während eines Hockeyspiels im Stadion, wohin Glebow extra hingerast war, der Gauner hatte sich wegen Sonja und ihm verplappert, das war die undichte Stelle gewesen, jetzt soll er das gefälligst geradebiegen, Hilfe leisten, Rat geben – Ljowka also sagte voller Wut: »Du brauchst den Gantschuk überhaupt nicht!« – »Wieso brauche ich ihn nicht?« Irgendwo tief unten, unterschwellig, rührte sich bereits eine Vermutung. Freilich, er brauchte ihn gar nicht! Schulepnikow nahm kein Blatt vor den Mund: »Du brauchst ihn nicht, weil ich es sage! Hör auf mich, du Knallkopf!« Doch er schob es von sich fort, wollte nicht hören. Suchte nach Ljowka, um etwas von ihm zu erfahren, und sträubte sich gleich dagegen. So machte er sich selbst verrückt. Unendlich wichtig erschien ihm dies eine: kann ein Mensch von sich selbst genau wissen, ob er liebt oder nicht liebt? Über den anderen war er sich sicher: daß jener liebt. Hier herrschte völlige Gewißheit. Doch über sich? Das mußte begriffen werden, war lebensentscheidend, denn er stand am Scheideweg. Manchmal schien es ihm, er würde echt an ihr hängen, es sei ihm ernst, ganz ohne Quatsch, er hätte Sehnsucht, wenn er sie ein oder zwei Tage nicht sah, dann wieder ertappte er sich dabei, daß er einen ganzen Abend lang nicht an Sonja gedacht hatte. Wenn ihm das plötzlich einfiel, kam er wie zur Besinnung, sein Gedächtnis begann wieder zu arbeiten, er machte sich Vorwürfe wie ein Schüler, der etwas ausgefressen hat: »Was ist das nur mit mir? Das ist doch nicht gut so!« Aber gleich konnte der fast leidenschaftliche Wunsch über ihn kommen, sie so bald wie möglich zu sehen, er rief an, raste hin, traf eine Verabredung, überlegte sich die Umstände des Rendezvous'. In jenem Winter war Freund Pawlik Dembo aufgekreuzt, Beleuchter beim Film, der gab Glebow den Schlüssel zu seiner Wohnung in der Charitonjewskijgasse. Die zeitraubenden und kraftverschleißenden Lustreisen nach Brusskowo konnten jetzt entfallen. In jenem zweiten Winter hätte sein Eifer wohl auch gar nicht mehr für Brusskowo ausgereicht. Das war denn doch ein ganz schön weites Ende, es ging fast ein ganzer Tag drauf, auch blieb man meistens über Nacht. In der Charitonjewskijgasse nahm das alles zwei Stunden in Anspruch. Freilich war in Brusskowo alles anders. Dort quälten ihn keine Zweifel: was geht nun eigentlich vor mit mir? In der Charitonjewskijgasse, in Pawliks dunkler mickriger Bude, wo es immer nach Essen und Borstsch roch – unterhalb befand sich eine Kantine, die Küchengerüche drangen durch die Fußbodenritzen ins Zimmer, es kam auch vor, daß unten in der Kantine eine Jagd auf Küchenschaben begann, dann roch es nach Desinfektion und es drohte eine Invasion von Schaben –, in dieser fremden Junggesellen-Klause verspürte Glebow die ersten Anwandlungen der Unsicherheit, des Sich-nicht-mehr-Verstehens oder, schlichter gesprochen, der postamourösen Schwermut. Plötzlich wurden ihm die Zärtlichkeiten lästig, die Berührungen, sogar simple Worte, er rückte ein Stück weg, verdüsterte sich, die Umdüsterung war unbesiegbar, sie nahm gegen seinen Willen von ihm Besitz, er dachte bedrückt: »Kann denn Liebe einfach so verschwinden, innerhalb von einer Sekunde? Folglich ist es gar nicht Liebe. Das ist etwas anderes.« Natürlich war er damals ein junger Dachs, noch ziemlich dumm, jedoch in einem wichtigen Punkt, im Bestreben, zu diesem Wichtigen vorzudringen, war er kein Dummkopf. Wen quält das Rätsel: ob eine Liebe echt sei? Die Mehrzahl versucht das bei anderen zu erraten. Glebow indessen führte die Ermittlung hartnäckig in eigener Sache, denn er wußte es zwar nicht aus Erfahrung, ahnte es aber oder hatte in einem klugen Buch davon gelesen: Es gibt keinen infameren Bund als den auf Pseudoliebe begründeten. Hier würde Unglück und Untergang drohen oder aber jenes fade, sich endlos hinziehende Vegetieren, das man nicht einmal mehr Leben nennen kann. Aber wie dahinterkommen? Ihn beunruhigte, beschämte insgeheim noch dies: In der Charitonjewskijgasse ging es manchmal *nicht so gut* wie in Brusskowo.

Manchmal kam er nicht bis ans Ziel. Trotz langer, ausmergelnder Bemühung. Sonja verstand nicht, was mit ihm vorging, hätte vor Mitleid mit ihm fast geweint. Sie glaubte, selber schuld zu sein. Immer und in allem gab sie sich selber die Schuld. »Du brauchst eine andere Frau!« Er widersprach natürlich heftig, doch in der Tiefe des Herzens war er einverstanden: mag sein ...

Mag aber auch nicht sein! Es gab auch andere Stunden in der Charitonjewskijgasse. Woran kein Zweifel möglich war: das war ihre Liebe, ihre Güte. Ihm erschienen diese Gaben damals mager. Und es gab noch eine Gabe: das Unvermögen, Gedanken, Gefühle, Seelenregungen zu verbergen. Vor den anderen verstellte sie sich sehr gut! Aber nur, um sich mit ihm der schonungslosesten Offenherzigkeit hinzugeben. Einmal erzählte sie, wie sie und Kunik einmal fast den Verstand verloren hätten. Und wie sie ihn gekränkt hatte. Sie war achtzehn, Sommer in Brusskowo, Kriegsende, die Vorortzüge verkehrten unregelmäßig, so kam es, daß sie allein auf der Datscha waren. Nachts war ein Gewitter, die Blitze schlugen nebenan ein, alles dröhnte und wogte, die Verandascheiben platzten, der Regen strömte ins Haus. Sie aber hat Furcht vor Gewittern, stellt sich dann wie verrückt an, in einem solchen Zustand der Sinnesverwirrung stürzte sie zu ihm ins Zimmer, er schlief, wegen seiner Schwerhörigkeit hatte er den Donner überhört, er sprach beruhigend auf sie ein, hüllte sie in Decken, umarmte sie, bettete sie aufs Sofa, wurde davon selber irr. Durch ihre Angst hindurch, durch das Schüttelfieber der Angst, begriff sie plötzlich: dieser Mensch ist verrückt geworden. Er stammelte irgendeinen Unsinn, immer den gleichen: »Deine Mutti und meine Mutti ...« Es fehlte die Kraft zum Schreien, es fehlte die Kraft zur kleinsten Fingerbewegung, der Donner hatte sie in Eis verwandelt, und ihm fehlte die Kraft, sich zu bezwingen. Der Irrsinn hatte ihn gepackt und geknickt und am Boden plattgedrückt. Er kroch auf allen vieren heran und wollte von unten her das Sofa erklettern. Es war wie in einem Alptraum: Jede Bewegung erforderte einen unmäßigen Willensaufwand. Als er bereits neben ihr atmete und sie umfaßt hatte, stieß sie ihn zurück, er flog vom Sofa auf den Fußboden herunter und kroch wortlos davon, wie ein geprügelter Hund. Eine nicht wiederzugebende Qual: das was man empfindet, wenn man einem Menschen ins Gesicht geschlagen hat! Besonders einem guten, schwachen, nahestehenden Menschen, dessen einzige Schuld darin besteht, daß er den Verstand verloren hat. Sie litt Qualen, wußte nicht, was sie tun sollte, wie sie das Entsetzliche gutmachen sollte. Und er: was muß er erst empfunden haben? Aus Mitgefühl mit ihm und vor Gewissensqual war sie zu allem bereit ... Aber natürlich sprachen sie nie wieder davon: weder am Morgen noch sonstwann. Als wäre diese Nacht nie gewesen.

»Warum schweigst du?« fragte Sonja und begann, Glebow zu küssen. Der schwieg deshalb, weil ihn der Bericht ziemlich beeindruckt hatte, hinwiederum aber nicht so stark, daß er darüber hätte reden wollen. »Und was soll ich tun? Ihn zum Duell fordern?« Da begann sie leise, durch ihr Lächeln hindurch, zu weinen: »Nein, aber nein! Niemals, auf keinen Fall ... Einfach, ich habe es keinem erzählt, nur dir ...«

Davon erzählt zu haben, war für sie – obwohl doch damals eigentlich gar nichts passiert war – bereits eine Tat, ein Akt der Selbstreinigung. Nicht das mindeste wollte sie vor ihm verborgen wissen. Es war auch kaum was zum Verbergen da. In ihren zweiundzwanzig Jahren hatte sich wenig angesammelt: halbkindliche Freundschaften, fremde Leiden, die rätselhafte Erfahrung der Freundinnen, die Gehör und Rat bei ihr suchten. Sie gab Rat. Doch als alles auf sie selber niederstürzte, wahrte sie ihr Schweigen, sagte sie kein Wort. Die bildhübschen Unimädchen, die es einst in dies Haus gezogen hatte, in den Lärm, in die Güte, in die Nähe der Torten aus der Zuteilung für Mitglieder der Akademie, waren jetzt nicht wichtig. Sie bedurfte keiner einzigen von ihnen mehr. Und dies nicht etwa aus Hartherzigkeit, Eifersucht oder aus selbstischer Habgier, nein einfach deshalb, weil ihr ganzes Wesen von ihm erfüllt war und für andere kein Platz darin war. Wie konnte man ein solches Mädchen unglücklich machen? Ihr drohte etwas Furchtbares: Liebe, die lieblos ist ...

Über all diesem, das sich seelenquälerisch auftürmte, schimmerte geheim, damals unsichtbar, inzwischen konturiert, ein wenig stattliches Skelett namens *Angst.* Die war nun wirklich echt: die Angst. Aber das kommt später, viel später! Jahrzehnte vergehen, alles ist längst fortgeschwemmt und verschüttet, nichts ist zu begreifen, eine Exhumierung unbedingt erforderlich, aber niemand will sich diese höllischen Schürfungen aufhalsen – da tritt plötzlich aus der schiefergrauen Dunkelheit jenes Skelett hervor und an den Tag.

Es hatte gelautet: »Am Donnerstag erscheinen und sprechen!«

Als er, jäh begreifend, zu lügen begann: daheim sei jemand krank, unterbrach man ihn sogleich mit den fünf Worten: das ist *mehr als Pflicht.* Da begriff er auch noch dies, daß er einen Fehler gemacht hatte. Er hätte es nicht von vornherein ablehnen dürfen, unter Berufung auf jemandes Krankheit, denn wenn etwas *mehr als Pflicht* ist, dann werden Maßnahmen getroffen, die Verwandtschaft wird alarmiert, eine Pflegerin besorgt, aber wenn eine jähe Unpäßlichkeit, der Teufel soll den Virus holen, über einen kommt, beispielsweise am Mittwoch ... Doch es war bereits zu spät. Er sagte, er würde unbedingt kommen, obwohl er keine Sekunde daran glaubte. Im Grunde war das für ihn ausgeschlossen. »Sie müssen nicht einfach kommen, sie müssen sprechen!« lautete die nachdrückliche Korrektur. »Wenigstens das in Kürze wiederholen, was Sie uns damals gesagt haben. Von ihnen wird nichts Grundlegendes verlangt ... Einige reale Details, aber das unbedingt ... Ohne das kommt bei uns nichts zustande ...«

Dieser Satz bohrte sich ins Bewußtsein wie ein Eisenstift. Viele Stunden sann Glebow darüber nach, wiederholte er ihn stumm im gleichen Tonfall, in dem Drusjajew ihn geäußert hatte, versuchte dahinterzukommen: war das eine Drohung oder eine Feststellung, war diese

Floskel auf ihn, auf Gantschuk oder auf die Verwaltung gemünzt? Bei wem »kommt nichts zustande«? Vor einigen Tagen, im Gespräch mit Drusjajew und Schirejko – das waren die beiden führenden Motoren beim *Anrollen des Fasses*, der übrige Lehrkörper unterwarf sich zögernd oder mit geheimem Murren –, hatte er unglücklicherweise jene armseligen Statuetten erwähnt, die in Gantschuks Arbeitszimmer oben drauf auf dem Bücherschrank standen. Drusjajew bat gutmütig, mit gewinnender, freundlicher Miene: »Wadim, beschreiben Sie doch bitte, wenn das möglich ist, das Arbeitszimmer von Nikolaj Wassiljewitsch. Welche Bücher, welche Bilder an den Wänden, welche Fotos?« Das war so etwas wie eine verbale Leibesvisitation, so wie es verbale Porträts gibt. Glebow beschloß, bestimmte Bücher und Fotos, die in seinem Gedächtnis haften geblieben waren, nicht zu erwähnen, zum Beispiel ein gemeinsames Foto von Gantschuk und Demjan Bednyj aus dem Bürgerkrieg, beide in Rotkavalleristenmützen, und ein Foto von Losowskij mit Widmung. Losowskij stand damals noch hoch im Kurs, aber Glebow wollte sichergehen. Die kleinen Gipsbüsten hingegen, die wie Soldaten in Reih und Glied direkt unter der Zimmerdecke standen, erwähnte er einfach aus Jux: er wertete das als halbanekdotisches Detail. Doch Aspirant Schirejko machte ein strenges Gesicht und fragte metallisch: »Interessant, welche Philosophen Professor Gantschuk auf seinem Bücherschrank stehen hat?« Glebow konnte sich nicht an alle erinnern, insgesamt mochten es acht Büsten sein. Im Gedächtnis behalten hatte er Platon, Aristoteles, eventuell noch Kant und Schopenhauer, irgendwas aus der deutschen Ecke. »An Philosophen der materialistischen Richtung können Sie sich nicht erinnern?« Glebow strengte, erinnernd, sein Gehirn an. Spinoza war auch noch dabei, aber er hätte es nicht beschwören können. »Ja freilich, der Baruch Spinoza«, sagte Schirejko. »Aber der ist kein echter Materialist. Und die antiken Materialisten? Demokrit, Heraklit? Oder die Franzosen? Und wie steht es mit Hegel? Mit Ludwig Feuerbach?« Glebow hatte bereits begriffen, daß er mit seinem Hinweis auf die Philosophenbüsten einen Fehler begangen hatte, aus dieser Mücke können die jetzt einen Elefanten machen, deswegen versuchte er es mit einem Rückzieher: er wüßte das nicht mehr so genau. Vielleicht auch Materialisten, wahrscheinlich sogar. Dann fragten sie ihn, auf welche Weise Gantschuk sein Diplom betreue, welche Ratschläge er gäbe, welche Bemerkungen und Empfehlungen er mache. Ob in seiner Methodologie nicht alte Sünden anklingen? Beispielsweise die Perewerserei. Glebow wies das entschieden zurück. Aber jene ließen nicht locker. Unterschätzung des Klassenkampfes? Überschätzung des Unterbewußten? Getarntes Menschewikentum? Glebow wehrte sich verzweifelt gegen dies Sündenregister, er begriff, daß es im Falle eines Falles auch auf ihn abfärben würde. Aber wenn ein Mensch leidenschaftlich danach dürstet, *ein gewisses Etwas* zu Gehör zu bekommen, fällt es einem schwer, ihm nicht wenigstens einen halben Schritt weit entgegenzukommen, nicht wenigstens ein kleines Quentlein dieses *Etwas* aus sich herauszudrücken. »Glebow, Sie widersprechen sich. Eben sagten Sie doch noch ...« – »Nun gut, in gewissem Maße ... Aber wirklich minimal ... Ich maß dem keine weitere Bedeutung bei ...«

Beim Abschied bat ihn Drusjajew lachend und halb im Scherz – Drusjajew spielte abwechselnd den Staatsanwalt und den Lächler und Spaßvogel, während Schirejko seinem stählernen Auge keine Sekunde Abschlaffung gönnte – *spaßeshalber* doch mal nachzusehen, welche Philosophen denn nun wirklich dort auf dem Bücherschrank stehen. Glebow versprach es. Er dachte: welch ein Superquatsch! Schwachsinn in höchster Potenz. Was wollen die bloß aus diesen Statuetten quetschen? Es scheint nicht gut um sie zu stehen, wenn sie zu derlei Mätzchen greifen. Schirejko sagte plötzlich mit seiner harten Stimme: »Ich muß Ihnen widersprechen, Genosse Drusjajew. Wir brauchen das nicht *spaßeshalber*, sondern um der Wahrheit willen: um zu ermitteln, welches die wahren Idole des Professors sind. Das ist nicht eitle Neugier, das ist sehr reell.« Und Drusjajew, der Leiter der Lehrabteilung, benahm sich wie ertappt, kroch fast vor dem Aspiranten: »Aber natürlich, Genosse Schirejko. Ich teile Ihre Ansicht voll und ganz.«

Glebow erschrak beim Zuhören, zugleich war er dem Lachen nahe. Idole! Von Blödsinn gravitätisch reden! Diese Idole oben auf dem Bücherschrank hat man seit zwanzig Jahren nicht mehr abgestaubt. Sie hocken dort oben in stolzer Höhe und lassen die Betrachter über ihre Identität im unklaren. Aber abgemacht, falls das so interessant ist, wird er es herausfinden.

Dann gab es eine Teerunde bei Gantschuk. Der Alte fragte leichthin: ob es stimme, was man ihm im Rektorat gesagt hatte: Glebow wolle den Betreuer seines Diploms wechseln?

»Wie bitte?« fragte Julia Michajlowna mit großer Verwunderung. »Dima will den Betreuer seines Diploms wechseln? Das heißt: dich? Das finde ich großartig!« Sie lachte.

»Auch mich hat das sehr erheitert.«

»Besonders geschickt war die Wahl des Zeitpunkts.«

»Das kann man wohl sagen, allerdings. Noch geschickter geht nicht mehr. Übrigens wird Samstag oder Sonntag ein Artikel von Schirejko erscheinen – du kennst ihn nicht, das ist unser Aspirant, ein Hochstapler – unter dem Titel *Prinzipienlosigkeit als Prinzip.* Meine Leute haben es gemeldet. Ein langer Riemen.«

»Und wen meinen die damit?« fragte Julia Michajlowna und bedeckte mit dem Ausdruck des Entsetzens ihren Mund mit der Handfläche.

»Nicht nur mich, aber ich bin die Hauptfigur. Der Läufer im Schachspiel! Natürlich bin ich ein aufgeblasener Wicht, und, was besonders abscheulich ist, abgrundtief prinzipienlos.«

»O weh ...«, stöhnte Julia Michajlowna.

Sonja war bleich geworden und blickte mit verzehrendem Blick auf Glebow, der aber war wie erstarrt, konnte sich weder bewegen noch ein Wort herausbringen.

»Die Einzelheiten kenne ich nicht, ich habe das Ding selber nicht gelesen. Jedenfalls geht es dort um unbewältigten Menschenwismus, was mich doch etwas verwundert hat, weil ich mein Leben lang gegen das Menschenwikentum vom Leder gezogen habe. Hier liegt eine winzige Unstimmigkeit vor. Die Burschen hätten meine Biographie ein klein wenig besser durchforsten müssen. Aber im großen und ganzen ...«

»Warum schweigen Sie, Dima?« rief Julia Michajlowna und klatschte mit der Handfläche gegen den Tisch.

»Ich weiß nicht ... Sonja soll es sagen ...«, murmelte Glebow und stand vom Tisch auf. Er ging, rannte fast in Sonjas Zimmer.

Sonja kam lange nicht. Er wanderte von Zimmerecke zu Zimmerecke, rauchte eine Zigarette nach der anderen, machte sich Vorwürfe, sich Gantschuk nicht rechtzeitig erklärt zu haben, hatte eine heftige Wut auf Drusjajew. Das hatten die extra so hingedreht: dem nichtsahnenden Professor die Sache mit dem Diplom unter die Nase zu halten. Um Glebow die Entscheidung aufzuzwingen und zugleich seine Beziehungen zu Gantschuk zu trüben.

Aber noch habt ihr euer Spiel nicht gewonnen! Was tut ihr, wenn ich mich versteife, wenn ich gegenziehe? Wer gibt euch überhaupt das Recht? Wo sind die gesetzlichen Grundlagen?

Sonja kam ins Zimmer gerannt, stürzte auf Glebow zu.

»Dima, du siehst schlecht aus!« sagte sie und legte ihre Hand mit einer jähen Bewegung auf seine Schulter. Diese aufmunternde Geste hatte etwas Schülerhaftes, Jungpionierhaftes an sich. »Wie fühlst du dich denn? Du bist so blaß. Ich habe ihnen alles, alles erklärt ...« Sie blickte ihn erschreckt an, ihn wiederum konsternierte ihr Anblick, dessen leblose Fahle, das Zittern der Hand auf seiner Schulter. »Vater hat sofort begriffen. Mutter nicht gleich, aber dann hat sie doch verstanden und gesagt: ›Kann sein, vielleicht hat er Recht ...‹«

»Was hast du ihnen gesagt? Das über uns?«

»Ja. Ich habe alles gesagt. Auch das über jenes Gespräch, über die gemeine Fallgrube, wie du dich mit mir beraten hast, ich aber konnte, nein: wollte dir nichts raten ...«

Dann erschien, mit gerötetem Gesicht und leicht verwirrt, Gantschuk.

»Verstehe und verzeihe ... Will das aber nicht zerreden, verstanden ist bereits verziehen ... Künftig aber würde ich gern rechtzeitig von solchen Dingen ...«

Er umarmte Glebow, klopfte ihm auf die Schulter. Sonja wischte sich die Tränen weg. Alle drei waren erregt. Aber jeder auf andere Weise. Gantschuk schlug vor, ein Gläschen Süßwein zu trinken, er hielt im Speiseschrank stets so ein widerlich süßes Gesöff parat, sagte, sein Großvater, der Vater seiner verstorbenen Mutter, ein Dorfgeistlicher, hätte diesen Wein geliebt, der auch »Kirchenwein« genannt wird, und hätte seiner Mutter diese Vorliebe vererbt. Der süße Kirchenwein würde ihn an die Kindheit erinnern, an Tschernigow, die kleine Provinzstraße, die Gerüche der elterlichen Kommode und der hölzernen Fußböden, das Gebrüll der Kühe am Abend, die goldenen Kugeln unter den Fenstern, und obwohl Glebow diesen Süßwein abscheulich fand, willigte er ein.

Sie kehrten ins große Zimmer zurück, sagten Julia Michajlowna, die mit linkischen Händen den Teetisch abräumte – Wassjona ging früh zu Bett, abendliche Mahlzeiten fanden ohne sie statt –, alle würden den Wunsch verspüren, unverzüglich vom Süßwein zu kosten, worauf Julia Michajlowna, ohne die Abräumungsarbeiten einzustellen, entgegnete, sie hätte starke Kopfschmerzen. Dann ging sie mit dem Tablett mit schmutzigem Geschirr hinaus und ward nicht mehr gesehen. Vielleicht hatte sie wirklich Kopfschmerzen. Sie hatte Glebow kein einziges Mal angeblickt und sich überhaupt recht sonderbar benommen: als hätte ihr Sonja nichts gesagt, als wüßte sie über nichts Bescheid.

Gantschuk erläuterte Glebow, nun bereits als einem *Nahestehenden*, weshalb es zu dieser ganzen Kampagne gegen ihn gekommen war. Eine solche Wendung hatte keiner erwartet. Ein Vorwand war natürlich da: er hatte sich für Astrug, für Roditschewskij und noch ein paar andere eingesetzt, die man in empörender Art und Weise kritisiert hatte. Wenn Menschen schuldlos gedemütigt werden, konnte er nicht beiseite stehen und schweigen. Dorodnow jedoch – Sie müssen stets im Auge behalten, daß er der Motor dieser ganzen Affäre ist, die anderen sind nur Rädchen und Antriebscheiben – hatte gehofft, daß er sich in Schweigen hüllen würde, er, der Olympier Gantschuk. Als Mitglied der Akademie hat man Olympier zu sein. Doch er besaß nicht genug Durchhaltevermögen. Freilich war das miteinkalkuliert, ihn zu provozieren. Jawohl, er nahm sich der Sache an, schrieb Briefe, suchte die Instanzen auf ... Kurzum, der Krieg war da ... Konnte es anders sein? Immerhin war Boris Astrug sein Schüler gewesen und Roditschewskij ist hochbegabt ... Nicht um ihnen den Arbeitsplatz wiederzugeben, sie würden auch gar nicht zurückkehren wollen, doch um wenigstens den Makel zu löschen: Katzbuckelei vor dem Ausland, vaterlandslose Gesellen, und was des Unsinns mehr ist ... Astrug hat den ganzen Krieg mitgemacht, als dekorierter Offizier – ein schöner Katzbuckler! Zugegeben, in seinen Büchern stecken Fehler und Irrtümer, mit der Methodologie seines Buches über Gorkij hapert es manchmal, na und? Ist jemand frei von Fehlern? Nehmen wir am besten gleich Dorodnow. In seinem Romantikbuch türmen sich die Schnitzer geradezu babylonisch. Und im Grunde steht nichts drin. Das ganze Buch ist zusammengeklaut. Die Kritisierten sind doch keine Feinde. Er weiß, was das heißt: einen Feind zu zersäbeln. Seine Hand hat nicht gezittert, als ihm die Revolution befahl: hau zu! In Tschernigow, bevor er zu studieren begann, arbeitete er in der Sonderabteilung der Gubtscheka mit. Der Name Gantschuk ließ den Feinden den Schreck in die Knochen fahren. Geschwankt, gefackelt wurde nicht. Mitleid war fehl am Platz. Als ihn einmal sein Vater, damals schon sehr krank, um das Leben eines Popen bat – der Pope war der Verbindung mit einer Bande verdächtigt worden –, da lehnte Gantschuk ab, der Feind wurde zermalmt mitsamt den Banditen, dieser Wolf im Schafspelz, an seinen Händen klebte das Blut von Rotarmisten, und mit dem Vater kam es zum tödlichen Streit, bis an dessen Lebensende. So wurden damals Fragen gelöst. Und hier? Wen möchte Genosse Dorodnow vernichten? So ist das also, die Ursachen liegen viel tiefer. Und wieder muß man über Marxens Genialität staunen, der in jedem Phänomen, in jedem Lebensfakt das dialektische und klassenmäßige Wesen zu sehen verstand. Genau das, lieber Dima, müssen Sie erlernen, um fest auf den Beinen zu stehen. In den zwanziger Jahren hat Dorodnow allerhand einstecken müssen, er war damals »Weggenosse«, selbstredend parteilos, verfaßte irgendwelches Zeug in der Art der »Meilensteinverrücker«, kurzum ein typisches kleinbürgerliches Element, leicht getarnt im Geist der Zeit, als es allerlei kooperative und private Verlage gab, allerlei Grüppchen und Blättchen auf vager Grundlage, damals haben wir ihm nicht den Rest gegeben! Er kroch davon, färbte sich um, löste sich scheinbar in sich auf, wie so viele, und jetzt kommt er in neuer Qualität wieder angeschwommen. Das ist doch ein Witz: *dieser Kerl* will *mir* Marxismus beibringen! Dieser nichtausgebackene Gymnasiast mit verdeckter, sei es liberaler, sei es rechtskonservativer Psychologie bezichtigt mich der Unterschätzung der Rolle des Klassenkampfes ... Er soll seinem Herrgott danken, daß er mir anno zwanzig nicht zwischen die Finger gekommen ist, ich hätte ihn ungesäumt ins Jenseits befördert! Hier liegt ein kardinaler Fehler vor: das kleinbürgerliche Element wurde nicht zu Ende zerdrückt. Jetzt, da sich die Ordnung stabilisiert hat, da die große Prüfung hinter uns liegt und die Stunde der Mahd angebrochen ist, kriechen sie aus ihren Mauslöchern, in verschiedener Gewandung: die Nichtzersäbelten von damals ... Sie blicken überaus revolutionär drein, werfen mit Zitaten von Marx und Lenin um sich, geben sich für die Erbauer der neuen Welt aus, aber ihr ganzes Wesen – ihre stinkende Bürgerlichkeit – tritt offen zutage. Sie packen zu, greifen sich was, fressen sich voll, steuern den Wohlstand an und begleichen dazu noch ihre Rechnungen mit jenen, die sie in den zwanziger Jahren versohlt haben. Das Gesindel hofft auf Revanche. Doch diese talentlosen Banausen begreifen die einfache Wahrheit nicht, daß die Bourgeoisie als Klasse liquidiert ist, daß für sie auf der russischen Erde nie mehr

Platz sein wird. Übrigens, Sonja hat mir von einem wichtigen Entschluß berichtet. Wird das tatsächlich stattfinden? Ein Plan zur revolutionären Umgestaltung der Familie Gantschuk? Dann noch ein Gläschen auf diese vorzügliche Sache ...

»Julia! Komm her, die Jugend verlangt nach dir!« rief der Professor lautstark, aufgedreht durch das Gespräch, den Wein und dadurch, daß seine Gattin eine sonderbare Mißgelauntheit erkennen ließ.

Er konnte nicht begreifen, was mit ihr vorging, schon deshalb nicht, weil Sonjas Mitteilung als solche ihn nicht besonders beeindruckt hatte. Etwas anderes zehrte an seinem lodernden Hirn: die Zeitungen, die Freunde, die Feinde, die Akademie, die Bücher, die Vergangenheit. Und noch das Alter und der nahe Tod ... Sein Gesicht, vor Verwirrung eben noch rot gefleckt, bedeckte jetzt eine gleichmäßige dichte Rosaröte, eine Folge des genossenen Weines. Von solcher Farbe sind Marzipanäpfelchen, die als Tannenbaumschmuck dienen. Julia Michajlowna setzte immer noch der Kopfschmerz zu. Sonja blickte Glebow aus glücklichen Augen an. Glebow hakte sich bei Gantschuk ein und ging mit ihm ins Arbeitszimmer, er sollte ein Album aus der Bürgerkriegszeit gezeigt bekommen. »Ich will Ihnen einen Jungen zeigen, der eine sehr schwere Pranke besaß! Ich würde Ihnen nicht raten – hören Sie, Dima? – diesem Jungen unter die Augen zu kommen. Der hat junge bebrillte Studiker überhaupt nicht gemocht! Der hat sie auf Anhieb zersäbelt – ha, ha! – ohne erst zu fragen, wer der Vati, wer die Mutti ist!«

Glebow fiel ein, daß auch er im Arbeitszimmer etwas zu erledigen hatte: er mußte einen Blick auf diese gottverdammten Statuetten werfen.

»Mehr als Pflicht«, hatte Drusjajew gesagt. *»Am Donnerstag, übermorgen.«* Außerdem hatte er, in jenem selben Gespräch – und das war aus einem Guß, nicht auseinanderzureißen, wie zwei verschiedenfarbige Plastilinstücke, die zur Kugel oder zu einer einzigen weichen klebrigen Wurst geknetet wurden, wenn man die Kugel zwischen den Hand-

flächen rollt, hast du plötzlich die Schwachheit und Ergebenheit der Kindheit verspürt, wenn fremde Hände dich wie ein Stück Plastilin nehmen und zusammenpressen, zusammenpressen, plattdrücken, aus dir machen, was sie wollen – scheinbar ganz beiläufig, in einem Nebensatz, im gleichen Kontext wie über *Donnerstag*, auch noch dies gesagt: Es gebe einen, wenn auch noch nicht endgültigen, Beschluß wegen des Gribojedowstipendiums. Für Glebow. Aufgrund der Ergebnisse des Winterprüfungstermins. Und Glebow blieb stumm, äußerte sich nicht dazu, das Spiel mitspielend – als sei diese wie nebenher fallengelassene Neuigkeit in der Tat eine der Beachtung unwerte Lappalie –, obwohl sein Inneres von einer jähen Hitze durchströmt wurde. Das Gribojedowstipendium! Es bleiben zwar nur noch ein paar Monate, aber trotzdem wäre das eine Wohltat. Ihm war sofort klar, daß es nicht auf die finanzielle Zukost ankam, sondern auf den moralischen Ansporn: vorwärts und aufwärts! Jedoch in der Neuigkeit steckte Schmerz – in einer anderen Sekunde kam diese traurige Einsicht – denn sie war untrennbar mit *Donnerstag* verwachsen, eins war vom anderen nicht zu lösen. Entweder alles zusammen, in Klumpenform, oder gar nichts.

»Aber das ist undenkbar: zu kommen und zu sprechen!« Noch am gleichen Abend zu Schulepnikow. Wieder die wahnsinnige Hoffnung auf Ljowkas Allmacht, unerschüttert seit Kindesjahren. Was konnte der tun? Wie konnte er Einfluß nehmen? Glebow stellte sich die Sache so dar, daß Ljowka – oder wenn nicht Ljowka selber, dann eben sein Vater, sein Stiefvater – der Institutsverwaltung nur zu sagen braucht: »Quält doch den Glebow nicht!« – und schon lassen sie von ihm ab. Weil das jetzt nämlich wirklich reichte. Auch Menschenkraft hat eine Grenze. Erst den Diplombetreuer wechseln. Dann von der Perewerserei berichten. Dieses, jenes. Dann kommt der Bücherschrank mit den Statuetten dran. Und er hat sich auf dieses ekelhafte Zeug eingelassen, hat beigepflichtet, hat erzählt. Aber immer noch nicht genug, jetzt kommt diese Auflage: er soll erscheinen, er soll reden. Wird es nicht allmählich zuviel?

Ljowka lauschte scheinbar mitfühlend, brummte beifällig, nickte und drehte gleichzeitig an einem niegesehenen Gerät: am Fernsehgerät. In dem kleinen fahlen weißlichen Fenster huschte und zappelte etwas, manchmal von Gesang begleitet: Es war eine Opernübertragung aus dem Bolschojtheater. In ganz Moskau gab es angeblich ganze fünfundsiebzig solcher Dinger. Ljowka ging ganz in seinem neuen Hobby auf, ärgerte sich, fluchte, die Bildqualität ließ dauernd nach, Mutter und Tante saßen gleich daneben, zu diesem Schauspiel extra hergeeilt, das von Glebow gewünschte Gespräch kam nicht zustande. Aber eine andere Möglichkeit gab es nicht. Glebow legte alles offen dar, in Gegenwart der Frauen. Ljowkas Mutter sagte echauffiert:

»Lew, du mußt Dima unbedingt helfen!«

»Findest du?«

»Finde ich, jawohl! Ich kann mich noch gut an die Sonja erinnern, ein liebes nettes Mädchen. Ihren Vater kenne ich nicht. Aber was für ein Krampf: die Gefühle junger Menschen dermaßen zu verhöhnen ...«

»Das nennst du Gefühle ...« Ljowka machte eine wegwerfende Handbewegung.

»Du kannst das freilich nicht verstehen!« sagte Alina Fjodorowna spöttisch und noch nachdrücklicher. »Für den, der kein Gehör hat, ist jede Musik Geräusch.«

»Alina, reg dich doch nicht auf«, sagte Ljowkas Tante.

»Bist du ins Theater oder auf eine Volksversammlung gekommen?« fragte Ljowka.

»Was soll man mit dir reden!« Alina Fjodorowna schnellte ihren Arm schroff empor, es war genau die gleiche Geste wie vorhin bei Ljowka. Sie schwieg und flüsterte dann, an niemanden gewandt: »Das eigene Leben so zu verhunzen ...«

Der Fernsehschirm wurde klar, die Gestalten der Sänger auf der Bühne wurden sichtbar, für eine gewisse Zeit trat Schweigen ein: Man schaute zu und lauschte dem Gesang. Ljowka saß vor dem Fernseher auf dem Fußboden. Sich Glebow zuwendend, sagte er fröhlich:

»Die Sehschärfe wird sich verbessern. Wir brauchen eine andere Antenne. Jan besorgt eine. Mit der Antenne steht und fällt nämlich alles.«

»Lew, ich wiederhole: du mußt etwas für Dima und Sonja tun!« Alina Fjodorownas Stimme klang herausfordernd und gereizt. Glebow mißfiel das, er fürchtete, Ljowka könnte wütend werden. Zwischen Sohn und Mutter gab es immer Zwistigkeiten. »Sag, warum kannst du nie etwas für andere tun? Das ist unedel, Lew! Das ist niedrig. Man darf nicht so ein abgefeimter Egoist sein. Dein alter Kamerad ist zu dir gekommen, er bittet dich um deine Hilfe ...«

»Was kann ich denn schon tun!« knurrte Ljowka plötzlich. »Bin ich vielleicht der Institutsdirektor? Oder stellvertretender Minister?«

»Du kannst. Wir wissen, daß du kannst. Du hast dich mit einer solchen Schar von Halunken umgeben, daß du praktisch ...«

»Ich muß doch sehr bitten, Mutter! Von meinen Freunden nicht in diesem Ton!« Ljowka drohte mit dem Finger, durchaus friedfertig. Das ganze Gespräch wirkte gestellt: Sie griff ihn mehr aus Gewohnheit als aus innerem Antrieb an, er hörte nur mit halbem Ohr zu, beide steuerten gleichsam von vornherein ein Unentschieden an. »Worum geht es nun eigentlich, Semmel? Ich habe das nicht ganz verstanden ...«

Glebow wiederholte seine Klage. Man soll ihn nicht quälen, ihn endlich in Ruhe lassen. Kann man denn diesen Hexenspuk nicht auch ohne ihn aufführen? Muß man den Menschen unbedingt demütigen: komm, mein Bester, sprich dich aus, deine Meinung ist für uns sehr wertvoll, denn du bist der dem Professor am nächsten stehende Mensch. Und hinterher? Mit Sonja? Sprich dich nur aus! Sehr leicht gesagt. Aber die Zunge bleibt steif und stumm. Sprich dich aus, mach dich dreckig! So müßte es genauer heißen.

»Du bist mir ein feiner Pinkel«, raunzte Ljowka wütend. »Sollen sich andere schmutzig machen, ich stehe lieber abseits. Das meinst du doch? Du bist mir der Richtige!«

Glebow sagte, die anderen stünden nicht in solchen Beziehungen mit dieser Familie, die hätten es leichter. Er begriff, daß Ljowka nichts tun würde, daß ihm schon allein der Wunsch zu helfen abging. Er hätte nicht herkommen sollen. Ljowka hatte sich sehr verändert. Seine Mutter hat Recht, er ist unglaublich teilnahmslos geworden. Daher wohl auch die jähe, sonst unerklärliche, fast animalische Wut. Gewiß doch, Wut als Reaktion auf alles halbwegs Unangenehme und Nichterwünschte, auf das, was Unbequemlichkeit bereitet. Zum Beispiel dies: irgendwo anläuten, für jemanden bitten. Ljowka fuhr mit gereizter Stimme damit fort, daß doch gar nichts Schreckliches dabei sei, aufs Rednerpodium zu treten und nötigenfalls ein paar Worte zu sagen. Er selber wird auch reden, obwohl es auch ihm peinlich ist, immerhin kennt er Gantschuk seit der Kindheit, außerdem hat er keine Zeit und weiß Gott andere Sorgen. Man will ihn für ein halbes Jahr auf Reisen schicken, nächtens sitzt er da und paukt Englisch, drüben liegen die Wörterbücher. Aber wenn es sein muß, dann wird er aufs Podium treten, der Gantschuk ist doch wirklich senil, seine Zeit ist längst passé, und er ahnt es nicht mal, spielt den starken Mann, statt seinen Platz zu räumen, wir brauchen kein chinesisches Zeremoniell, es geht auch einfacher, und das seien ihm die Richtigen: »Ich setz mich auf die Tanne, zerkratz mir den Arsch aber nicht ...«

Er wiederholte:

»Ich werde mich selber zu Wort melden und es dem Alten geben!«

Glebow fragte:

»Wofür geben?«

»Wofür? Für Prinzipienlosigkeit, für Gruppenbildung. Auch Katzbuckelei vor dem Ausland.«

»Dummes Zeug.«

»Kein dummes Zeug. Ich werde es schlüssig beweisen.«

»Schlüssig beweisen!« brüllte Glebow los. »Du bist ja auch nicht Sonja Gantschuks Verlobter, der Teufel soll dich holen!«

»Und du bist wohl ihr Verlobter?« Ljowka schaute hämisch, sein rötliches Äuglein zusammenkneifend. »Ich wette tausend Rubel gegen einen, daß auch du das nicht bist ... Wollen wir wetten?«

»Lew! Was redest du! Schämst du dich denn nicht?« empörten sich Mutter und Tante, ohne indessen ihre Blicke vom Fernseher abzuwenden, auf dessen Schirm es immer noch zappelte und huschte. Ljowka wiederum, während er sprach, drehte immerfort an mehreren Knöpfen.

»Ich gehe«, sagte Glebow und erhob sich. »Lebt wohl!«

Doch Ljowka sprang sofort auf und packte Glebow am Arm.

»Warte! Setz dich! Gleich fällt uns etwas ein. Weiß du was? Ich rufe einfach den Jurka Schirejko an.«

Er ging zum Telefon und wählte. Das dann folgende Gespräch war zum Verwundern, sie redeten wie zwei Kumpel. Wie weit war Ljowka doch von Glebow fortgerückt! Von Ljowkas Freunden in Moskau und Umgebung ganz zu schweigen – Glebow wußte nicht einmal, mit wem Ljowka im Institut befreundet war.

»Was machst du so? Im Schweiße deines Angesichts? Über die Generalstabskarte gebeugt? Heckst wohl den großen Schlachtplan aus? Wie?« witzelte Ljowka. Glebow zuckte beim Gedanken zusammen, daß Ljowka in diesem widerlichen Ton auch über ihn reden würde. »Hör mal zu, komm zu uns rüber! Man hat uns einen Fernseher gebracht. Auf besondere Bestellung. Komm her und sieh fern. Wir weihen ihn gerade ein. Mit einer Oper aus dem Bolschoj ... Was? Mit Dima Glebow, deinem Patenkind. Er läßt dich grüßen ... danke, ich richte es aus ... Na? Georgischer Halbsüßer ist auch da. Mein alter Herr hat gestern eine Kiste voll gekriegt ... Nein? Unter gar keinen Umständen? Kannste nicht oder willste nicht? Wie du meinst, du mußt es wissen ... Hör mal zu! Es gibt noch ein Problemchen ... Ungern telefonisch, aber da du so unabkömmlich bist ...«

»Sag nichts von mir!« zischte Glebow und machte Zeichen mit der Hand.

Ljowka fuchtelte zurück: sitz ruhig da und schweig.

»Es handelt sich um folgendes Problem. Am Donnerstag ist wohl Versammlung, wie? Jawohl, haben wir gelesen, versteht sich ... Der Aufsatz ist eine Wucht! Eine Superwucht!« Ljowka blinzelte Glebow zu. »Wir sitzen hier und würdigen deinen Beitrag. Alles haargenau ins Schwarze, alle Dinge beim Namen genannt ... So ist es ... Das sage ich doch ... Völlig richtig ... Sehr wahr, sehr wahr ...«

Ljowka hielt den Hörer auf Armlänge von sich weg und sagte:

»Hat seinen Sermon mit Gemeinheiten vollgespickt und will noch Lobeshymnen hören, das Aas! Ja, der Artikel ist einsame Klasse! Schlechterdings gelungen. Herzlichen Glückwunsch, wir gratulieren. Aber was machen wir mit Dima Glebow? Ihm ist es nämlich furchtbar peinlich, du verstehst schon ... Ja? Ja ... Na und? Deshalb rufen wir ja an und bitten dich um Rat ...«

Es folgten lange und schwerverständliche Interjektionen, dann knallte Ljowka den Hörer hin, sagte »Das wär's, einstweilen!« und teilte aufseufzend mit:

»Er ist ziemlich sauer auf dich ... Niemand zerrt ihn mit Gewalt aufs Podium, sagte er, der Glebow soll doch nicht die unberührte Jungfrau mimen ... Der Kerl läuft ja zu allen Leuten und jammert denen was vor ... Dein Glebow ist eine Nervensäge ...«

Glebow schwieg deprimiert. Dieser Anruf brachte nur Unannehmlichkeiten, wie er vorausgeahnt hatte. Ljowka indessen freute sich, blickte selbstzufrieden wie ein Sieger, behauptete, er hätte Glebow aus der Patsche geholfen.

»Jetzt bist du ein freier Kosak: kannst reden, kannst schweigen, was dein Herz begehrt. Jetzt bist du dein eigener Herr. Und das habe ich für dich hingedeichselt! Die Schlange hat Respekt vor mir, verstehst du? Die leben alle nur davon, daß ich sie nicht anrühre! Gleich hole ich den Wein rein. Original georgischer Imbiß ist auch da. Es zechten einmal zwei Fürsten!«

Glebow hatte sich noch nicht schlüssig werden können, ob er heim sollte, ob er zu Sonja gehen oder in diesem etwas durchgedrehten Haus bleiben sollte, als Ljowka mit vier großen dunklen, an die Brust gedrückten Weinflaschen wieder auftauchte. Die beiden Frauen deckten bereits den runden Tisch, klirrten mit den Weingläsern ...

Es blieben noch zwei Tage. Glebow wußte immer noch nicht, was er am Donnerstag tun würde: Kommen und Nichtkommen war gleichermaßen *unmöglich*. Am Dienstag, nach dem Besuch bei Ljowka Schulepnikow, der zu einem Zechgelage und schließlich zu einem fürchterlichen Skandal ausartete, war er anschließend völlig zerschlagen, konnte nicht einmal richtig auf den Füßen stehen, geschweige denn ins Institut fahren. Den halben Tag lang kam er zu sich, lag wie ein Toter in seinem Kabuff – er hatte sich im Morgengrauen heimgeschleppt, seiner Sinne nicht mehr mächtig, und war, angezogen wie er war, aufs Sofa geplumpst – und als er endlich seine Lider aufriß, sah er einen Arzt im weißen Kittel. Der Arzt war nicht zu ihm, sondern zur Großmutter gekommen. Oma Nila lag schon seit Tagen schwer krank im Bett. Durch ein unerträgliches Dröhnen und Donnern hindurch, so als würde jemand dicht an seinem Ohr Blatteisen umblättern, hörte er den Arzt mit seiner Kusine Klawdija reden. »Vielleicht eine Spritze?« fragte Klawdija, und auf ihrem Gesicht stand Haß. Der Arzt erwiderte dröhnend: »... sein eigener Herr!« Großmutters Arm wurde freigemacht, sie bekam eine Injektion. Beim Verlassen des Zimmers blickte der Arzt, ein ziemlich junger und schöner Mann mit rosa Bäckchen, Glebow an und sagte: »... sein eigener Herr!« Glebow krampfte sich immerzu das Herz zusammen, innendrin in seinem Körper wogte es kalt. Klawdija saß daneben, das weiße böse Gesicht zu ihm gebeugt, und flüsterte: »Der Oma geht es schlecht, ich bleibe nächtelang wach, weiche nicht vom Krankenbett« – in ihren Augen standen Tränen – »und du kommst wie ein Schwein daher, von oben bis unten vollgekotzt, alles hat in die Reinigung gemußt ...«

Klawdija tat ihm leid, sie weinte, aber er konnte sich an nichts erinnern, nichts erklären, sondern keuchte nur, unter Anspannung aller Kräfte: »... sein eigener Herr ...« Dann tauchten nach und nach die Bruchstücke der vergangenen

Nacht auf. Alles was so friedlich und häuslich begonnen hatte, mit Mutter, Tante, weißem Tischtuch und Gläsergeklirr, artete zu einer irrwitzigen Sauferei Gott weiß wo aus. In einer Wohnung mit halbrunden Fenstern, unterm Dach. Dort war ein altes Grammofon mit Lautsprecher. Über den Korridor mußte man auf Zehenspitzen gehen, irgendwer fiel ständig hin und wurde lachend aufgerichtet. Eine Frau war blond gewesen, irgendwie mürbe, weiß und porös, die fragte immer: »Wieviel wird für eine Diss gezahlt?« Als sie noch mit Tante und Mutter am runden Tisch saßen und den Chwantschkara tranken, ließ sich Ljowka rasch vollaufen. Glebow staunte: warum so schnell? Die Mutter trank Pokal um Pokal. Ihre Gesichter wurden sich immer ähnlicher. Man sah sofort, daß sie Mutter und Sohn waren. Ihre kleinen Vogelaugen funkelten rötlich, seine Augen waren genauso rötlich und funkelnd. Und sie beschimpften sich, zum knöchern drohenden Geklopfe ihrer Finger gegen die Tischplatte. Ljowka donnerte: »Wer gibt dir das Recht, so zu reden! Wer bist du überhaupt? Eine ganz gewöhnliche Hexe!« Alina Fjodorowna nickte hochmütig: »Jawohl, eine Hexe. Und ich bin sogar noch stolz darauf.« Ihre Schwester pflichtete ihr bei: eine Hexe, allerdings, unser ganzes Geschlecht ist ein Hexengeschlecht. Hexerei galt fast als ein Verdienst. Hexe ist so gut wie adlig, klang in den Worten der zwei Frauen an. Wir sind Hexen, und du bist Abschaum. Glebow wußte: Mit Ljowka ließ man sich besser nicht ein. Die Sache artet unweigerlich in Lärm, Geraufe oder eine monströse Absurdität aus. So war es wiederholt geschehen. »Ach so, ich bin Abschaum? Was magst du dann erst sein?« Anwesend war ein gewisser Awdotjin. Halbmilitärisch gekleidet. Der saß mit am runden Tisch und trank Chwantschkara. Hielt sein geschwollenes, kuheuterödes Gesicht gesenkt. Plärrte: »Jeder zahlt für sich selbst!« Diese Floskel blieb im Gedächtnis stecken. Es waren ungefähr acht Flaschen von diesem georgischen Dessertwein da. Er hätte fliehen müssen, aber die Beine gehorchten ihm nicht, er konnte nicht aufstehen. »Wenn ich ein Nichts bin, dann gehe ich eben weg von hier«, sagte Ljowka Schulepnikow.

»Was soll ich mit Hexen? Wir sind doch nicht auf dem Kahlen Berg! Mag diese Frau auch meine Mutter sein! Ich will einfach nicht! Ich schicke euch alle zum Teufel, ich gehe jetzt, ich habe genug!« Awdotjin ließ ihn nicht. Ljowka schlug Awdotjin ins Gesicht. Sie rissen sich los, rannten davon. Ein Auto fuhr sie durch tiefe Nacht. Sie konnten lange das Haus nicht finden, der Fahrer fluchte, wollte sie mitten auf der Straße raussetzen. Dann fanden sie doch noch das Haus. Dort war das Grammophon. Worüber hatten sie gesprochen? Was löste den Skandal aus? Ach, ja, es war so gewesen: Ljowka redete auf Glebow ein, er soll die Sonja sausen lassen. »Ein gutes Kind, aber was soll's? Sei kein Knallkopf, Semmel!« Und dann sagte er noch: »Du willst mit ihr befreundet sein? Das ist edel gedacht. Auch ich empfinde Freundschaft für sie und werde es mein Leben lang tun. Ihr alles erzählen, sie immer um Rat fragen ... Das ist doch was Wunderbares: eine Frau zum Freund zu haben ...«

Da hatte die Mutter gesagt: du bist Abschaum.

Eigentlich war das auch Glebow klar. Aber Ljowkas Lebensmächtigkeit schien so unbestreitbar, so unwiderstehlich ... Sie brauchen eine Frau? Mitten in der Nacht? Damit sie Sie tröstet und kost, zärtliche, an die Seele rührende Worte spricht, und das nicht etwa für Geld, sondern einfach so, aus ewig weiblicher Freigiebigkeit? Wenn Sie unglücklich und auf dem Asphalt gelandet sind, wenn die eigene Mutter Sie verflucht hat? Niemand kann Sie so gut trösten, wie eine Frau inmitten der Nacht. Und jene Blondine mit der weißen porösen Haut, die solchen Unsinn quatschte, war natürlich ein unfaßbares, geradezu mystisches Glück, ähnlich der Flasche Bier, die sich plötzlich bei dem sonst nie Bier trinkenden Pomratschinskij fand, auf den Glebow stieß, als er halbtot in den Korridor hinauskroch, das Bier aber hatte Pomratschinskijs Frau für die Haarwäsche gekauft, aber selbst noch bei jener Blondine fand Glebow kein volles Vergessen. Denn inwendig quälte ihn ständig der Schmerz: was soll ich am Donnerstag tun?

Die Sache verhedderte sich zusehends. Die Anhänger von Gantschuk – es gab noch immer ziemlich viele am Institut, darunter solche Asse wie Professor Kruglow, der Linguistikdozent Simonjan, noch ein paar inzwischen vergessene Leutchen, einige Studenten und Aspiranten – rüsteten sich für Donnerstag, von dem Wunsch beseelt, sich für Gantschuk in die Schlacht zu stürzen. Aber nicht alle hatten die Möglichkeit, auf dieser Versammlung zu sprechen. Es handelte sich um eine erweiterte Sitzung des Wissenschaftsrats mit Einladung ans Studentenaktiv. Glebow wurde in seiner Eigenschaft als stellvertretender Vorsitzender der Wissenschaftlichen Studenten-Gesellschaft herangezogen. Mit der Post kam ein Wisch im amtlich blauen Briefumschlag: »Ihr Erscheinen ist Pflicht ...« Gestern, am Dienstag, kam Marina Krasnikowa angelaufen, eine der Aktivistinnen der WSG, die sich immer so laut benahm, immer erregt und fast wie beschwipst war, das öffentliche Temperament dieses Mädchens schien ständig überzukochen. Was ist aus der geworden? Damals mußte man meinen, dieses Dickerchen sei auf dem besten Weg in die Akademie der Wissenschaften oder vielleicht ins Komitée der Sowjetfrauen. Doch sie verschwand ohne Nachhall, wie ein Stein auf dem Teichgrund ...

»Du wirst im Namen unserer Gesellschaft, der WSG, reden müssen, Lissakowitsch ist erkrankt«, plapperte Marina. »Hier sind ein paar Thesen ... Lissakowitsch hat sie übers Telefon diktiert ...«

»Lissakowitsch krank? Was fehlt ihm denn?« erkundigte sich Glebow mißtrauisch. Dieser schlaue Fuchs war ihm zuvorgekommen. Lissakowitsch war Vorsitzender der WSG. Marina sagte, er hätte Follikulärangina und hohes Fieber, käme aber vielleicht trotzdem. Er hoffe, daß ihm bis Donnerstag besser werde. Doch der Arzt hat es strikt untersagt. Glebow fragte zweifelnd: wie hoch ist sein Fieber? Marina sagte, ungefähr neununddreißig. Die Thesen lauteten folgendermaßen: Gantschuk ist der Begründer der WSG. Alles was die Gesellschaft erreicht hat, hat sie dank Gantschuk erreicht. Gantschuks Fehler sind bezeichnend für die meisten. Wenn man ihn ablöst, muß man auch alle anderen ablösen. Seine Verdienste sind unvergleichlich größer als die Fehler. Über den Zeitungsartikel kein Wort. Falls sich eine Erwähnung nicht vermeiden läßt, soll man sagen, der Aufsatz sei nicht konkret und nicht überzeugend genug. Mit Festigkeit betonen: Wir können stolz darauf sein, daß Nikolaj Wassiljewitsch Gantschuk bei uns arbeitet.

Beim Lesen wunderte sich Glebow: der Lissakowitsch ist ja richtig tollkühn! Eines von beiden: entweder kühn bis zur Unvernunft – dermaßen gegen Drusjajew, Dorodnow und Kompanie vom Leder zu ziehen – oder er weiß irgendwas.

Hier begann eine richtige Schlacht. Marina sagte, der Folkloristikprofessor Wassilij Kruglow, ein gutmütiger, von jedermann geschätzter Greis, sei nach dem Aufsatz von Schirejko außer sich gewesen und hätte sogar seinen Rückzug aus dem Institut angedroht, falls die Hetze gegen Gantschuk nicht eingestellt würde. »Soll er doch gehen«, dachte Glebow, sich in Gedanken an Drusjajews Stelle versetzend. »Jetzt hab ich aber einen Schreck bekommen. Bei uns gibt es keine unersetzlichen Leute.« Eine Aspirantin, sagte Marina, wäre im Hof Schirejko begegnet und hätte ihm, als er sie grüßte, demonstrativ den Rücken zugekehrt. Schirejko soll daraufhin errötet sein und laut gefragt haben: »Was hat das zu bedeuten?« Sie erwiderte nichts und ging weiter. Die Studenten im ersten Studienjahr, bei denen er ein Seminar leitet, seien der letzten Seminarsitzung fast vollzählig ferngeblieben.

Marina Krasnikowa war früher nie in Glebows Wohnung gekommen. Ihr Auftritt bezeugte eine extreme Erhitzung der Leidenschaften. Marinas Augen brannten im edlen Mitgefühl mit allen edlen Menschen sowie aus Freude darüber, daß auch sie zum Kreis der Edelmütigen gehört. »Du mußt deine Stimme erheben! In unser aller Namen sprechen! Welch beschämender Zustand: die Studenten können sich nicht vor ihren Professor stellen!« Dieses Ungestüm, das Funkeln der Augen und das bedrohliche

Vorpreschen des Fingers, erinnerten Glebow an Drusjajews *Das ist mehr als Pflicht.* Im Grunde war es dasselbe: der gleiche Terror.

Marina schien gar nicht zu bemerken, daß in der Wohnung ein schwerkranker Mensch lag, daß eine Krankenschwester mit Köfferchen da war, daß es nach Arzneien roch, daß eine junge Frau, nämlich Klawdija, mit verweinten Augen durch den Gang lief. Und als Glebow, nach einigem Zögern, doch noch ein paar Worte aus sich herauspreßte: »Verstehst du, ich bin in einer komplizierten Lage, meine Großmutter ist krank, wir wissen nicht, was in einer Stunde sein wird ...«, was den schwachen, fast hoffnungslosen Versuch darstellte, sich aus Marinas Netzen loszureißen, sagte dieselbe rasch: »Du kannst über mich verfügen! Ich will am Bett deiner Oma Krankenwache halten: eine Stunde, zwei Stunden, einen ganzen Tag, solange wie nötig. Denn du mußt unbedingt hingehen ...«

Am selben Abend erschien noch ein weiterer Gast: Kuno Iwanowitsch. Den hatte Glebow nun wirklich nicht erwartet. Gantschuks Sekretär war noch nie hiergewesen, ihre Beziehungen waren eher flüchtig. In Glebows Gegenwart wurde Kuno Iwanowitsch oder auch Kunik, wie ihn Gantschuks nannten, von einer seltsamen Nervosität ergriffen: er redete sich in Eifer, riß Witze, seine Stimme begann zu zittern. Einmal hatte Glebow Kunik in dessen Wohnung in der Gnesdnikowskijgasse aufgesucht. Er sollte für Gantschuk irgendwelche Unterlagen abholen. Kuno Iwanowitschs Wohnung verblüffte Glebow durch ihre Reinlichkeit, sie war gut aufgeräumt, wirkte gemütlich und gar nicht junggesellenhaft. Unzählige Blumen in Töpfen und Vasen standen auf Tischen, auf dem Fensterbrett, auf höchst malerisch aufgehängten Regalen. Zwischen den Regalen an den Wänden hingen Fotos und Kunstdrucke. Jede einzelne Zimmerwand stellte ein kleines genau durchdachtes Kunstwerk in sich dar. Alles war so verfeinert, museal, unmännlich, undefinierbar. Während Kunik die Papiere zusammensuchte, saß Glebow auf einem dicken Kissen und betrachtete das Zimmer. An der Wand entdeckte er, zwischen zwei kleineren Regalen mit Topfkakteen, ein großes Foto von Sonja. Es hingen auch noch viele andere Fotos dort, aber jenes von Sonja war bedeutungsvoll vergrößert. »Du Schmerzensmann«, dachte Glebow mit Spott. Er ertrug geduldig und standhaft den Ton der nervösen Überlegenheit und Unterweisung, den sich Kunik im Gespräch mit ihm angewöhnt hatte, seine Fuchsmajorenschaft unterstreichend. Glebow seinerseits war in Kuniks Gegenwart absolut gelassen.

Und sogar damals, am Dienstagabend, war Glebow beim Anblick der schmächtigen Gestalt in dem langschößigen Mantel und mit dem zur Seite und abwärts gebogenen Köpfchen zwar verblüfft, aber nicht beunruhigt.

Kunik sagte weder »Guten Tag« noch »Ich begrüße Sie«, er begann sofort zu reden, so als führe er in einem gerade erst unterbrochenen Zwiegespräch fort.

»Meine erste Bedingung lautet«, sagte er beim Überschreiten der Wohnungstürschwelle, »Nikolaj Wassiljewitsch darf nichts davon erfahren.«

Erste Bedingung? Ich verstehe nichts! Glebow lud den rätselhaften Menschen mit einer Geste ein, ihm durch den Korridor zu folgen. Und wieder kam ihm Klawdija entgegen.

»Großmutter fragt, ob du da bist?«

»Wie du siehst.«

»Du hast den lieben langen Tag kein einziges Mal bei ihr vorbeigeschaut. Sie regt sich auf, fragt, ob dir was zugestoßen ist ...«

»Unsere Oma ist nämlich krank«, erläuterte Glebow, zu Kunik gewendet. Der schien nichts zu hören, fuhr weiter fort:

»Wenn er davon erfährt, reißt er mich in Stücke. Bei seiner Empfindlichkeit. Ich hoffe, Sie haben diesen Charakter verstanden: Eigenliebe, Jähzorn, Naivität und Hilflosigkeit, alles auf einmal ...« Sie betraten Glebows Zimmer. Kunik ließ sich, ohne Mantel oder Mütze abzulegen, ohne auch nur einmal um sich geblickt zu haben, mit den Allüren eines Schlafwandlers auf die nächste Sitzgelegenheit fallen, auf Glebows Bett. Direkt im Mantel aufs Bett. »Für die anderen wird er wie ein Löwe kämpfen, wird bis ganz nach oben rennen, sich mit Gott und der Welt einlassen. So wie er sich für diesen armseligen Astrug geschlagen hat ... Aber sich selber zu beschützen, das geht ihm völlig ab. Da wird er keinen Finger rühren. Folglich müssen wir aktiv werden, wir, seine Freunde ...«

»Was können wir denn schon ausrichten, wir jämmerlichen Lilliputaner?« dachte Glebow.

»Ich habe darauf gedrungen und gesagt: ›Sie müssen Schirejko unverzüglich antworten. Brief an die Redaktion. Sehr scharf abgefaßt. Gemeinheit darf man nicht ungestraft lassen‹. Er sagte, er dächte nicht daran. Führte Puschkins Worte an: ›Wenn jemand von hinten auf meinen Frack spuckt, ist es Sache meines Lakaien, die Spucke wegzuwaschen.‹«

»Bitte sehr, wir könnten in der Rolle des Lakaien auftreten«, sagte Glebow. »Von mir aus gern. Aber wie sieht das praktisch aus?«

»Nicht in der Rolle des Lakaien, sondern in der Rolle des Freundes. Dazu rufe ich Sie auf! In der Rolle des ehrlichen Mannes! Daß er Puschkin zitieren konnte, zeugt nur davon, daß er das Geschehene überhaupt nicht begreift. Er meint, man hätte ihm von hinten auf den Frack gespuckt. Dabei sind die mit dem Jagdspieß auf ihn los und wollen ihm den Bauch aufschlitzen. Das ist doch der Sinn dieser Vorgänge. Man will ihn fertigmachen.«

»Kuno Iwanowitsch, was schlagen Sie vor? Wie sollen wir vorgehen?«

»Wie wir vorgehen sollen ...«, murmelte Kunik. Mit einer einzigen Schulterbewegung entledigte er sich seines Mantels mit dem Pelzkragen aus Hundefell. Der Mantel fiel aufs Bett, ein Ärmel fiel aufs Kopfkissen. »Ich gehe schon vor, meinerseits. Ich habe einen Leserbrief geschrieben, acht Seiten auf der Maschine. Sechs Personen haben unterzeichnet. Jetzt schreibe ich noch an die Instanzen. Diesen zweiten Brief soll niemand außer mir unterschreiben, er ist ungemein böse, ich will die Leute keiner Prüfung aussetzen. Ich meinerseits habe nichts zu verlieren, Furcht liegt mir fern. Was nun Sie anbetrifft, werter Dima Glebow ...« Einen Moment lang durchbohrte Kuniks Blick Glebow zweifelnd und abschätzend, während sich seine rotbraune Braue rhythmisch bewegte. Das sah ein bißchen komisch aus. »Entschuldigen Sie, darf man Sie als einen wahren Freund von Professor Gantschuk betrachten?«

»Wie bitte? Wieso nicht?«

»Verzeihen Sie, aber ich hätte gern eine Antwort von Ihnen. Tun Sie mir den Gefallen und antworten Sie.«

»Selbstredend bin ich sein Freund.«

»Selbstredend. So, so. Das klingt vorzüglich. Aber warum benehmen Sie sich dann so eigenartig?«

»Ich verstehe nicht, was Sie meinen.«

»Warum erheben Sie keinen Einspruch dagegen, daß man Sie in dieser scheußlichen Kampagne zum Einsatz bringt?«

Jetzt blieb Glebow die Spucke weg. Zu welchem Einsatz denn? Ob Glebow den Artikel von Schirejko gelesen hätte, den Kunik übrigens zur Genüge vom PI her kennt? Glebow hatte ihn gelesen. Freilich mehr überflogen als richtig gelesen, ganze Zeilen überspringend, so wie man etwas Scheußliches liest, das man möglichst rasch wieder weglesen möchte. Jetzt stellte sich heraus, daß es dort auch diese Stelle gibt: »Nicht von ungefähr haben sich mehrere Studenten des fünften Unterrichtsjahres dazu entschlossen, auf die Dienste des Professors als des Betreuers ihrer Diplomarbeiten zu verzichten.« Kuno Iwanowitsch hat eruiert: Es hat nur einen solchen Verzichtleistenden gegeben. Er hätte sogar die Mühe nicht gescheut, in die Fakultät zu fahren und sich die Verzichterklärung des Genossen Glebow, Aspiranten in spe, mit eigenen Augen anzuschauen. Als ihm nämlich der Name Glebow am Telefon genannt wurde, hat er es zunächst nicht geglaubt. Aber er ist hingefahren und mußte sich davon überzeugen. Das Ganze mutet irgendwie phantastisch an.

»Ja, wissen Sie denn überhaupt, was los ist?« rief Glebow. »Sie wissen ja gar nichts! Sie kennen den Hintergrund nicht!«

»Ich weiß, ich weiß!« Kunik begann, schnell und angewidert mit den Armen zu fuchteln, als müßte er befürchten, etwas Unangenehmes zu hören. »Und wenn ich es nicht weiß, dann errate ich es. Aber der Hintergrund interessiert mich nicht. Es geht um die Tatsache: man hat Sie verwendet und eingesetzt, Sie aber schweigen ... Oder schweigen Sie etwa nicht, Dima? Warum schweigen Sie denn nur? Wie können Sie nur schweigen, in sein Haus kommen, mit ihm reden, mit den anderen reden ... Sie müssen zugeben, daß das ein wenig, nun sagen wir einmal, vom Standpunkt der Moral etwas bedenklich ist ...«

Glebow blickte seinen Besucher und Peiniger unter der Stirn hervor an. Sein Herz klopfte. Fast hätte er ihm zugerufen: »Zu einem verschreckten Mädel bei Gewitter unter die Bettdecke zu schlüpfen, wie ist das wohl vom Standpunkt der Moral zu bewerten?« Dann wurde er wieder von Scham ergriffen, war bereit, alles zu tun, auf alles einzugehen, nur um das Geschehene wiedergutzumachen. Aber er konnte bloß stammeln:

»Ich habe diese Wendung im Aufsatz wirklich nicht gesehen ...«

»Als ob es um Wendungen ginge! Wenn man vor Ihren Augen«, donnerte Kunik, »einen Menschen überfällt und ihn auf offener Straße ausraubt, und wenn man Sie, als Passanten, um Ihr Taschentuch bitte, um das Opfer damit zu knebeln ...«

»Schweigen Sie doch endlich!« flehte Glebow. »Sprechen Sie leiser, hinter dieser Trennwand liegt eine Kranke.«

»Nein, lassen Sie mich ausreden! Wer sind Sie dann eigentlich, frage ich. Ein zufälliger Augenzeuge oder ein Komplize? Nun gut, lassen wir das, es gibt Ursachen, es gibt diesen Hintergrund ... Nehmen wir das an, unterstellen wir das einmal ... Aber was bleibt *jetzt* weiter zu tun? Wie wollen Sie weiter leben? Noch länger warten? Es bleibt keine Zeit mehr. Auf Donnerstag ist Ihre Hinrichtung angesetzt, lieber Dima. Ich sehe schon, ihre Kräfte werden nicht ausreichen, um aufzustehen und zu sagen: ›Das ist die Unwahrheit!‹ Hinrichtung, wie gesagt ... So sei es denn ... Manchmal wird einem das eigene Schweigen zum Henker.«

Da sprudelte es aus Glebow heraus: »Stimmt nicht! Ich sage es am Donnerstag!«

Der rotbräunlich fahle Mensch stand vom Bett auf, warf sich den langen Mantel über. Das schiefe Köpfchen warf er empor, blickte durchdringend und, wiewohl kleiner an Wuchs als Glebow, gleichsam von oben auf diesen herab. Sagte nichts, verabschiedete sich nicht, ging mit seinem flatternden, somnambulen Schritt oder auch Flug den Gang entlang, flatterte zur Tür hinaus, welche Glebow hinter ihm zumachte, doch da klopfte es wieder.

»Lieber Dima, um eines flehe ich Sie an ...«, flüsterte er, das bleiche Gesicht im Erschrecken noch seitlicher geneigt, »handeln Sie, wie Sie wollen, aber dem Alten kein Sterbenswörtchen! Abgemacht? Danke. Weder von meinen Briefen noch von unserem Gespräch. Er darf es auf keinen Fall wissen!«

Und unabwendbar kam es immer näher: jene Folter, jener Kreuzweg, an dem er stand, die Beine unter sich schon gefühllos vor Erschöpfung. Was konnte er tun? Es trug, es trieb ihn irgendwohin. Obwohl er scheinbar angewurzelt stand, ohne Bewegung, trieb und trug es ihn weiter. Nur wußte er noch selber nicht wohin. Noch ein Tag flimmerte vorbei, genauso weiß, genauso rotierend, so sorgenvoll, mit Laufereien in die Apotheke, mit Redereien über ganz was anderes. Klawdija stritt sich wieder mit ihrer Mutter und weinte in der Küche. Sie liebte Oma Nila sehr. Auch Glebow liebte seine Oma.

Wen sollte man auch lieben, wenn nicht die Oma Nila?

Er saß neben ihr, hielt in seiner Hand die wie ein Stück Tuch so leichte, hellgraue Greisinnenhand, und seine Stimme dröhnte, summte, erzählte – sie hatte ihn darum gebeten, wie ein kleines Kind – und im Kopf dröhnte es glockendumpf: dort verlierst du dein Pferd, dort deine Frau, und drüben bist du gleich dein Leben los. Man rief ihn ins Institut, zu einem Colloquium mit Studienanfängern. Aber alles war sowieso klar. Wozu noch hingehen? Er ging nicht hin. Dann rief die Afonitschewa an, die Dekanatssekretärin: »Glebow, Sie haben es nicht vergessen: morgen um zwölf?« Eine schnelle, nachdrückliche Stimme: rasch der Reihe nach zwanzig Leute anrufen, rasch die Liste runterleiern. »Weiß ich« – »Kommen Sie pünktlich« – »Mach ich«.

Er versuchte, ruhig zu überlegen: nun gut, es gibt vier Varianten, die müssen durchdacht werden. Erste Variante: Er kommt und tritt für Gantschuk ein. Nicht geradeheraus, schon mit Einschränkungen, weist auf einige Irrtümer des Betreffenden hin, aber im großen ganzen *tritt er für ihn ein*, sei es auch nur in der von Kunik vorgeschlagenen Form: er stellt die Wendung in Schirejkos Artikel richtig und deckt deren provokatorischen Sinn auf. Was gibt diese Variante her? Die Verwaltung schäumt vor Wut. Dann ade Gribojedowstipendium, ade Aspirantur et cetera pepe. Denn das bedeutet, die Front jäh gewechselt zu haben. Das verzeihen die nie. Niemals. Das werten die als Verrat. Die Rache wird entsetzlich sein, und sie wird nicht lange auf sich warten lassen. Und da Dorodnow jetzt die ganze Macht in Händen hält – der Direktor ist monatelang fort, mal in China, mal in Korea, mal im Spital –, wird Dorodnow alles nach seinem Willen hinbiegen. Er will es Gantschuk nun mal heimzahlen. Und was bringt diese Variante ein? Die Dankbarkeit von Gantschuk und Familie. Eine noch grenzenlosere Liebe Sonjas. Der eine oder andere, Leute wie Marina Krasnikowa, wird seine Hand eine halbe Minute lang schütteln und davon sprechen, was für ein Prachtskerl er sei, wie großartig er geredet habe, und Kunik wird grinsend sagen: »Sie haben mich in Erstaunen versetzt! Ich freue mich für Sie!« Das ist alles. Und dann ein Job als kleiner Kontorist. Allsamstäglich, vollbepackt wie ein Muli, mit dem Vorortzug nach Brusskowo. Der Verlust ist einschneidend, der Gewinn ist zweifelhaft. Zweite Variante: Er kommt und übt Kritik an Gantschuk. Schlichter gesprochen: er *attackiert* ihn im Schwanz der ganzen Meute. Selbstredend gar nicht aggressiv, überhaupt nicht grob, sogar mit Wärme und Mitgefühl, mit dem unendlichen Bedauern, feststellen zu müssen, daß und so weiter, mit dem Appell an die anderen, Feingefühl walten zu lassen, über den Fehlern und Irrtümern des Kritisierten seine Verdienste nicht ganz zu vergessen ... Genau im erbetenen Stil. Irgendwas über Perewerserei oder RAPP-Auswüchse, im Grunde egal was. Über die Statuetten beiläufig. Man kann sie auch ganz weglassen. Vielleicht noch zwei, drei sanft bedauernde Worte. Hauptsache: jene Wendung in Schirejkos Aufsatz nicht erwähnen, als hätte es sie niemals und nirgends gegeben. Jetzt aber aufrichtig, Hand aufs Herz: ist denn Professor Gantschuk als Gelehrter wie als Lehrender wirklich so allseits vollkommen? Ist in den gegen diese Festung abgefeuerten Kanonenkugeln nicht ein einziges Gramm gerechten Tadels enthalten? Geben wir es vor uns selber zu, ganz im Vertrauen: es ist enthalten, es ist ... Die Bücher sind langweilig. Kein einziges kann man zu Ende lesen. Stinklangweilig, ehrlich gesagt. So schrieb man vor zwanzig Jahren, heute ist was anderes fällig. Der vulgäre Soziologismus sitzt unausrottbar in ihm drin, wie eine Erbkrankheit. Aber davon kein Wort! Das bleibt streng vertraulich. Eröffnungen vor dem eigenen Gewissen. Und daß er an der Fakultät schaltete und waltete wie er wollte, ist auch nicht so weit von der Wahrheit entfernt. Die Lehrkräfte wurden mit seinem Licet ernannt. Auch wer in die Aspirantur wollte, brauchte unbedingt sein »einverstanden«. Es stimmt auch gar nicht, daß er »nicht von dieser Welt« sei, wie das einige meinen, er hat ein scharfes Auge, ist wählerisch, schaut sich die Leute sehr genau an und ist kein bißchen unvoreingenommen, ganz im Gegenteil, er liebt die einen, haßt die anderen, und manchmal fragt man sich: warum. Seine Geschmäcker wirken altmodisch, seine Voreingenommenheiten wurzeln im Vergangenen, in den Jahrzehnten der Aufstände, Gefechte und Scharmützel. Es gibt Trugbilder, deren Trug für viele längst offenbar geworden ist, er aber kommt nicht davon los, wie ein hungriger Säugling von der Mutterbrust. Und es gibt Phänomene der letzten Jahre – was in der Welt vor dem Krieg und gleich nach Kriegsende aufkam –, die sein Bewußtsein einfach nicht aufnehmen kann. Und Dorodnow: kann der das vielleicht? Außerdem ist Nikolaj Wassiljewitsch ein grundehrlicher, hochanständiger Mann, und darum geht es doch im Kern! Ihn angreifen bedeutet deshalb einfach: das Banner der Anständigkeit angreifen. Denn jedermann ist klar, daß Dorodnow eines ist und Nikwas Gantschuk etwas ganz anderes. Schlecht Unterrichtete fragen manchmal: was ist nun eigentlich der Unterschied? Die beiden haben einfach vorübergehend die Plätze gewechselt. Beide fuchteln sie mit dem Säbel herum. Nur daß der eine Säbelheld schon etwas matt ist, während dem anderen sein Säbel gerade eingehändigt wurde. Den einen anzugreifen, bedeutet folglich, auch den anderen anzugreifen, überhaupt alle, die mit ihren Säbeln fuchteln. Aber das trifft nicht zu. Denn sie machen verschiedene Bewegungen, wie Schwimmer im Fluß: Der eine rudert unter sich, der andere seitwärts. Du großer Gott, der Unterschied ist wirklich null. Beide schwimmen sie im gleichen Fluß und in der gleichen Richtung. Es geht hier um dies: um die Trennung von Sonja für immer. Um den Verzicht auf ihre Liebe. Denn das ist unwiederbringlich, das bricht für immer ab. Das ist sehr bitter: wenigstens eines Menschen Liebe zu verlieren ... Und nicht nur das, nicht nur das! Von allen Seiten wird es hageln: der eine verflucht dich, der andere verkrampft seine Hände am Rücken, um sich, da sei Gott vor, nicht durch einen Händedruck zu besudeln. Dann wird jemand ein Telegramm schicken »Gratulieren zur hohen Auszeichnung: den dreißig Gribojedowsilberlingen«. Auf dies alles kann man ruhig spucken. Denn sein Leben wird gleich eine solche Beschleunigung nehmen, daß er weit fortfliegt, den anderen davon, jene anderen verschwinden für immer vom Horizont, mit ihrem faden Lächeln, ihrer Verachtung, ihren wunderschönen Scheuklappen. Nicht zu sehen, daß Gantschuks Los schon entschieden ist! Ihn zu retten, bedeutet: gegen die Strömung zu rudern, in der alle dahintreiben. Völlig entkräftet spült dich die Welle ans Ufergestein. Sollte es wirklich nur die *Angst* sein: mit kaputtem Schlüsselbein blutig auf den Steinen zu liegen? Damals erriet er nicht, daß es Angst war. Angst ist nämlich die unwägbarste und geheimste Triebfeder des menschlichen Selbstbewußtseins. Stählerne Finger schubsten ihn kaum merklich an, und er war bereit, endgültig und gründlich bereit, aber eine unsichtbare Kraft versperrte ihm den Weg. Sonja vielleicht? Die er nicht liebte? Und die das Beste war, das er im Leben besaß? Nein, nicht sie selber, sondern das, was in Sonja war: ihre Wärme, ihre Güte ... Dieses ihr Wesen, dies Sonjahafte legte sich quer, dieses Hindernis war unübersteigbar.

Dann also, wenn beide Varianten wegfallen, bleibt eine dritte. Er kommt und redet nicht, er schweigt. Aber das wird keinem recht sein. Die einen und die anderen werden dich hassen. Geht also auch wieder nicht! Dann Variante vier. Die letzte. *Er kommt gar nicht erst.* Aber wie? Sie haben gewarnt, das ist mehr als Pflicht. Es müßte also eine schicksalhafte, eine kosmische Ursache her. Zum Beispiel: er geht zur Versammlung, überquert einen Platz, kommt unters Auto. Oder: er fällt einen Straßenköter an, der Köter beißt ihn, er kommt unverzüglich ins Krankenhaus und wird gegen Tollwut geimpft. Oder Ähnliches. Alles Blödsinn. Wenn er doch den Herzanfall samt Ohnmacht, statt vor zwei Tagen, heute bekommen würde! Aber Drusjajew, als gewiefter Jurist, würde vermutlich eine Ermittlung veranlassen und feststellen, daß eine Alkoholvergiftung vorliegt. Nein, nicht zu kommen ist unmöglich. Aber zu kommen ist auch unmöglich. Alles ist unmöglich, nichts geht. Überall Patt. Keine Figur kommt vom Fleck.

So in etwa, freilich abgerissen, knapp, mit müder Stimme, mit Pausen, in jähes Nachsinnen verfallend, erzählte er der Oma Nila. Sie hatte ihn gebeten, er möge etwas *über seine Angelegenheiten* erzählen.

»Da hör ich nämlich so gern zu ...«

Sie selber hatte in ihrem Leben nie gearbeitet. Das heißt: sie hatte nur gearbeitet, aber im Haushalt, in der Familie. Und sie verstand natürlich nichts von dem. Doch Glebow erzählte, über irgendwas mußte er ja reden, und im Kopf war nur das eine.

Da ging die Oma plötzlich selber ans Erzählen: was ihr vorhin so eingefallen war. Sie erinnerte deutlich und viel. Weit Zurückliegendes. Fast hat man Furcht davor, so weit: siebzig Jahre. Wie Großvater Nikolaj, Glebows Ururgroßvater, sie im Sommer ins Dorf fuhr. Er war Kaufmann, sie lebten auf der Warwarka, am Salzhof, vor der Revolution wurde das Haus verkauft, sie zogen hinter die Moskwa. Und im Dorf, im Wenewkreis, da stand ein Haus, das hatte Großvater Nikolaj für die Schwiegermutter gebaut, weil die Schwiegermutter nämlich nicht nach Moskau wollte. Und als sie selber noch ein kleines Mädchen war, da fuhr sie so gern im Sommer aufs Dorf. Der Großvater war unbeliebt im Dorf. Sie nannten ihn dort den »Hartbackenen«. Doch Oma Nila erschien er voll Güte. Auf die Reise gab man ihr immer ein Bastsäckchen mit, aus feinem gelbem Bast, in dem war Konfekt drin, billige Lebkuchen und Nüsse. Diese Mischung hieß »Kuddelmuddel«. Man ging in den Laden und verlangte »zwei Säckchen Kuddelmuddel«. Und die Dorfmädchen, die haben immer auf sie gewartet, und kaum war das Fuhrwerk in den Hof gefahren, da waren sie schon alle da. Und Oma Nila hat sie alle beschenkt: Du kriegst diese Nüsse, du ein Konfekt und du den Honiglebkuchen. Und die Urgroßmutter, das alte Weib, dem Großvater Nikolaj das Haus gebaut hatte: die wollte immer Fastenzucker haben. Und in dem Haus, da hat sie nicht gewohnt, weil das wie ein Stadthaus gebaut war, keine richtige Bauerndiele drin, sondern gleich ein Saal, und die Möbel waren lauter Stadtmöbel, da lebte die Urgroßmutter doch lieber bei der anderen Tochter in einem einfachen Bauernhaus, und das neuerbaute Haus stand leer, bis jemand aus der Stadt kam. Und der Großvater fragte die Schwiegermutter: »Was soll ich Ihnen aus der Stadt mitbringen, Frau Mutter?«

»Bring mir Fastenzucker mit, Nikolaj Jefimowitsch, wenn das in deiner Macht und Möglichkeit steht!« Und die alte Frau bekam den Zucker just zur Fastenzeit geschickt.

Und auch im Sommer bekam sie ihn, zwei Tragschalen mindestens. Der Fastenzucker wurde nämlich tragschalenweise verkauft, bei Saizew. Das waren Schalen, ähnlich wie kleine flache Kisten, da lag der Fastenzucker drin, in zwei Schichten und mehreren Farben: zitronengelb, himbeerrot, apfelgrün, zwetschgenblau, wie das Herz es begehrt. Und mittendrin im Zucker ein Päckchen Tee ...

So erzählten sie einander etwas, Glebow und Oma Nila, und alle hatten den Eindruck, daß es der Greisin besser ginge. Sie gab sogar den Rat:

»Dima, was will ich dir sagen?« Sie blickte ihn voller Mitleid an, Tränen in den Augen, als wäre die Reihe zu sterben an ihm und nicht an ihr. »Verzehr dich nicht, betrüb nicht dein Herz. Wenn sowieso nichts möglich ist, dann denk nicht drüber nach. Wie es von selber kommt, wird es auch gut sein ...«

Und seltsam, er schlief spät in der Nacht ein, an nichts denkend, beruhigt. Um sechs Uhr früh weckte ihn eine tiefe Stimme oder auch was anderes, jedenfalls schreckte er auf und hörte:

»Unsere Oma Nila ist nicht mehr ...«

Klawdija stand in der Tür im Gang, schwarz, ohne Gesicht im Gegenlicht. Die tiefe, Glebow zunächst männlich dünkende Stimme war ihre Stimme gewesen. Hinter der Zwischenwand schluchzte Tante Polja: leise, um die Nachbarn nicht zu stören. Es war ein wunderliches Schluchzen: als würde ein Huhn gackern, dem der Hals zugedrückt wird. Der Vater kam rein, sagte was von Arzt, Totenschein, irgendwas besorgen. So begann der Donnerstag. Und Glebow mußte nirgends hingehen an diesem Tag.

Ich kam drei Jahre später ins große Haus am Fluß, im September einundvierzig. Die Schule fiel aus. Die Nächte waren sternenklar und kühl. Wir lebten ein nächtliches Leben, die Nächte haben sich eingeprägt. Die Tage waren ein Gehetze: mal Flußhafen, mal Holzlager, wir trugen

Einberufungsbefehle aus und lernten in der freien Zeit den Umgang mit dem Hydropult, das Aufrollen des Feuerwehrschlauchs, das Öffnen des Deckels der Wasserleitung. Immerhin waren wir Feuerwehrleute. Wenn auch mehr dem Namen nach. Wir sprangen da und dort ein. Im Hafen entluden wir Barkassen mit Munitionskisten, im Holzlager leerten wir Güterwagen voller Brennholz. Alles geschah in großer Eile, wir stapelten das Brennholz nicht, wir schmissen es von den Waggons herunter, türmten es einfach so auf. Die Strecke mußte freigemacht werden. Dies erinnere ich: die wilde Hast. Und als ich mir fast einen Bruch holte, beim Hochheben der größten Klötze. Doch unser eigentliches Leben begann nachts, wenn Rundfunksprecher Lewitan den Fliegeralarm verkündet hatte. Wir hielten Brandwache, lungerten auf den Dächern herum, liefen sie ab, auf der Suche nach einer höllischen Brandbombe, um diese heldenhaft mit einer langen Zange zu ergreifen und runterzuschmeißen. Vor allem dies: wir atmeten die tödliche Kühle dieser Nächte ein.

Sie waren so hell, so aschhell. Wetterleuchteten, betäubten das Ohr. Und der Geruch nach Pulverdampf über Moskaus Dächern, der Trommelwirbel der Flaksplitter auf dem Dacheisen und der traurige Brandgeruch der irgendwo hinter dem Serpuchowplatz wütenden Feuersbrünste ...

Die Kaserne unserer Feuerwehrkompanie – deren vollständiger Name etwa der war: »Jungkommunistische Kompanie des Antifeuerschutzes des Leninrayon« – befand sich in der Jakimanka, jenseits der Brücke. Das große Haus am Fluß gehörte nicht zu unserem Revier. Trotzdem kamen wir einmal dorthin. Ich kann mich nicht mehr erinnern, was wir dort machten und weshalb man uns hingeschickt hatte. Ich weiß, daß wir auf dem Dach Anton und noch drei Burschen trafen, dann in die Wohnung von Sonja Gantschuk liefen, daß Dima Semmel dort war, der tags darauf Moskau verließ. Sein Evakuierungszug sollte im Morgengrauen abfahren. Zum Bahnhof wollten sie nachts, man kam nur mit großer Mühe in solche Züge rein. Ich hatte einmal meine Tante hinbegleitet und wußte, was sich dort abspielte. Semmel war mächtig gewachsen, sprach mit Baßstimme, auf seiner Oberlippe keimte ein kleiner schwarzer Schnurrbart. Ich glaube, es war so: zu Sonja war er nicht nur des Abschieds wegen gekommen, sie hatte ihm außerdem noch ein Felleisen versprochen. Ich weiß noch, wie er mitten in der Küche stand und Tee aus einer Tasse trank, während Sonja das stark verstaubte Felleisen reinigte, und wie plötzlich das Licht ausging. Wir suchten nach einer Kerze oder Laterne, da kam Fliegeralarm. Zum zweitenmal in der Nacht.

Als bald darauf das Licht wieder anging, sah ich dies: Sonjas Gesicht war tränenüberströmt und lächelte. Sonja war zu jenem Zeitpunkt fast ganz aus meinem Gedächtnis entschwunden, Dima Semmel war mir ehrlich gleichgültig. Das alles war ferne, überstandene Kindheit.

Aus jener Nacht erinnere ich noch dies: an Antons Gürtel baumelte ein riesiger kaukasischer Dolch. Anton und ich standen auf dem Dach vor dem aus dünnen Metallstäben gefertigten Dachgitter und blickten auf die schwarze nächtliche Stadt. Kein Schimmern, kein Blinken dort unten, kein noch so kleines Licht, alles undurchdringlich taub, nur zwei dunkelrosa Wunden bewegten sich in dieser Schwärze: zwei Brandstellen im Samoskworetschje. Die Stadt war unendlich groß. Es ist schwer, die Unermeßlichkeit zu verteidigen. Und dann noch der Fluß, den man nicht verbergen kann. Er leuchtete, warf das Sternenlicht zurück, seine Windungen bezeichneten die Stadtviertel. Wir dachten an die Stadt mit Schmerz, wie an ein lebendes Wesen, das unsere Hilfe braucht. Aber wie konnten wir helfen? Es gab eine Minute der Entrückung und der Stille. Wir standen am Rande eines unsichtbaren Abgrunds und blickten zum Himmel hinauf, wo alles schimmernd bebte, sich in Erwartung einer Schicksalswende anspannte: die Sterne, die Wolke, die Fesselballons, die schräg und lautlos abfallenden Messerklingen der Scheinwerfer, die dieses fragile Weltgebäude ruhelos zerhieben. Da murmelte Anton einen Satz, der mich verblüffte:

»Weißt du, wer einem leid tut? Unsere Mütter ...«

Das bedeutete, daß es uns Frühere nicht mehr gab. Ein gewaltsamer Bruch hatte sich vollzogen. Wie der Himmel war auch die Zeit mit ohrenbetäubendem Getöse aufgeplatzt.

Später, das weiß ich noch, standen wir auf dem Treppenabsatz und warteten auf den Fahrstuhl, um Sonjas kranke Mutter herunterzubefördern. Semmel hatte mir vorhin gesagt, das hätte ich prima gemacht, daß ich aus diesem Haus fort bin. Die deutschen Flieger zielten mit Vorliebe auf das Große Haus. Alle Bomben knapp daneben: auf die Brücke, auf die Kadaschewka. Er würdigte gleichsam meine Schlitzohrigkeit oder mein Mordsglück, ich weiß nicht mehr genau, was eigentlich, jedenfalls spürte ich Hämisches in seinen Worten. Ich erwiderte aber nichts, denn er war mir absolut gleichgültig. In allen Stockwerken wurden Türen zugeschlagen. Ringsherum war Lärm, menschliche Wechselrufe, Getrampel über Treppenstufen. Das Treppenhaus erzitterte. Alle horchten auf die Vorgänge am Himmel. Einstweilen blieb es still dort. Anton sagte:

»Vielleicht ein einzelnes Aas ...«

Aus der Wohnung gegenüber trat ein Mann in einem Mantel, den er über ein Nachthemd angezogen hatte, hinter ihm kam eine Frau heraus, die auf den Armen ein großes dickes langbeiniges Mädchen trug. Von fern bellten Flakgeschütze auf. Die Frau sagte, an niemanden gewendet:

»Die deutsche Sippschaft gehört aus dem Haus geschmissen ...« Dann schaute sie ihren Mann an und sagte: »Ist doch wahr, Kolja, oder?«

Als sich die Aufzugstür öffnete und Sonjas Mutter eine Bewegung des Einsteigens machte, wurde sie von der Frau sehr geschickt, mit den Füßen des Mädchens auf ihrem Arm, weggestoßen. Die Frau sagte:

»Ihr könnt warten.« Sie ging als erste in die Liftkabine, hinter ihr ging ihr Mann hinein und noch jemand. Der Aufzug fuhr ab. Professor Gantschuk fragte:

»Wer sind diese Leute?«

Sonja sagte, das seien die neuen Nachbarn. Und fügte etwas unsicher hinzu:

»Nicht schlechte Menschen, aber irgendwie seltsam ...«

Anton und ich verschränkten die Arme zum »Stühlchen« setzten Sonjas Mutter drauf und trugen sie hinunter in den Schutzraum. Wir mußten in die Jakimanka zurück. Das Flakfeuer wurde lauter, kam näher. Als ich in den Hof hinauslief, donnerte es von überallher, und in den Pausen zwischen den Salven konnte man deutlich das Klirren der Flaksplitter hören, die sich mit Wucht in den Asphalt bohrten. Bereits rennend, vom Flakfeuer umdröhnt, verabschiedete ich mich von ihnen allen, oder doch nicht von allen, die Eile ließ es nicht zu ...

Nein, es gab noch eine Begegnung, eine einzige! Zum letztenmal traf ich Anton Ende Oktober in der Poljanka in einer Bäckerei. Jäher Wintereinbruch, Schnee und Frost, Anton natürlich ohne Mütze und Mantel. Er sagte, in zwei Tagen würden sie ihn mit der Mutter in den Ural evakuieren, und wollte meinen Rat hören, was er mitnehmen soll: die Tagebücher, seinen wissenschaftlich-phantastischen Roman oder die Alben mit den Zeichnungen? Seine Mutter hatte kranke Hände. Gepäck tragen konnte nur er. Seine Sorgen kamen mir nichtig vor. Was sollen Alben, was Romane, wenn vor Moskaus Toren die Deutschen stehen? Anton zeichnete und schrieb Tag für Tag. Aus seiner Jackentasche ragte ein in der Mitte gefaltetes Schulheft. Er sagte: »Ich werde auch diese Begegnung in der Bäckerei aufschreiben. Und unser ganzes Gespräch. Weil das wichtig ist für die Geschichte.«

Viele Jahre später besuchte ich Antons Mutter. Sie lebte als einzige weiter in dem großen Haus am Fluß, in der gleichen kleinen Parterrewohnung. Sie gab mir sechs Tagebuchhefte von Anton. Es waren Tagebücher aus dem letzten Vorkriegsjahr, sie waren in der Moskauer Wohnung und erhalten geblieben. Alle übrigen Werke des Anton Owtschinnikow, seine Alben und gelehrten Beiträge ersoffen im Fluß Issetj, als die Barkasse kenterte und Anton und seine Mutter sich nur mit Mühe retten konnten.

Glebow versuchte, nicht zu erinnern: was ihm Kuno Iwanowitsch sagte, als sie aus purem blöden Zufall auf der Allee des Roshdestwenskijboulevard zusammenstießen. Und wie sich Glebow verhielt, als er das hörte, was ihm gesagt wurde. Ganz andere Zeiten, etwa acht Jahre später, aber auch wieder nervöse Erregung. Es war wohl vor der Habil – oder war es damals, als er von dort hierher überwechselte, und der Vorfall auf dem Boulevard stellte sich quer? Winter! Freilich doch, tiefer Winter. Die Allee mit gelbem Sand bestreut, gleich daneben hohe Schneewehen. Irgendwer war in den Schnee gefallen. Glebow war in Begleitung gewesen. Das war es ja, daß die Worte im Beisein von Leuten fielen, und da trübte sich Glebows Bewußtsein. Wäre er ohne Begleiter gewesen, die ihn wegzerrten, hätte das Ganze schlecht ausgehen können. Denn er begriff nicht mehr, was er tat. Es hätte nicht viel gefehlt, und er hätte diesen Menschen erwürgt. Kuno Iwanowitsch war bereits zu Boden gegangen, und Glebow drückte ihm den Hals zu. Sein ganzes Leben lang versuchte er, das zu vergessen, und fast gelang es ihm ja auch, er wußte zum Beispiel nicht mehr, welche Worte genau Kunik gebraucht hatte, und in Erinnerung blieb das Ganze lediglich als schwacher Druck in der Brustmitte, wie von einem längst vergangenen Schrecken. Wenn sein Gedächtnis dieses Männlein hochspülte, was äußerst selten und stets unvorhergesehen geschah, beschränkte sich alles auf die Empfindung des Brustdrückens.

Dann versuchte er noch, sich an Julia Michajlownas Gesicht nicht zu erinnern, als sie im Institutsgang an ihm vorbeiging, aus Drusjajews Arbeitszimmer zurückkehrend, gestützt auf ein Mädchen. Eine Sekunde lang war Glebow so verwirrt, daß er nicht wußte, wie er sich verhalten sollte: mit dem Kopf nicken, etwas sagen, sich stumm verbeugen? Die Verwirrung versteinte ihn, und auch ihr Gesicht erstarrte, als sie vorbeiging. Das starre Gesicht dieser Frau hätte er liebend gern vergessen, denn das Gedächtnis ist ein Netz, das man nicht überspannen, dem man keine schweren Lasten zumuten sollte. Soll alles Gußeiserne das Netz durchbrechen, abgehen, fortfliegen. Sonst lebt man in ständiger Spannung. Das wie gefrorene, blutlose Gesicht wurde für eine Weile vergessen, stand aber prompt wieder vor Augen, wenn er etwas erfuhr: zum Beispiel die Todesnachricht. Sie starb bald darauf, noch während seiner Aspirantur. Sie war ja auch schwer herzkrank gewesen. Unbegreiflich, warum sie so darum gekämpft hatte, ihre Arbeit wiederzubekommen. Sie durfte auf keinen Fall arbeiten. Weder arbeiten noch prozessieren, noch Rache üben. Das stille Leben in Brusskowo, zwischen Blumen und Gemüsebeeten, war ihr gerade angemessen. Aber sie konnte das nicht, und Brusskowo gab es auch nicht mehr. Sie hat sich zugrunde gerichtet. Wie das alles im Detail war, wußte er nicht, aber plötzlich tauchte das Gesicht wieder auf. Und alles Übrige, das zu vergessen er sich mühte. Beispielsweise, was Gantschuk im Redaktionskollegium gesagt hatte, als sie sich während einer Beratung begegneten. Nichts Beleidigendes. Was der Alte meinte, verstand sowieso keiner. Und schlecht sah er aus, kaum wiederzuerkennen, mit der rechten Gesichtshälfte war etwas geschehen, weshalb er auch nicht sehr artikuliert sprach und unaufmerksam angehört wurde. Obwohl er allerorten wiederkam und sein Hauptwidersacher Dorodnow stürzte und in die Namenlosigkeit eintauchte – dieser Kampf hatte die letzten Jahre erfüllt –, war etwas Wichtiges unwiederbringlich verloren. Dem Greis zuzuhören, dem etwas Wichtiges entglitten war, war nicht besonders interessant. Niemand außer Glebow lauschte auf sein Gemurmel. Doch er fischte aus der Greisenrede etwas Giftiges heraus. Es kränkte und verblüffte: diese schlaffen Muskeln waren immer noch mobil! Dies alles galt es zu vergessen. Genauso wie jenen Septembertag in Riga, im Freiluftkaffee, unweit des großen Kaufhauses, als er am Nachbartischchen Sonja gesehen hatte. Das waren bereits völlig andere Zeiten, nicht einmal die anschließend angebrochenen, sondern wieder ganz ganz andere Zeiten, und man hätte meinen können, daß er nicht erkannt wurde, und alles was aus dem Vergangenen in sein Gedächtnis gedrungen war, was ihn noch unlängst gequält und ausgezehrt hatte, rief keinerlei Gefühle mehr hervor, hatte sich abgeschuppt, war abgefallen. Einst hatte er erfahren, man hätte Sonja in eine Klinik außerhalb der Stadt gebracht, was zu erwarten gewesen war, immerhin war sie erblich belastet: Julia Michajlownas Mutter war in der Nervenheilanstalt gestorben, Julia Michajlowna selber war auch nicht gerade gesund. Einer von denen, die Sonja besuchten, hatte berichtet, sie hätte Furcht vor dem Licht, wolle immer im Dunkeln sein. Sonst lag offenbar nichts vor. Nur die Furcht vor dem Licht und der Wunsch nach Dunkelheit. Später soll sie sich wieder erholt haben. Er wußte es nur ungenau. Es gab keine gemeinsamen Bekannten mehr, alles war im Damals geblieben. Und dann diese Begegnung in Riga, er lebte draußen am Strand, war für einen Tag in die Stadt gekommen, Marina schleifte ihn durch die Geschäfte, plötzlich am Nachbartisch Sonja. Neben ihr saß eine etwas ausgefallen wirkende, hochgewachsene, fleischnasige Frau mit Brille, in nachlässiger Touristenkluft, Hosen und Wanderschuhen. Sonja starrte Glebow an, das war auch der Grund, daß er sich umdrehte: er hatte ihren Blick gespürt. Und darauf eine unwillkürliche Bewegung zu ihr hin gemacht und etwas gesagt, so was wie »Sonja!« oder »Grüß dich!« oder »Bist das du?«. Etwas Freudiges, Heißes, das ihn sekundenschnell wie eine Welle überspülte. Sie war gealtert, fülliger geworden, das Haar war schon zur Hälfte grau, doch ihr war die Fähigkeit geblieben, augenblicklich weiß im Gesicht zu werden, und so schaute sie ihn auch, mit weißem Gesicht, erschreckt an, dann nahm die Fleischnasige sie an der Hand, zog sie und sich vom Tisch hoch, entfernte sich mit ihr. Haften blieben die gewaltigen Wanderschuhe der Frau. Marina fragte: »Du kennst die Frauen? Wer sind sie?« Er sagte, es seien Moskauer Bekannte, wer genau weiß er nicht mehr.

Vielleicht war alles ein klein wenig anders gewesen – er drängte die Erinnerung zurück. Das Nicht-mehr-Erinnerte hörte zu bestehen auf. War nie gewesen. Nie gewesen war die zweite Versammlung, vollbesetzt, bereits im März, als das Gewissenswurmen keinen Sinn mehr hatte. Diesmal war sein Erscheinen nicht mehr zu umgehen gewesen, selber reden mußte er nicht unbedingt, die Reden der anderen mußte er sich anhören. Er hat dann doch was gesagt. Überaus knapp und belanglos. Was genau, ist ihm völlig entfallen. Es hatte keine Bedeutung mehr. Wegen Gantschuk war alles entschieden und unterschrieben. In ein Gebiets-PI, zwecks Stärkung der Provinzpädagogenkader. Es gab Einwände, jemand drehte durch und spann, im Grunde belanglos, zu Recht verdrängt. *Niemals gewesen.* Ja, war es denn überhaupt? Doch folgendes ist verbürgt: die Konditorei in der Gorkijstraße. Das blieb fürs Leben im Gedächtnis. *Das war.* Und alles übrige, die Schreie, die Aufregung, fünf Stunden Palaver mit Rauchpausen dazwischen, das besoffene Geschwätz von Ljowka, die Namenstagsfeier bei Schirejko – damals schien es, er würde in die ersten Reihen rücken, sei zum Führer großen Kalibers berufen, doch damit hatte es auch schon sein Bewenden, nach jenen Versammlungen war mit ihm nicht mehr viel los – alles Lärmende, Unbegreifliche, Sinnlose, das sich um Gantschuk herum tat, mit Füßegetrampel und Handumknicken, mit Tränenstrom und Herzinfarkt und Siegesjubel, verschwand wie ein Irrlicht im Sumpf. Nichts war, ratzekahl nichts. Er schlich die Straße entlang, mit dösigem und schwerem Kopf, Ljowka an seiner Seite. Der war jetzt restlos hinüber, im Saal hatte er sich noch gehalten, auf der Rednertribüne sogar geglänzt. Ljowka murmelte: »Mein Gott, sind wir Schweine ...« Man mußte ihn heimbringen, er war nahe am Umkippen. Damals begann sein Abstieg und Untergang. Einige Jahre später, als sich sein Leben überschlug, wurde sein zweiter »alter Herr«, der mit dem Dnjeprkosakenschnauzbart, aus dem Dienst gezogen, der Haushalt wurde aufgelöst, mit schicken Wagen war nichts mehr, die Mutter klammerte sich, vom Wunder begünstigt, an irgendwas, blieb in Einsamkeit zurück, Ljowka selber wurde ein kleiner Fußballmannschaftsbegleiter, fuhr mit der Mannschaft von Stadt zu Stadt, besorgte Hotelzimmer, Fußballschuhe, Bälle, »linke« Spiele und gab sich dem Suff hin, weshalb man ihn überall davonjagte. Noch später jobbte er sich durch, machte, was gerade anfiel, und wenn ihn die Miliz auf der Straße auflas, sagte er manchmal, sein Name sei Glebow, und gab Glebows Adresse an. Wahrscheinlich nannte er auch andere Adressen. Bei Glebow wurde er zwei-, dreimal abgeliefert. Doch auch das war vor sehr langer Zeit, vor vielleicht vierzehn Jahren. Dann schlugen die Wellen über ihm zusammen, und Glebow hörte nichts mehr von ihm, bis er ihn heute im Möbelladen traf, da einem jetzt schon die Kräfte für Sentiments fehlen, für alles außer dem Kern der Dinge.

Aber damals, nach der Versammlung, nach der Sintflut, als sie durch Moskau streunten und kreisten, errieten sie dies alles noch nicht. Ljowka wußte nicht, daß er bald purzelbaumschlagend davonfliegen würde, wie ein leerer Schlitten vom Rodelberg, Glebow wußte nicht, daß eine Zeit anbrechen würde, in der er sich bemühen würde, alles das nicht zu erinnern, was in jenen Minuten mit ihm vorging, daß er folglich nicht wußte, ein Leben zu leben, das *nicht gewesen war.* Plötzlich sah er, hinter dem Fensterglas einer Konditorei in der Gorkijstraße unweit vom Puschkinplatz, Gantschuk. Der stand an einem der hohen Tischchen, an denen Kaffee getrunken wird, und aß gierig ein Napoleontörtchen, dessen Papierhülle er mit allen fünf Fingern festhielt. Das fleischige, von rosa Falten durchzogene Gesicht des Greises bewegte sich genießerisch, zuckte wie eine gut sitzende Maske, vibrierte mit der ganzen Gesichtshaut vom Kiefer bis zu den Augenbrauen. Die Hingabe an die Süße der Creme und die dünnen, knusprigen Teigschichten war so absolut, daß Gantschuk weder Glebow bemerkte, der vor dem Fensterglas wie angewurzelt dastand und eine Sekunde lang den Törtchenesser anstarrte, noch den an Glebows Seite torkelnden Schulepnikow. Und auf diesen Mann waren vor einer halben Stunde tödliche Schläge und Blitze niedergeprasselt. Glebow erzählte später oft die Geschichte mit der Konditorei. Es war wirklich einiges zu berichten gewesen. Allerhand für einen Sechser. Dieses und jenes, und jenes und dieses, das man lieber ruhen ließ. Und trotzdem hatte Gantschuk dort am Tischchen gestanden und mit dem größten Heißhunger sein Napoleontörtchen verschlungen!

Und auch noch dies prägte sich ein, in allen Tönungen und Einzelheiten. Jener Besuch bei Gantschuks nach Großmutters Begräbnis, nach der Sitzung des Wissenschaftsrats, der er fernbleiben konnte, aber vor der zweiten Versammlung, die dann im März war. Eine jener Edelblödigkeiten, deren er fähig ist. In seinem Innern hatte er alles schon gelöst. Das Edelblöde war, daß es ihn hinzog, wenigstens indirekt, entfernt und versteckt Sonjas Sanktion zu erhalten. Das heißt, er träumte davon, daß sie sagen würde: »Du hast ja recht, Lieber, du mußte mich aufgeben. Das ist besser so für mich, für dich, für den Vater, für die Wissenschaft, für alle und alles.« Selbstredend konnte sie das nicht sagen. Aber sie sollte wenigstens seine Leiden sehen und teilen, sollte begreifen, daß es keinen anderen Ausweg gab. Irgendwie war er überzeugt, daß sie begreifen würde. Das war doch ihre größte Tugend: das Verstehen.

Julia Michajlowna öffnete. Glebow spürte, wie Sonjas Mutter jäh, wenn auch fast unmerklich vor ihm zurückprallte, daß ihre Worte: »Ach, guten Tag. Treten Sie doch ein ...« erst nach einer winzigen Pause kamen. Er trat ein. Alles war nicht wiederzuerkennen. Julia Michajlowna zeigte mit rascher, nachlässiger Geste auf den Kleiderständer: »Hier können Sie ablegen.« Als käme er zum erstenmal in dieses Haus. Man gab ihm also gleich zu verstehen, daß es dies Haus nicht mehr gab. »Sonja wird bald kommen. Warten Sie bitte im Eßzimmer.« Eine nicht minder nachlässige Gebärde wies ihm die Sitzgelegenheit an: das kleine Sofa neben dem Klavier. Er setzte sich aufs Sofa. Julia Michajlowna ging hinaus. Er saß allein im Zimmer und war ziemlich ruhig, obwohl er ein gewisses Unbehagen verspürte, sozusagen einen Vorschmerz, so ähnlich wie im Zahnarztwartezimmer. Aber herkommen hatte er müssen, der kranke Zahn mußte unbedingt raus, und Glebow war bereit zu dulden. Eines machte ihn etwas verlegen: warum war Julia Michajlowna so betont kühl zu ihm? Das war unverständlich. Die Märzversammlung war ja noch gar nicht gewesen. Sie konnte doch wohl kaum seine Gedanken gelesen haben, seine einstweilen nur ihm selbst bekannten Lösungen. Und er beschloß, Julia Michajlowna, sobald sie wieder hereinkäme, mit aufrichtiger Verwunderung zu fragen, was denn eigentlich passiert sei. Sie schien ihm ja geradezu böse zu sein.

Julia Michajlowna blieb indessen verschwunden. Auch Sonja kam nicht. Er hörte, wie Julia Michajlowna mit kleinen Schritten durch den Korridor tippelte, mit Wassjona sprach, dann ging die Arbeitszimmertür, Gantschuks Stimme dröhnte auf, Julia Michajlowna sagte laut: »Das ist nicht das, was mir vorschwebt!« worauf Gantschuk mit einem nichtverständlichen Satz antwortete. Dann verstummte alles wieder. Niemand betrat das Eßzimmer. Die Tür ging lautlos auf, der schwarze Kater Moritz schlich hinein, schlich an Glebow wie an einem Stuhl vorbei, ohne ihn anzublicken, tapste durch den ganzen Raum in Sonjas Zimmer. Glebow saß nun bereits eine halbe Stunde auf seinem Sofa. Er begann nervös zu werden. Was für Umgangsformen, Gottnochmal! Womit hat er das verdient? Daß er nicht auf den Wissenschaftsrat gegangen war, hatte einen triftigen Grund. Einen mehr als triftigen! Der Tod eines nahestehenden Menschen wiegt doch wohl noch etwas mehr als Ärger im Dienst! Allmählich wurde er immer wütender auf Julia Michajlowna – er hatte schon immer diese Hochnäsigkeit in ihr gespürt, das Egoistische an ihr, eine unangenehme Frau – und im gleichen Maß auf Gantschuk, der seine Frau stets gewähren ließ. Zum erstenmal dachte Glebow mit geheimer Schadenfreude, im Grunde sei es gar nicht übel, daß man diesen Leuten ein wenig auf den Pelz gerückt ist. Man darf nicht alles immer nur von seinem Kirchturm aus betrachten. Und nicht von ungefähr fanden Gantschuks nur so wenig Verteidiger. Als Julia Michajlowna endlich doch wieder eintrat, nicht etwa eine Teekanne, auch nicht einen Teller mit Gebäck, nicht einmal einen Aschenbecher, sondern – eine Tischlampe vor sich hertragend, sagte Glebow etwas provokant:

»Sie scheinen mir zu grollen, Julia Michajlowna?«

Julia Michajlowna gluckste leise auf, antwortete aber nicht sofort. Erst stellte sie die Lampe auf den Lesetisch in der Zimmerecke. Knipste die Lampe an.

»Da mögen Sie recht haben.«

»Und was ist der Grund?«

»Das läßt sich nicht so rasch erklären. Und uns fehlt die Zeit zum Gespräch. Gleich wird Sonja wiederkommen. Hier ist es zu dunkel, finden Sie nicht auch? Man muß überall Lichter entzünden. *Mehr Licht*, sagte Goethe kurz vor seinem Tod.«

Sie schaltete auch noch den Kronleuchter ein und ging hinaus. Es war vier Uhr nachmittags und überhaupt noch nicht dunkel. Plötzlich war Julia Michajlowna wieder da. Sie machte sorgfältig die Tür hinter sich zu, ihre Augen glänzten, die Bewegungen waren irgendwie beschleunigt. Sie setzte sich dem Sofa gegenüber auf einen Stuhl und begann, mit ihren glänzenden Augen direkt in Glebows Augen schauend, leise und schnell zu sprechen:

»Ich möchte trotzdem versuchen, es Ihnen zu erklären, solange Sonjalein nicht da ist. Ich spreche leise, damit der Professor es nicht hört ... Ich habe dieses Gespräch nicht gewollt, aber bitte sehr ... Verstehen Sie, was ich von Ihnen halte? Ich hasse Sie. Ja, ja, machen Sie nicht solche Kulleraugen ...«

Und legte los. Daß einem Hören und Sehen verging. Wie schwer es doch sei, einen Menschen zu verstehen, aber dann kommt der Augenblick – sie sagte: »die nächtliche Minute« –, da offenbart sich dieses Menschen wahres Wesen. Etwas über ihre Mutter, die die Gabe des Hellsehens besaß und die Zukunft voraussagen konnte. An dieser Stelle erschrak Glebow: dann kann sie am Ende selber auch hellsehen und hat seine geheimen Absichten gelesen? Daher also die plötzliche Kühle. Aber sie, als beantworte sie seine Gedanken, sagte, ihr selber ginge diese Gabe ab, sie wisse nicht, wie sich Glebows Beziehungen mit Sonja fortentwickeln würden, möchte sich auch nicht einmischen, glaube indessen allerdings ... Sie denke voller Sorge daran ... Sie verfluche den Tag, an dem ... Mein Gott, war das ein Wahnsinnsgeschwätz! Eine Mischung von Wut, von Nonsens und Verrücktheit. Natürlich, diese Frau war krank. Sonja hatte einmal erzählt, daß ihre Mutter, wenn der Blutdruck stieg und ein Herzkrampf nahte, auch psychisch aus der Reihe tanze. Glebow wäre gern gegangen, und er sprang mit den Worten auf:

»Ich werde Ihnen Wasser bringen!«

Doch sie packte seinen Arm, ließ ihn nicht fort. Ihre Finger umklammerten den Arm mit unerwarteter Kraft, daß Glebow direkt kalt davon wurde: eine solche Kraft, so schien es ihm, kann nur eine Verrückte aufbringen. Aber Julia Michajlowna war nicht verrückt, sie hatte nur, aus irgendeinem Grund, einen Haß auf Glebow und beeilte sich jetzt, ihm das kundzutun. Als hätte sie seine Gedanken erraten, sagte sie rasch:

»Sie müssen niemanden rufen, ich werde Ihnen alles sagen, dann kommt die Sonja heim, wir trinken Tee. Und – hören Sie – ich habe Ihnen nichts gesagt ...«

Woraufhin sie ihm genauso in Eile, halblaut, in sich überstürzenden Worten mitteilte, er sei ein kluger Mann, aber sein Verstand sei eiskalt, niemand braucht diesen Verstand, er ist unmenschlich, es ist ein Verstand für sich selbst, der Verstand eines Menschen von gestern, mehr klinischer Wahn als Verstand.

»Sie begreifen ja gar nicht, wie bourgeois Sie sind!«

Er hätte alles ausgenutzt: ihr Haus, ihre Datscha, die Bücher, den Gatten, die Tochter. Was konnte man darauf erwidern. Er konnte doch keinen Streit mit dieser Unglücklichen beginnen.

Vom Sofa aufstehend, fragte er:

»Darf ich Ihnen vielleicht doch Wasser holen?«

»Holen Sie es«, willigte sie gelassen ein.

Er ging in die Küche, Wassjona gab ihm ein Wasserglas, er goß abgekochtes Wasser hinein, kehrte ins Eßzimmer zurück. Julia Michajlowna saß immer noch auf ihrem Stuhl und blickte vor sich hin.

»Wissen Sie, was ich Ihnen sagen will«, sprach sie, das Glas nehmend, langsam, als wäre sie aus einem Schlummer erwacht. »Wissen Sie, was am besten wäre ... Dies Gespräch bleibt, wie gesagt, unter uns. Am besten wäre es, Sie würden aus diesem Haus fortgehen ...«

Er fragte: was er denn Schlechtes getan hätte?

»Vorläufig nichts. Sie haben noch nicht die Zeit dazu gefunden. Doch wozu darauf warten? Gehen Sie jetzt fort ... Ich bitte Sie, ich flehe Sie an ...« Und wirklich blickte sie ihn flehend an. »Sonjalein erfährt nichts von unserem Gespräch. Ich schwöre es Ihnen! Wollen Sie, daß ich Ihnen Geld gebe?«

»Was für Geld? Wovon reden Sie?«

»Sie brauchen Geld. Sie lieben es, nicht wahr? Sie haben aber keines. Wieviel soll ich Ihnen geben?« Wieder begann der Wahnsinn. »Reden Sie schnell, bevor Sonja wieder da ist. Na, reden Sie schon. Ich gebe es Ihnen, und Sie werden sofort unverzüglich ... Nein, warten Sie! Ich bringe Ihnen gleich was anderes!« Jetzt begann Sie plötzlich zu flüstern: »Ich gebe Ihnen einen Ring, einen alten Ring, mit einem Saphir. Sie lieben doch bourgeoise Dinge? Gold, Kleinodien ...«

»Wenn Sie es sich so sehnlich wünschen, daß ich gehe«, sagte Glebow, »dann bitte sehr, ich gehe schon ...«

Sie begann mit den Händen zu fuchteln, flüsterte:

»Einen Augenblick! Gleich bringe ich alles! Ich brauche das Zeug überhaupt nicht, und Sie können was damit anfangen!«

Sie rannte auf die Schlafzimmertür zu, aber glücklicherweise wurde sie aufgehalten: Gantschuk kam herein. Es kam zu einem seltsam zerfahrenen, hüpfenden Gespräch. Es ging um Dostojewskij. Gantschuk sagte, er hätte Dostojewskij unterschätzt, Gorkij hätte unrecht gehabt mit seiner Bewertung, eine neue Einsicht sei notwendig. Er wird jetzt viel freie Zeit haben und sich damit befassen können. Julia Michajlowna blickte den Ehegatten mit trauriger und leidenschaftlicher Aufmerksamkeit an. Er sagte ungefähr Folgendes: das was Dostojewkij quälte – das *Alles ist erlaubt*, wenn nichts da ist außer einem dunklen Zimmer mit Spinnen –, existiert bis heute, in kläglicher Alltagsgestalt. Alle

Probleme haben sich bis ins Erbärmlichste umgestülpt, doch sie existieren weiter. Die heutigen Raskolnikows töten keine Wucherinnen mit dem Beil, doch sie verzehren sich vor der gleichen Schwelle: soll ich hinüber? Und was macht es im Grunde auch für einen Unterschied: mit dem Beil oder sonstwie? Gleich umbringen oder bloß leicht eins auf den Schädel, damit Platz frei wird? Schließlich hat Raskolnikow nicht um der Weltharmonie willen getötet, sondern einfach für sich selbst, um sich selber, mein Gott, in dieser Welt irgendwo einen Platz zu verschaffen ...

Er dachte laut, ohne sich darum zu sorgen, ob ihm zugehört, ob er verstanden würde. Selbst seine Stimme hatte sich verändert. Plötzlich kam Sonja. Genau bei den Worten Gantschuks:

»Nehmen wir einmal Sie, Dima. Warum kommen Sie her? Das ist völlig unverständlich vom Standpunkt der formalen Logik. Doch vielleicht gibt es dafür eine andersgeartete Erklärung ...«

»Vater!« rief Sonja und stürzte auf Glebow zu. »Quäl doch Dima nicht! Man hat ihn genug gemartert!«

Und sie stellte sich vor Glebow auf, ihn beschirmend, als könnte Gantschuk einen Gegenstand auf ihn schleudern. Doch Gantschuk hörte nichts und sah nichts.

»Möglicherweise liegt hier«, sagte er, »eine metaphysische Erklärung vor. Erinnern Sie sich, wie es Raskolnikow immer wieder zu diesem Haus hinzog ... Aber nein! Auch das ist es nicht!« Er verwarf mit professoraler Geste die eigene Mutmaßung. »Dort war alles viel klarer und einfacher, denn es lag klar ein sozialer Konflikt zutage. Heute begreift der Mensch nicht voll und ganz, was er tut ... Daher der Streit mit dem eigenen Ich ... Er versucht, sich selber zu überzeugen ... Der Konflikt zieht sich in die Tiefe des Menschen zurück – genau das ist es, was hier vorgeht ...«

»Vater, Lieber!« sagte Sonja, »ich flehe dich an!«

»Schon gut, Tochter, wie du willst. Verzeih mir bitte.« Gantschuk blickte Glebow zum erstenmal aufmerksam, *erkennend* an. »Außerdem bin ich ihm überhaupt nicht böse. Kein bißchen böse, wirklich nicht.«

Er ging hinaus, aber nach kurzer Zeit, als Glebow Sonja auf ihr Zimmer gefolgt war und sich, wie das in Augenblicken der Mattigkeit seine Gewohnheit war, auf der mit einem Teppich bedeckten Liege ausgestreckt hatte, während sie sich danebensetzte und sein Haar streichelte, aus großem Mitleid mit ihm, denn sie wußte, wie sehr Glebow seine Oma Nila geliebt hatte, erschien der Alte plötzlich in der Tür und sagte mit seiner früheren, so wohlvertrauten Stimme:

»Wissen Sie, wo der Fehler liegt? Wir hätten Dorodnow im Jahr achtundzwanzig nicht verschonen dürfen. Wir hätten ihn damals fertigmachen müssen.«

Diese Worte beruhigten Glebow: der Greis war das geblieben, was er war. Folglich war alles Getane zu Recht so getan. Glebow übernachtete bei Sonja. Schlafen konnten sie nicht. Schliefen erst im Morgengrauen ein. Glebow hatte einen Traum: in einer runden Bonbonschachtel lagen Verdienstkreuze, Orden, Medaillen, Abzeichen, er fuhr mit der Hand hinein und versuchte, nicht zu laut damit zu scheppern, damit irgendwer nicht aufwache. Dieser Traum mit den Kreuzen und Medaillen in der Blechschachtel sollte sich in seinem Leben später mehrfach wiederholen. Am Morgen beim Frühstück in der Küche, als sie auf den grauen Betonbogen der Brücke, die kleinen Menschen und Autos, das graugelbe Schloß mit der Schneekappe auf der gegenüberliegenden Flußseite hinunterblickten, sagte er, er würde nach Vorlesungsschluß anrufen und abends vorbeikommen. Er kam niemals wieder in dieses Haus.

Das war es, was Glebow erinnerte, teilweise dank den Bemühungen seines Gedächtnisses, teils auch unabhängig vom Willen, ganz von allein, in der Nacht nach jenem Tag, als er Ljowka Schulepnikow im Möbelgeschäft begegnet war. Eines erschien sonderbar, und er schlief in seinem Arbeitszimmer im Obergeschoß mit dem Fenster zum Garten ein, ohne dies Rätsel gelöst zu haben: warum hatte ihn Ljowka nicht erkennen wollen?

Im April 1974 fuhr Glebow mit dem Zug nach Paris, zu einem Kongreß der IALE, der Internationalen Assoziation der Literaturwissenschaftler und Essayisten, in der er Vorstandsmitglied der Sektion Essayistik war. Im Zug begegnete er Ljowkas Mutter Alina Fjodorowna. Auch sie fuhr nach Paris, auf Einladung ihrer Schwester, die Rußland vor dreiundfünfzig Jahren verlassen hatte. Alina Fjodorowna hatte sich in eine grauhaarige gebeugte Greisin verwandelt, aber Glebow erkannte sie sofort: das gleiche dunkelfayencene höckernasige Gesicht, der scharfe, ein wenig funkelnde Blick und die gleiche, von Kindheit auf vertraute Zigarette zwischen den Zähnen. Stundenlang stand sie draußen im Gang und rauchte. Glebow trat auf sie zu, stellte sich vor, aber das Gespräch kam nicht so recht in Gang. Plötzlich spürte er, wie einst vor langer Zeit, wieder die Mauer des Hochmuts, die diese Frau umgab. Woher der Hochmut, mein Gott? Alles zerstört, das Leben zerronnen, der Sohn vor die Hunde gegangen, daß man gar nicht von ihm reden möchte, und die alte Dame kneift die Augen zusammen, fixiert Glebow wie durch ein Lorgnon und fragt mit erhabener Gleichgültigkeit: »Ach was? Essayistik? Ist das interessant?« Nach Warschau wurde sie gesprächiger, und Glebow erfuhr, daß sie eine Rente für ihren ersten Mann Prochorow-Plunge bezieht, einen alten Kommunisten, der postum rehabilitiert worden war, daß sie eine schöne Einzimmerwohnung am Prospekt des Friedens, nicht weit von der Metrohaltestelle, bewohnt, ganz allein bewohnt, sie möchte keinen sehen: weder den teuren Sohn, noch die Schwiegertochter, die den Sohn vor acht Jahren verlassen hat, weil es kein Mensch mit ihm aushalte, noch den Enkel, einen siebzehnjährigen Schafskopf, der sich ihrer immer dann entsinnt, wenn sie zur Verwandtschaft nach Paris fährt. Dann kommt er angerückt, scheinbar sorgenvoll um sie bemüht, bester Enkel der Welt, und steckt ihr so ganz nebenbei eine kleine maschinengeschriebene Wunschliste zu: ein Paar Jeans, ein Gürtel, ein Feuerzeug, ein blaues tailliertes Hemd, über dem Gürtel zu tragen, mit aufgesetzten Brusttaschen, alles sehr praktisch und gut durchdacht.

Ihr ganzes Leben lang hat sie für andere gelebt, jetzt möchte sie auch einmal für sich selber leben. Nach Berlin wurde sie noch gesprächiger und offenherziger. »Man sagt, der russische Adel sei degeneriert, auch in Paris habe ich davon reden hören, ich aber sage Ihnen: ganz im Gegenteil, unser Blut ist das haltbarste Blut, denn wir haben alles durchgestanden.« Auf dem Bahnsteig in Paris erblickte Glebow eine gleichfalls höckernasige Greisin, die Alina Fjodorowna ähnlich sah, aber stärker gealtert und fahriger war, gar nicht pariserisch gekleidet, in einem altmodischen Regencape, neben ihr standen ein junger Mann und ein Mädchen, sie zwitscherten um Alina Fjodorowna herum, die antwortete abwechselnd russisch und französisch, dann setzten sie sich alle in Bewegung. Glebow stand eine Minute und noch eine weitere Minute da, in der Erwartung, daß sich Alina Fjodorowna umblicken und von ihm verabschieden würde. Doch sie blickte sich nicht um. Dafür ertönte an Glebows Ohr eine einschmeichelnde, gebrochen russisch sprechende Stimme: »Bin erfreut, Sie begrüßen. Gospodin Glebóff, in Stadt Paris! Erlauben, ich Ihre Valisen tragen. Ist das Ihr alles Gepäck?« Der junge, vollippige Herr mit der bräunlichen Gesichtsröte und dem kleinen Schnurrbärtchen, sein Name war wohl Seculeau, Glebow war ihm auf Kongressen in Oslo und Zagreb begegnet, ergriff Glebows einzigen Koffer, lächelte, nickte mit dem Kopf, auf dem eine ins Genick geschobene weißkarierte Schirmmütze saß, zeigte mit der linken Hand in irgendeine Ferne und stürzte sich dann in die Menge.

Der vertraute Duft des Pariser Bahnhofs, in dem sich so manches verschmolz, was, in diesem Amalgam, den Eindruck einer etwas bitteren und schwülen Süße erzeugte, umwogte Glebow wie Sommerglut. Vierzig Minuten später ging er bereits mit raschen Schritten durch sein dunkles Hotelzimmer, dessen Fenster auf eine schmale Gasse in der Nähe des Place Pigalle hinausgingen, summte etwas vor sich hin, packte seinen Koffer aus, klapperte mit den Schranktüren, rannte fast im Eiltempo ins Badezimmer, legte seine Toilettensachen unter den Badezimmerspiegel ...

Während meiner Arbeit an einem Buch über die zwanziger Jahre stieß ich auf den Familiennamen N. W. Gantschuk. Dieser Mann spielte eine beachtliche Rolle in den damaligen Diskussionen, besonders in den lautstarken Streitereien um die Zeitschrift *Auf literarischer Wache*, anno fünfundzwanzig, sechsundzwanzig. Jemand sagte mir, Gantschuk sei noch am Leben. Nicht ohne erhebliche Mühe machte ich ihn ausfindig. Er lebte einsam in einer engen Einzimmerwohnung, die mit Büchern vollgestopft war – die Bücherstellagen standen sogar in der Küche – in einem Neubauwohnblock in der Nähe des Flußbahnhofs. Die alte Wohnung, in die ich als Kind manchmal kam – was er natürlich vergessen hatte, und auch ich erinnerte es schwach – hatte er freiwillig hergegeben, weil es ihm zu bitter wurde, nach Sonjas Tod allein darin zu hausen. Hier aber, sagte er, ist ein vorzügliches Mikroklima, es riecht nach Nadelwald, man kann Ski fahren. Er war sechsundachtzig. Eingetrocknet, gebeugt, der Kopf zwischen die Schultern eingesunken. Doch auf den Backenknochen hatte sich die Gantschuksche Gesichtsröte noch nicht vollends verflüchtigt. Und wenn er, nicht ohne Mühe, seinen gekrümmten rechten Arm, mit dem Ellenbogen voran, vorstreckte und mit fest zupackenden Fingern die Handwurzel seines Gegenübers ergriff, war ein Deut seiner früheren Kraft sehr wohl zu spüren. »Hier stehe ich«, sagte der Händegriff, obwohl die Augen tränten und die Zunge sich nur zäh im Mund bewegte. In der Diele standen in einer Ecke die Skier. Eine spitznasige Greisin in adretten weißen Löckchen half ab und zu im Haushalt mit. Einmal hörte ich sie leise in der Küche singen.

Einige Male brachte ich ein Tonbandgerät mit. Ich wollte Einzelheiten über das laute und überlaute Treiben in der Literatur der zwanziger Jahre aus ihm herauslocken, es gibt ja kaum noch Zeugen jener legendären Zeit. Aber leider war die Ausbeute mager. Nicht etwa deshalb, weil das Gedächtnis des Greises nachgelassen hätte. Er hatte einfach keine Lust. Wollte sich nicht erinnern. Das interessierte ihn nicht mehr. Für mich waren die damaligen Vorgänge viel interessanter als für ihn, einmal fragte er sogar mit Erstaunen, fast ärgerlich: »Herrgott, nicht einmal dieser Aufsatz von mir ist Ihnen entgangen! Daß Ihnen dies Jungfohlengeschreibsel nicht langweilig wird ...« Dafür sprach er mit großem Vergnügen über irgendeine dumme Fernsehserie oder über eine Meldung aus der Zeitschrift *Wissenschaft und Leben.* Er bezog achtzehn Zeitungen und Zeitschriften.

An Sonjas Todestag, im Oktober, fuhren wir auf den Friedhof. Sonja lag auf dem Gelände des alten Krematoriums, in der Nähe des Donskojklosters, begraben. Das Krematorium war seit anderthalb Jahren geschlossen. Moskau verbrannte seine Toten jetzt irgendwo weit draußen vor der Stadt. Dort sei es, hatte ich gehört, unwirtlich und unbequem. Dafür war es hier recht anheimelnd, am Donskojkloster! Auf den Friedhof wurde man bis sieben Uhr gelassen, wir kamen zehn vor sieben an. Ließen das Taxi auf dem Vorplatz warten. Dunkelheit lag auf der Erde, kohlschwarz standen die Bäume, kohlschwarz dunkelte die Friedhofsmauer, doch am Himmel war ein dämmeriges Leuchten und Leben – krächzend flatterten Krähen umher. Der Torwächter machte sich laut am Tor zu schaffen, er verschloß es bereits, da traten wir vors Tor. Der Greis hatte sich bei mir eingehängt. Der Wächter wollte uns nicht einlassen. Es begann ein Streit in der Dunkelheit. Wir drohten, wir baten, wir steckten ihm Geld zu, doch der Torwächter antwortete immer gröber und unnachgiebiger. Gantschuk wies mit Nachdruck darauf hin, er sei Personalrentner, er sei sechsundachtzig, könne jeden Augenblick sterben, der Torwächter schrie mit heiserer, böser Stimme, auch er sei ein Mensch und möchte jetzt heim.

»Sie haben kein Recht. Es ist erst zehn vor ...«

»Die Lebensmittelläden schließen fünfzehn vor!«

»Wie kann man das vergleichen? Haben Sie ein Gewissen?«

»Dozieren Sie nicht! Man kann das vergleichen. Das wäre noch schöner: nicht mehr vergleichen dürfen ...«

»Ich will Ihren Namen wissen!« schrie Gantschuk mit schwacher Stimme. »Unverzüglich Ihren Namen! Ich werde mich schriftlich beschweren.«

»Mein Name ist Prochorow!« raunzte der Torwächter.

»Lew Michajlowitsch Prochorow! Wohin willst du denn schreiben, Opa? Ins Jenseits?«

»Schulepa ...«, sagte ich leise. »Laß uns rein.«

Der in der Dunkelheit nicht zu erkennende Mann verstummte und schlenkerte zurück. Wir gingen durch die Toreinfahrt. In der nur vom Krähengeschrei gestörten Stille knarzten meine Absätze, schlurften Gantschuks Sohlen über den Asphalt. Wir bewegten uns sehr langsam voran. Im gleichen Tempo dürfte er auch Ski gelaufen sein. Als wir uns etwa zwanzig Schritt weit vom Tor entfernt hatten, sagte ich:

»Ich glaube, das war ein Bursche aus unserer Klasse. Aber hol ihn der Geier.«

Wir bogen um das schwarze, nie mehr atmende Krematorium herum und begannen, das Grab zu suchen, was in der Dunkelheit ziemlich viel Zeit erforderte. Der Greis beugte sich herab und betastete die Grabsteine. Endlich sagte er, schwer atmend:

»Es ist hier ...«

Er hockte sich hin und verrichtete, in dieser Körperstellung, längere Zeit irgendwas: schob etwas weg, prüfte was nach, raschelte mit dem welken Laub.

Ich dachte daran, daß es nichts Schrecklicheres gibt als den toten Tod. Ein erloschenes Krematorium – das ist der tote Tod. Und Ljowka als Friedhofstorwächter ... Da verstand ich plötzlich den Greis, der sich nicht erinnern wollte. Ohrenbetäubend schrien die Krähen, immer neue Kreise über unseren Köpfen ziehend, durch irgendwas maßlos verärgert. Es sah fast aus, als seien wir in ihre Besitztümer eingedrungen. Oder vielleicht begann jetzt ihre Stunde, zu der wir hier nicht mehr erscheinen durften. Auf den Bäumen ringsum waren viele dunkle fettige Krähennester.

Der Alte flüsterte, mit sich selber sprechend:

»Welch ungereimte, sinnlose Welt! Sonja liegt unter der Erde, ihr Mitschüler läßt uns nicht rein, und ich bin sechsundachtzig ... Wie? Wozu? Und wer erklärt es?« Er hielt meine Hand fest umklammert. »Und wie ungern würde ich diese Welt verlassen ...«

Als wir eine halbe Stunde später wieder den Eingang erreichten, stand das Tor weit offen, und der Torwächter war fort. Das Taxi erwartete uns auf dem Vorplatz. Wir fuhren wortlos, und erst als wir unten auf dem Platz waren und durch den Tunnel zum Sadowajaring einbogen, rückte Gantschuk ein Stück an den Fahrer heran und bat ihn leise, etwas schneller zu fahren: er wollte noch rechtzeitig zum Beginn einer Fernsehsendung zu Hause sein. Die Lichter blendeten, der Abend entflammte, und endlos zog sich die Stadt hin, die ich so liebte, so scharf erinnerte, so gut kannte, so gern verstanden hätte ...

Bald darauf trat auch der Torwächter in seinem abgetragenen Ledermantel mit Lammfellfutter, wie ihn die Flieger Ende der vierziger Jahre trugen, auf die Allee hinaus, die an der Klostermauer entlangführte, bog nach links ab und befand sich auf einer breiten Straße, wo er in einen Trolleybus stieg. Einige Minuten später fuhr er über die Brücke, blickte das gedrungene, unförmig lange Haus an der Uferstraße an, das aus tausend Fenstern leuchtete, suchte und fand gewohnheitsgemäß das Fenster der alten Wohnung, wo die glücklichste Zeit verflimmert war, und dachte, träumte: vielleicht kommt ein Wunder, noch eine Änderung in seinem Leben ...

In der Reihe **Süddeutsche Zeitung Bibliothek – Metropolen** sind außerdem erschienen:

New York: Don DeLillo – Cosmopolis
Eric Packer, ein erfolgreicher Währungsspekulant, fährt in seiner Limousine quer durch New York. Während er vom Auto aus seine Geschäfte steuert und immer wieder an unterschiedlichen Orten der Stadt stoppt, gerät sein Leben aus den Fugen. DeLillo schildert einen Tag im Leben eines besessenen „Global Players“ in New York: grotesk, witzig, böse, klug.

Damaskus: Rafik Schami – Die dunkle Seite der Liebe
Schami erzählt die Geschichte der Liebe zwischen Farid und Rana, die in Damaskus von Verfolgung und Mord bedroht wird. Er spannt den Bogen über ein Jahrhundert syrischer Geschichte, in dem Politik und Religionen ein Volk nicht zur Ruhe kommen lassen. Ein dramatischer Roman und zugleich eine Liebeserklärung an seine Heimatstadt Damaskus.

Peking: Hei Ma – Verloren in Peking
Ohne ein Blatt vor den Mund zu nehmen, schildert Hei Ma auf ironische Weise das Pekinger Alltagsleben zwischen ökonomischem Aufbruch und uralten Kulturtraditionen. Im Mittelpunkt stehen acht Familien und ihre Probleme: mit dem Wasser, den Kindermädchen, der Karriere, den Intrigen untereinander und Verunsicherung durch wirtschaftliche Reformen.

Paris: Raymond Queneau – Zazie in der Metro
Bei ihrem Onkel Gabriel in Paris abgesetzt, macht sich Zazie auf, die Stadt zu entdecken. Doch ist dies kein Buch über die Pariser Metro und nur nebenbei ein Buch über die Göre Zazie; es ist ein Buch über Paris, ein Buch über die Sprache des Alltags, ein Buch, das alles auf den Kopf stellt, sich über alles lustig macht, auch über sich selbst.

In der Reihe **Süddeutsche Zeitung Bibliothek – Metropolen** sind außerdem erschienen:

Bombay: Suketu Mehta – Bombay. Maximum City
Faszinierend, exotisch, Mega-City der Extreme, Stadt der Zukunft. Welten prallen in Bombay aufeinander – hier die Traumfabrik von Bollywood, dort der tägliche Albtraum der Armen. Der preisgekrönte Journalist Suketu Mehta präsentiert Bombay in packenden Geschichten und verknüpft sie sprachlich brillant zu einem großen Ganzen.

Berlin: Jakob Arjouni – Magic Hoffmann
Fred, der vier Jahre wegen Bankraubes gesessen hat, macht sich auf, um bei zwei Freunden und Mittätern seinen Anteil an der Beute einzutreiben. Beide leben in Berlin. In dieser Geschichte von der Gier nach Leben skizziert Arjouni ein seltenes Porträt des real existierenden Berlins mit seinen ganz real existierenden Berlinern.

Buenos Aires: César Aira – Die Nächte von Flores
Buenos Aires, die Hoffnung Argentiniens, Sinnbild für Lebensfreude und Kultur, befindet sich im Ausnahmezustand. Die Folgen der Wirtschaftskrise treffen auch Flores, eines der besseren Viertel der Stadt. César Aira schildert faszinierend, wie das Ehepaar Aldo und Rosa sich dem Abenteuer Neubeginn stellt.

Kairo: Nagib Machfus – Die Midaq-Gasse
Onkel Kamil, der Bonbonverkäufer, al-Hilu mit seinem Friseursalon und der alte Dichter, den keiner mehr hören will, seit es das Radio gibt – alle suchen ihren eigenen Weg in die Zukunft, und sie sind damit nicht die Einzigen. In diesem fantastischen Roman von Machfus wird eine Altstadtgasse von Kairo zum Mikrokosmos einer Welt im Umbruch.

In der Reihe **Süddeutsche Zeitung Bibliothek – Metropolen** sind außerdem erschienen:

Tokio: Maruya Saiichi – Die Journalistin
Die Journalistin, eine erfolgreiche Mittvierzigerin, arbeitet bei einer großen Tageszeitung in Tokio. Sie hat mit dem Klischee der japanischen Frau nichts mehr zu tun. Ein spannender und satirischer Roman über das japanische Presse- und Zeitungsmilieu, in dem Maruya Einblick gibt in die komplizierten Verknüpfungen in Gesellschaft und Politik.

Mexiko-Stadt: Carlos Fuentes – Landschaft in klarem Licht
Anhand von Charakterstudien – wie etwa vom Barmädchen Gladys oder vom Geschäftsmann Federico – zeichnet Fuentes ein beeindruckendes Bild der postrevolutionären Mexiko-Stadt. Dabei stellt er die Frage nach der mexikanischen Identität und verknüpft die neuere, von Desillusionen geprägte Geschichte Mexikos mit seiner mystischen Vergangenheit.

Istanbul: Elif Shafak – Der Bonbonpalast
Ein ehemals prachtvolles Haus im Zentrum von Istanbul ist der Schauplatz dieses Romans. Es steht als Metapher für die ganze Stadt: Kunstvoll verwebt Elif Shafak die Geschichten der zahlreichen Hausbewohner mit der Geschichte und Gegenwart Istanbuls, einer Stadt zwischen Mystik, Religion und der Kraft der Moderne.

London: Alan Hollinghurst – Die Schönheitslinie
Sommer 1983. Als der 20-jährige Nick Guest eine Dachkammer bei den Feddens im reichen Londoner Stadtteil Notting Hill bezieht, taucht er in eine ihm bis dahin völlig fremde Welt ein. Nicks Entwicklung vom kleinbürgerlichen Provinzler zum dandyhaften Kosmopoliten ist gleichzeitig ein großartiges Sittengemälde der Thatcher-Ära.

In der Reihe **Süddeutsche Zeitung Bibliothek – Metropolen** sind außerdem erschienen:

Los Angeles: Bret Easton Ellis – Die Informanten
In 13 miteinander verwobenen Geschichten liefert Ellis eine schwarzhumorige und präzise beobachtete Bestandsaufnahme der satten Lethargie des Los Angeles der 80er Jahre, wo Sex, Drogen und Dekadenz zum Lebensprinzip erhoben wurden. Mit diesem Roman bestätigt Ellis einmal mehr seine herausragende Stellung als literarischer Chronist der Gegenwart.

Lagos: Chinua Achebe – Heimkehr in fremdes Land
Achebe erzählt die tragische Geschichte von Obi Okonkwo, der nach seinem Studium in England nach Lagos zurückkehrt. Traumatisiert durch die Begegnung seiner Kultur mit Europa, versucht Obi als Regierungsbeamter den unterschiedlichen Erwartungen an ihn gerecht zu werden. Zwischen den Kräften zerrieben, erliegt er schließlich der Versuchung der Korruption.

Moskau: Jurij Trifonow – Das Haus an der Moskwa
Eine schonungslose Skizze der gesellschaftlichen Verhältnisse im kommunistischen Russland der Breschnew-Ära: Brennpunkt des Romans ist das riesige Wohnhaus für Funktionäre an der Moskwa, dem Kreml schräg gegenüber. Dort, wo Menschen hoch hinauf und tief hinunter steigen, haben Glebow und sein Schulfreund Ljowka ihre Kindheit verbracht.

Rio de Janeiro: Paulo Lins – Die Stadt Gottes
„Die Stadt Gottes", die Cidade de Deus, ist das Armenviertel von Rio de Janeiro. Die Jugendlichen dort kennen nur die Alternativen Armut oder Gewalt. In seinem epischen Roman schildert Paulo Lins auf eindrucksvolle Art und Weise die Entstehung der dortigen Bandenkriminalität. Die Verfilmung „City of God" von 2002 gilt als Klassiker des modernen Kinos und wurde 2004 für vier Oscars nominiert.

Die komplette Bibliothek mit allen 20 Bänden ist für nur 138,– Euro erhältlich unter Telefon 01805 – 26 21 67 (*14 ct/Min. aus dem dt. Festnetz, aus Mobilfunknetzen abweichend, maximal 42 ct/Min.), www.sz-shop.de oder im Buchhandel.

In der Reihe **Süddeutsche Zeitung Bibliothek – Metropolen** sind außerdem erschienen:

Teheran: Tirdad Zolghadr – Softcore
25 Jahre nach der Revolution. Ein junger Iraner kommt zurück nach Teheran, um das Promessa wiederzueröffnen. Die in den 70ern angesagte Cocktailbar soll jetzt eine Galerie werden. Aber er hat keine Ahnung, worauf er sich einlässt. Zolghadrs rasanter Roman über die Eröffnung einer Galerie ist zugleich das schillernde Porträt einer Stadt, die so kein Europäer kennt.

Amsterdam: Cees Nooteboom – Rituale
Schauplatz ist das Amsterdam der 50er, 60er und 70er Jahre. Inni Wintrop will sich umbringen, weil sein Horoskop ihm prophezeit, seine Frau werde mit einem anderen durchbrennen. Doch der Strick reißt. Mit neuer Aufmerksamkeit beobachtet Inni die Menschen in seiner Stadt. Heiter und melancholisch erzählt Nooteboom diesen Roman in seinem einzigartig intelligenten Stil.

Johannesburg: Ivan Vladislavić – Johannesburg. Insel aus Zufall
In Geschichten über Häuser, die in Alarmbereitschaft versetzt werden, Metallskulpturen, die auf seltsame Weise aus Parks verschwinden, über Flickschuster, Künstler, Diebe und Sicherheitsbedienstete entwirft Vladislavić mit Wortwitz ein tiefgründiges und literarisches Porträt der Stadt Johannesburg und des neuen Südafrika.

Rom: Alberto Moravia – Die Römerin
Mit dem von der katholischen Kirche jahrelang auf den Index gesetzten Roman begründete Moravia seinen internationalen Ruhm. Er erzählt von der jungen und schönen Adriana, die im erzkatholischen und zugleich unmoralischen Rom von ihrer Mutter zur Prostitution getrieben wird, und von ihrer Beziehung zu drei Männern: einem Geheimpolizisten, einem Mörder und einem Studenten.